Otros nombres para el amor

Otros nombres para el amor

Taymour Soomro

Traducción de Bruno Álvarez Herrero
y José Monserrat Vicent

Ọ Plata

Argentina • Chile • Colombia • España
Estados Unidos • México • Perú • Uruguay

Título original: *Other Names for Love*
Editor original: Farrar, Straus and Giroux, New York
Traducción: Bruno Álvarez Herrero y José Monserrat Vicent

1.ª edición: abril 2023

© 2022 by Taymour Soomro
All Rights Reserved
© de la traducción, 2023 *by* Bruno Álvarez Herrero y José Monserrat Vicent
© 2023 *by* Ediciones Urano, S.A.U.
Plaza de los Reyes Magos, 8, piso 1.º C y D – 28007 Madrid
www.letrasdeplata.com

ISBN: 978-84-92919-26-0
E-ISBN: 978-84-19497-19-2
Depósito legal: B-2.432-2023

Fotocomposición: Ediciones Urano, S.A.U.
Impreso por: Rodesa, S.A. – Polígono Industrial San Miguel
Parcelas E7-E8 – 31132 Villatuerta (Navarra)

Impreso en España – *Printed in Spain*

Para Zubyr y Durdana.

PARTE I

CAPÍTULO UNO

Desde su compartimento, Fahad oyó a su padre gritarle órdenes a alguien; su voz sonaba tan cerca que parecía que estuviese al lado, y Fahad dio un respingo. El vagón se sacudió. Se oyeron dos silbidos. El ruido sordo de unos pasos resonó en el pasillo. Fahad vio por la ventana que se estaban alejando del andén abarrotado. Colocó la maleta sobre la cama. Inspeccionó el cuarto de baño, y tuvo que cerrar la puerta para poder darse la vuelta. Era tan estrecho como un ataúd, con paredes de chapa salpicada de manchas, una ducha colgada en un gancho y un inodoro sin asiento. En el fondo había una abertura por la que se veían las vías que iban dejando atrás, cada vez más rápido conforme el tren aceleraba. El olor a naftalina le anegó los ojos de lágrimas que se secó con los puños.

Ya no estaba enfadado. Se le había pasado.

Oyó que su padre lo llamaba a través de las puertas cerradas, por encima del traqueteo del motor y de los silbidos; cada una de las sílabas, tan fuerte como si fueran toques de tambor. Había una ventanita en lo alto por la que se colaba el sol del atardecer y formaba un cuadrado caliente de luz sobre su rostro.

La voz de su padre sonaba cada vez más fuerte. *Debe de estar ya dentro del compartimento*, pensó Fahad. *Debe de tener la mano levantada para abrir la puerta del baño. Pero, cuando Fahad la abrió, allí no había nadie.*

Era para castigarlo; eso estaba claro.

El tren pasó junto a los barracones bajos de arenisca del acantonamiento de Karachi, un cañón enorme sobre una plataforma orientado hacia él y un avión de combate falso pintado de camuflaje que parecía a punto de despegar.

A su padre le parecía mal todo lo que hacía Fahad: que vistiera ropa demasiado ajustada, que llevara el pelo demasiado largo, que se sentara con las rodillas demasiado juntas o con las piernas cruzadas de un modo indebido, que pasara tanto tiempo con su madre y su ayah, que le gustara cocinar y poner la mesa, que tratara demasiado bien a los invitados, que fuera el primero de su clase, que pudiera recitar *La carga de la brigada ligera* de memoria, que actuara en obras de teatro, que tuviera una voz tan aguda... Su padre era una bala de cañón, una avalancha, algo gigante que se abría paso con violencia a través de la selva. Eso era lo que Fahad y su madre decían de él en privado; era una de las bromitas que compartían.

Y Fahad iba a tener que pasar el verano con él en la finca que tenía en el interior del país, en vez de en Londres. Podría haber soportado incluso que se hubieran quedado en Karachi. Al menos Karachi era algo parecido a la civilización. El vagón se tambaleó y Fahad se apoyó en un pequeño escritorio que se plegaba contra la pared. Habían llegado a partes de la ciudad que no conocía: altos edificios de apartamentos —uno de color verde pálido, otro morado, otro amarillo— con ropa de mal gusto colgada para que se secara al sol y aparatos de aire acondicionado oxidados en las ventanas. El tren fue disminuyendo la velocidad a medida que las vías iban ascendiendo. Estaban a la misma altura que los pisos más altos de los edificios. Una mujer desplegó una sábana de un rojo intenso como si fuera una bandera, con los brazos extendidos. Pareció fruncirle el ceño a Fahad y sacudió la cabeza.

Pensaba aislarse, encerrarse en sí mismo. Impedir que le afectara lo que pensara su padre. Encontró en la maleta los libros que había traído: *Historia 2; Matemáticas avanzadas: Estadística, contenido y significado;* y *Macbeth*. Y, en el fondo de la maleta, envuelto en el pijama, un libro que había sacado de la estantería de su madre, antes de recolocar el resto de los libros para ocultar el hueco que había dejado: *Obsesión oscura: una historia de amor apasionado eclipsada por los recuerdos del pasado.* En la portada aparecía un hombre de pelo dorado y ondulado, con la camisa abierta hasta la cintura y el pecho reluciente como un escudo. Miraba a una mujer que inclinaba la barbilla hacia él, con los ojos cerrados y la mano en su hombro. Fahad abrió el libro y leyó la primera línea, una línea exquisita; luego lo cerró, lo enterró en el fondo de la maleta, metió la maleta debajo de la litera y la empujó con la punta del pie para ocultarla por completo.

Seguro que su madre estaría haciendo las maletas para ir a Londres. Las tendría abiertas sobre la cama, con los zapatos en bolsitas, colocados unos contra otros, y habría dejado la ropa recién lavada sobre la colcha, en fundas de plástico. Cuando iban en avión, les gustaba sentarse en los asientos de la parte delantera. «Así somos los primeros en llegar», decía su madre con su risita aguda como un cristal afilado. Todo el mundo quería esos asientos, pero su madre le hablaba de un modo especial a los azafatos al facturar. No como si les pidiera un favor; más bien como si fueran ellos los que debieran querer hacerle un favor a ella sin que tuviera que pedirlo siquiera. Lo conseguía por el modo en que inclinaba la barbilla, por la forma en que les sostenía la mirada y apretaba los labios pintados a la perfección, por la manera en que entrecerraba los ojos y los guiaba, asintiendo con la cabeza, hacia la conclusión que ella quería, una conclusión que, de alguna manera, era inevitable.

Y luego, en el apartamento en Londres que les había dejado un amigo de su padre —aun con lo oscuro que era, con ese olor a humedad y las sombras que trepaban por las paredes—, su madre abría las cortinas, levantaba la cabeza hacia las escaleras exteriores como si brillara un sol radiante, mullía los cojines desgastados del sofá, ordenaba los adornos de cristal de las mesitas auxiliares, compraba ramilletes rebosantes de narcisos en la tienda de la esquina y los colocaba por todas partes, y el apartamento se convertía en un lugar diferente: su propia casa de campo inglesa. Y a un tiro de piedra de Harrods.

—¿Va a estar bien? —le había preguntado a su madre sobre Abad, una vez que se le había pasado la rabia, una vez que se le habían secado las lágrimas en la almohada, una vez que había abandonado toda esperanza de hacer cambiar de opinión a su padre.

—No —le había contestado ella, acariciándole la cara con sus dedos delicados como el papel y con una sonrisa dulce en el rostro—. Será espantoso. —Y se había reído—. Horrible. —Hizo como que se estremecía y luego confesó—: Yo no he ido nunca, la verdad. Pero, cuando Rafik y yo nos casamos, vinieron montones de familiares y amigos desde allí, oscuros y harapientos, y bailaron, girando como derviches, hasta altas horas de la noche, chillando y gritando alrededor de un fuego como salvajes.

«¿Por qué lo hicisteis? —quiso preguntarle Fahad, refiriéndose a la boda—. ¿Por qué?», deseó preguntarle, y sacudirla por esos hombros tan delgados.

El tren pasó entre una madeja de autopistas, algunas a medio terminar, otras que acababan de repente en el aire, con vigas oxidadas sobresaliendo de los bloques de hormigón. Unos camiones gigantescos hacían cola en una estación de peaje. El tren los dejó atrás a toda velocidad y de repente solo había desierto: dunas pálidas y planas que se extendían hasta el horizonte, con alguna que otra planta cuya forma recordaba a una araña. Empezó a notar los latidos del corazón cada vez más altos, golpes urgentes contra el pecho. Imaginó que Karachi se iba quedando atrás, cada vez más lejos, y tenía que verla. Salió del compartimento y corrió por el pasillo hasta la puerta por la que había subido al vagón. El picaporte era una palanca gigante, y Fahad la agarró como si pudiera abrirla con todo el peso de su cuerpo. Bajó la ventanilla de la puerta y se asomó todo lo que pudo; el aire caliente le azotaba las mejillas y los oídos, pero lo único que lograba ver era el resto del tren, los otros vagones que serpenteaban tras una bruma resplandeciente.

Gritó. Profirió alaridos tan agudos como quiso; sonidos, no palabras, que el viento le arrebató de la boca e hizo desaparecer. Pero incluso allí, entre los azotes del viento, oía el sonido de la voz de su padre. Oyó que lo llamaba y, cuando volvió a meterse en el vagón, lo oyó una vez más, con más claridad que la anterior, desde el compartimento del otro extremo del pasillo.

Volvió a su compartimento y se sentó en la litera con un libro abierto en el regazo. Pasó una página tras otra, y las palabras nadaban frente a él; se convertían en un patrón indescifrable que Fahad repasaba con la yema del dedo. A menudo tenía que volver al principio de una misma línea una y otra vez.

«Es una jungla —le había dicho su ayah sobre la finca—. Entre la hierba hay serpientes así de gordas. —Y le había apretado la parte más ancha del brazo—. Y felinos salvajes hambrientos como leones».

Comenzaba a ponerse el sol. El cristal de la ventana se enfrió. El compartimento, al oscurecerse, se volvió más pequeño. La arena se tornó rosa y luego malva y, desde unas colinas tan lejanas que no las había visto antes, largas sombras se extendían hacia el vagón como incisivos.

Oyó pasos en el pasillo. Se acercaron y se detuvieron. Entonces alguien llamó a la puerta.

Era el mozo uniformado que había metido su equipaje en el tren. Una mancha de grasa resplandecía en el centro de la nariz del muchacho bajo las luces brillantes del pasillo.

—El señor ha preguntado por usted. —No era mucho mayor que Fahad. Tenía un desgarro en la cintura de la chaqueta; la costura se le había abierto y tenía algunos hilos sueltos. Recorrió la habitación con la mirada—. Tiene que cerrarla —le dijo mientras pasaba junto a Fahad en dirección a la ventana, y comenzó a bajar las persianas—. Hay bandidos.

—Ahí fuera no hay nadie —respondió Fahad—. Ni siquiera hay animales.

—No se los ve —dijo el mozo, y terminó de cerrar las cortinas—. Pero están por todas partes. —Luego echó un vistazo al interior del cuarto de baño—. ¿Está todo en orden? ¿Está a gusto? ¿Contento? —Hizo amago de marcharse, pero se detuvo de nuevo en la puerta y encendió la lamparita del escritorio—. Su padre ha preguntado qué hay de la cena. Dice que a él no le importa, que él no va a comer, que deberíamos preguntarle a usted.

Fahad se encogió de hombros. Sacudió la cabeza.

—Lo que sea —dijo Fahad, consciente de que estaría malísima; seguramente le servirían trozos extraños de carne nadando en grasa.

—El señor le está llamando de nuevo. —El mozo inclinó la cabeza. Se hizo a un lado, esperando a Fahad, y señaló hacia el pasillo—. Le oigo.

Fahad se dio la vuelta y dirigió la atención hacia su libro, pero, cuando volvió a alzar la vista, el mozo seguía esperándolo.

—¿Forma parte del gobierno? —le preguntó.

Fahad negó con la cabeza.

—Este vagón es especial para los ministros —continuó el mozo—. Debe de tener contactos. Y no dejan que la gente viaje en él así como así. Muchos lo piden. Pero suelen denegarlo.

El mozo volvió a hacer un gesto.

—En un rato voy —le dijo Fahad.

—Me ha dicho que volviera con usted. Si me ve llegar solo, se enfadará. —Miró al frente—. El cocinero está con él. Debe de estar preguntándole a su padre qué quiere. Ahí está —volvió a señalar hacia el pasillo—, llamando de nuevo.

Fahad se detuvo ante la ventana. Apartó la cortina y levantó una esquina de la persiana. Estaba demasiado oscuro como para ver nada al otro lado del cristal; solo un reflejo con parte de su rostro y la figura cambiante del mozo detrás de él.

—Desde fuera es como un televisor —dijo el mozo—. A veces el tren se detiene por la noche y, si hay alguien fuera, lo puede ver todo: quién hay dentro, sus pertenencias... A veces pagan a los maquinistas para que paren. Si su sueldo es solo de dos o tres mil rupias, les ofrecen diez o veinte mil. A veces vienen y ni siquiera se da uno cuenta. Pero, si no encuentran lo que quieren, traen armas, despiertan a todo el mundo y lo rompen todo.

El chico se rascó la nariz. Tenía una roncha roja en un lado.

—Si me llamara mi padre y yo no fuera... —continuó el mozo—, me cruzaría la cara. Pero ustedes son diferentes.

Se frotó la roncha con uno de los nudillos y se le extendió la rojez por la mejilla y el puente de la nariz.

Fahad pensó en su cuarto de Karachi, donde podía sentarse sin que nadie lo molestara durante horas, incluso más si apagaba las luces para que pareciera que estaba descansando.

—Irá bien —le había dicho su madre cuando fue a despedirse, pero lo había dicho casi como si hablara consigo misma—. Pero tú eres mi pájaro, mi pajarito pequeñito.

Y después había suspirado, había sacudido la cabeza y se había marchado.

Fahad le había dado una lista con lo que quería que le trajera de Londres: una cámara rusa que oscurecía los bordes de las imágenes; una heladera, un programa de *A Streetcar Named Desire*, que habían planeado ver juntos. Su madre dobló la nota en un cuadradito y se la metió en el bolsillo interior de la agenda.

—No —le había dicho mientras le acariciaba las mejillas y le secaba las lágrimas con los pulgares—. Ya eres un hombre. Casi, casi. Y este es el motivo, esta es la razón, es lo que dice Rafik, y ¿qué voy a decir yo entonces? Tienes que ser un poco más... —Y agitó el puño.

Había cosas que a Fahad le habría gustado decir, pero no pudo; se le había formado un nudo en la garganta, una sensación horrible que le impedía hablar. De modo que se limitó a agachar la cabeza.

—¿De dónde crees que viene todo esto? —Su madre señaló con la mano por aquí y por allá, hacia el tocador de madera de *sheesham*, hacia sus jarrones de flores de seda y porcelana, hacia sus tarros de cristal con galletas de jengibre y la mezcla de *supari* que le preparaban especialmente para ella en el club—. De allí. De la selva. Así que tienes que ir.

Fahad frunció los labios con fuerza.

—Y en cuanto a Rafik... Piensas que es esto o lo otro, pero es tu padre.

En ese momento se enfadó más con ella —durante un instante se imaginó que le pegaba, que los huesos de la mejilla y de la mandíbula de su madre rebotaban en la palma de su mano como dados—, y al recordarlo ahora la rabia burbujeaba, agria, en la parte de atrás de la lengua de Fahad. Su madre acabaría recibiendo justo lo que quería.

—Vamos.

El mozo asintió y se apartó para dejarle pasar.

—No te había oído —dijo Fahad al llegar al compartimento en el que estaba su padre.

Había sofás a ambos lados tapizados con vinilo verde pistacho brillante. Su padre estaba sentado en uno de ellos, frente a una mesa desplegada sobre las piernas llena de papeles esparcidos.

—Aquí está —dijo, dirigiéndose a un anciano canoso con un frac andrajoso, unos pantalones a juego y un sombrero alargado blanco.

—Es muy tarde —dijo el anciano—. ¿Cómo va a dar tiempo a hacer la cena?

—¿No da tiempo?

El padre de Fahad hizo amago de levantarse, como si fuera a tirar la mesa y todo lo que había sobre ella al suelo.

—Sí —respondió el hombre—. Claro que da tiempo.

Juntó las manos por delante del cuerpo y entrecerró los ojos mientras se miraba los pies oscuros y las sandalias gastadas.

—Te puede preparar lo que quieras —le dijo a Fahad su padre—. Dile qué quieres.

—Sí, baba. —El hombre volvió a erguirse y enumeró varias personas para las que había cocinado—. Sé preparar comida china, inglesa, estofado irlandés, pollo *chow mein*...

—Todo eso le gusta —dijo su padre, y luego se dirigió a Fahad—. Venga, dile.

Fahad se encogió de hombros. La amplia ventana que había detrás de los sofás no tenía cortinas y los cristales reflejaban la estancia de modo que parecía no tener fin, como en un laberinto de espejos.

El hombre siguió nombrando platos que sabía preparar: puré de patatas, pollo asado, pollo *keev*, *noguets* de pollo, carne asada, hamburguesa de ternera...

—No tengo hambre —dijo Fahad, aunque tenía tanta hambre que sentía cómo se le removía el estómago—. No creo que coma nada. Puede que me vaya temprano a la cama.

Se llevó la palma de la mano, caliente, a la tripa.

—Comerá —aseguró el cocinero—. Prepararé platos que no ha probado nunca. Aunque haya estado en tantos sitios —añadió mientras hacía un círculo en el aire con la mano.

Después se marchó con el mozo. Fahad se volvió hacia la ventana que había frente a su padre.

—Todo esto es para ti —le dijo su padre—. ¿Qué más me da a mí? Sería feliz viajando por carretera o en un vagón de pasajeros. Pero me dije: «El chico tiene que ir cómodo. Tiene que ver cómo es viajar en este vagón de lujo». —Los papeles que sostenía crujieron—. Estas luces tan elegantes y el cocinero y el mozo y los dormitorios. Todo esto es por ti.

Las lámparas de las paredes eran de latón y bajo ellas había cuadros enmarcados; el más cercano mostraba a un pescador en cuclillas junto a la orilla de un río, arrastrando una red por el agua hacia él.

Fahad se arrodilló sobre uno de los sofás, se inclinó sobre el respaldo y apoyó la cara contra el cristal de la ventana. Lo notó frío en la punta de la nariz y en el centro de la frente. Luego se llevó la mano sobre los ojos, a modo de visera.

—¿Vamos a ir todo el camino por el desierto? —preguntó.

¿Eran estrellas lo que veía a lo lejos, o era una ciudad? Se imaginó a ambos, su padre y él, riendo y charlando, como hacía su padre con sus amigos e invitados, gesticulando con entusiasmo. Se imaginó su propia voz retumbando como la de su padre; se imaginó que las voces de ambos retumbaban juntas con tanta fuerza que las paredes temblaban. Se imaginó que le decía a su madre: «Ha sido maravilloso. Creo que voy a volver todos los veranos». Se imaginó que se daba la vuelta cuando su madre hablaba de las cosas de las que solía hablar: de la exhibición de flores, de los sirvientes, del club.

Se dio la vuelta y se sentó.

—Pero si ya has visto la finca —contestó su padre—. Ya has estado en Abad.

Fahad negó con la cabeza.

—No he estado nunca.

Era extraño estar sentados así, cara a cara, mientras su padre le recorría el rostro con la mirada como en busca de algo, así que Fahad desvió la vista hacia los cuadros de la otra pared, uno de un puente y otro de varias personas en un bazar.

—Claro que has estado. —Su padre hizo un gesto con los dedos sobre su regazo, como si estuviera cortando algo—. Cuando te operaron.

El vagón se meció, se tambaleó con violencia y Fahad se cayó de lado.

Pensó de repente que no quería estar en un sitio ni en otro, ni con su padre ni con su madre. Si el tren se detuviera por la noche, se bajaría donde estuvieran y vadearía la pesada arena en la oscuridad, solo para alejarse de allí.

—¿A dónde vas? —le preguntó su padre cuando Fahad se levantó—. ¿Qué tienes que hacer en tu habitación? Siéntate. Quédate aquí. —Su padre ordenó los papeles que tenía delante, volvió a mirar la primera página y añadió—: Siempre con tu madre. Pues ahora quiero hablar yo contigo.

Por suerte para Fahad, el mozo regresó antes de que su padre pudiera empezar. Parecía haber distraído al padre de Fahad de su propósito porque, cuando el mozo plegó la mesa de delante de su padre y la retiró, su padre se calló, apoyó la barbilla en la mano y se quedó mirando a la nada con el ceño fruncido. Fahad empezó a pensar en qué excusa podía inventarse para marcharse: que no se encontraba bien, que tenía la barriga rara, que estaba cansado.

—Siéntate.

Su padre volvió a fruncir el ceño.

El mozo montó otra mesa que llegaba de un sofá al otro. Desplegó un mantel blanco sobre ella, con una mancha naranja en forma de riñón en el centro, y fue yendo y viniendo con platos, cubiertos y vasos de cristal y, al fin, con un florero con un solo clavel azul y un ramito de velo de novia.

Habían representado una obra de teatro al final del curso. Fahad había elegido uno de los papeles protagonistas. Sabía que no debería haberlo hecho, pero, durante los ensayos, se había dejado llevar tanto por la emoción que le transmitía el papel —esos delicados gestos con las manos, como los de un bailarín de *kathak*; esa sonrisa con la boca cerrada; esas vocales alargadas— que le había hecho perder la razón. Pero ni así lograba deshacerse por completo de ella, de la razón, que acechaba como alguien que se quedaba detrás de la puerta de su cuarto mientras él intentaba dormir, como una moto que seguía a su coche por una carretera sin iluminación por la noche. Y cada vez se acercaba más. La noche de la actuación sintió tal pánico que ni siquiera fue capaz de maquillarse ni vestirse; no lograba recordar ni una sola de sus frases.

—No puedo —dijo mientras le castañeaban los dientes con unos temblores horrorosos—. No puedo, no puedo, no puedo.

—Sí que puedes. —Su profesor lo agarró por los hombros y le miró a los ojos—. Es un papel. Solo tienes que interpretar un papel.

Alguien apareció entre bastidores de repente —una tontaina que tenía un papel secundario— para informarles que habían llegado el teniente general de la ciudad y el presidente del club.

—Eres un actor —le dijo el profesor—. Es como ponerse una máscara —añadió mientras le acariciaba la cara.

Y así lo hizo: se puso la peluca, el pichi, las medias y un toquecito de carmín en los labios. Y, en cuanto salió al escenario, cuando estuvo bajo los focos cegadores, se desprendió de todo, incluso de sí mismo; no era más que un fantasma, una columna de humo, una invocación.

Cuando acabó la función, fue él quien recibió más aplausos. Alguien incluso gritó «bravo». Otros se pusieron de pie. Pero se dio cuenta, al hacer la reverencia, de que el asiento de su padre estaba vacío.

Sus padres no hablaron nunca de la obra. Fahad la mencionó una única vez, para decirles, con timidez, lo mucho que la gente hablaba de ella, lo bien que creían que había actuado, lo gracioso que les había parecido. Quería decirles que era solo un papel. Un papel no era nada. Su padre frunció el ceño y lo estudió con detenimiento, sin apartar la mirada. Su madre le contó una historia sobre una amiga que no estaba bien, nada bien; qué triste, qué desconsiderada; cuánto había sufrido su familia.

Desde entonces, había evitado quedarse a solas con su padre —lo cual era fácil, porque su padre viajaba a menudo y recibía muchas visitas cuando estaba en casa— y, en las pocas ocasiones en que se quedaban a solas, Fahad trataba de llenar los silencios con conversaciones tontas.

⚭

Su padre entornó los ojos mientras lo miraba. Fahad se agarró al borde del sofá.

—¿Cuántos años tienes ya? —le preguntó su padre—. ¿Catorce? ¿Quince?

—Dieciséis —dijo con la boca tan seca que la palabra sonó rara.

—¿Dieciséis? A esa edad mi padre ya había fallecido. —Su padre levantó el tenedor y el cuchillo como si se dispusiera a comer, pero tenía el plato vacío—. Y yo ya estaba casado.

No era cierto. Se había casado más tarde; Fahad había visto las fotos. Le dio una patada con los talones al asiento y se mordió el labio hasta saborear su propia sangre. «No es verdad», quería decirle. «Era para la escuela», quería decirle. Se le encendió la cara y agachó la cabeza.

—Así que puedo hablarte como si fueras un hombre. Bueno, es que *eres* un hombre —continuó su padre. Fahad notó que se le agitaba algo en el pecho. ¿Por qué?—. El tío ha muerto. Mumtaz Chacha —dijo mientras dejaba el cuchillo y el tenedor sobre la mesa.

—Tu tío —dijo Fahad.

Su padre negó con la cabeza.

—Pero era como un padre para mí. —Apoyó la barbilla en los dedos—. Mi padre había muerto, y yo quería su puesto. Estaba en mi derecho, por supuesto. Pero el tío me dijo: «No, no, eres un *bachha*, un niño. Tienes que esperar tu turno». Pero ya era mi turno. El hijo hereda el puesto del padre. Eso es así. Y, con su puesto, con el nombre de mi padre, había llegado a ministro. Ahora sería ministro. Pero el tío me dijo: «Cuando estés listo, el puesto será tuyo. Yo te lo mantengo caliente». Me cedió las tierras, la finca. Para mantenerme ocupado.

23

Su padre siguió hablando, no de la obra ni de Fahad, sino de otras cosas.

—Pero ¿qué sabía yo de agricultura? Y era demasiado para cualquiera. Aquello no era una finca; era una selva. Había colinas —estiró la mano hacia el techo— y hoyos. Había bosques, animales salvajes. Y yo no tenía dinero. El mozo y el cocinero aparecieron con bandejas cargadas de fuentes. El cocinero las colocó frente a ellos: una, otra, una tercera, una cuarta, una quinta, un plato de roti y unos cuantos más con diferentes tipos de encurtidos. Señaló uno de ellos con el dedo meñique, con la uña manchada de rojo.

—Mango verde.

Fue destapando cada una de las fuentes con una floritura y anunciando cada comida como si hubiera llegado un invitado.

—Yo quería el puesto. No la finca —prosiguió su padre—. Mi padre solía decirme: «Tú siempre tienes el plato lleno, pero la gente de Abad... ¿Cuántos pasan hambre? Tú puedes ir adonde quieras, pero ¿qué hay de las carreteras para los campesinos? Si te pones enfermo, hay alguien que te cuida, pero ¿qué tienen ellos? No tienen médico ni hospital». Me hizo prometérselo: «Después de mí, te toca a ti proporcionarles todo eso. Yo te lo di todo a ti, y tú se lo das a ellos, y ellos te darán su voto. Ni siquiera saben lo que es votar; pondrán la huella del pulgar donde tú les digas. Por el prestigio de mi apellido. ¿Entiendes?».

Fahad inspeccionó el contenido de los platos.

—¿Qué podía hacer yo? —continuó su padre—. El tío era mayor que yo. Él se había quedado con todo el dinero. Yo no tenía nada. No podía ganar unas elecciones con esa paga tan pequeña que me daba cada mes. Me dije: «Algún día, Rafik. Todavía no, pero algún día podrás decidir por ti mismo». El tío me dijo: «Te puedes quedar con la mitad de lo que ganes con la finca». La mitad de la tierra era de mi padre. La mitad de los ingresos era mía por derecho. —Le dio un puñetazo a la mesa—. Y aquello era una selva.

¿Cómo iba a ganar nada con una selva? Necesitaba dinero para cultivar las tierras. Se lo pedí prestado a todos los amigos de mi padre. Nivelé los terrenos. —Deslizó la mano por el aire como si estuviera cortándole la cabeza a alguien—. Construí caminos. La gente de allí pensaba que estaba loco.

Fahad removió una salsa con un cucharón y pinchó un trozo de carne con la punta de un cuchillo. En realidad, los rotis eran *parathas*, finos y delicados como pañuelos. Algunos de los panes tenían manchas oscuras y estaban rellenos de hojas amargas de fenogreco; otros eran dorados, con rodajas de patata translúcidas de lo delgadas que eran.

—Y llevaba registros —prosiguió su padre—, un libro de contabilidad con una entrada individual para cada agricultor. ¡Para cada agricultor, te digo! —Golpeó la mesa con los nudillos—. Se lo enseñaba al tío, y él me decía: «Llévatelo». Se negaba a echarle un vistazo. «Confianza. Hay que tener confianza», decía. Era un buen hombre, a su manera. Amigo de sus amigos.

Hizo una pausa. Inclinó la cabeza y entrecerró los ojos mientras miraba por la ventana.

Había trozos fritos de un pescado dulce de río, con espinas finas como agujas. Había rodajas fibrosas de raíz de loto guisada con carne picada. Había una pata de cordero asada, con clavo, canela y cardamomo espolvoreados por encima; era una carne gelatinosa y se despegaba del hueso entre los dedos de Fahad. Se limpió con un trozo de pan las comisuras de la boca, que le picaban por las especias. Su padre hablaba de la familia y de política y del extraordinario poder que había acumulado su padre, e incluso su tío; decía que la gente se acercaba a él en los aeropuertos, en las bodas, en los funerales, para contarle todas las cosas que su tío había hecho por ellos, los trabajos o los traslados o las audiencias que les había conseguido.

—¿Qué me importa a mí el poder? El poder no es algo que se persiga. El poder lo persigue a uno. Y, si llega, ¿entonces qué?

—Fahad se encogió de hombros—. Llega también la responsabilidad. Una gran responsabilidad. La historia nos lo confirma. Deberías estar prestando atención.

—Eso hago.

—Churchill. Churchill nos enseña todo esto. —Su padre apenas comía; tan solo empujaba la comida de un lado a otro del plato con el tenedor y dibujaba surcos en un montoncito de arroz y en el *saalan*—. El padre y el hijo. Esa es la cuestión, ¿no?

Fahad se quedó helado. Pero su padre parecía estar lejos de allí, absorto en sus pensamientos. Miraba a Fahad, pero no lo veía.

—Pero el hijo no se interesa —continuó su padre, y Fahad se dio cuenta de que se refería al hijo de su tío, que vivía en Londres y de vez en cuando le enviaba regalos: una corbata de colores vivos el año pasado, un pañuelo de seda con borlas el anterior—. No se hace responsable de las tierras ni de la gente. ¿Y entonces qué? ¿Quién tiene que hacerlo?

Se golpeó en el pecho con los puños.

El cocinero volvió, llenó los platos vacíos y se quejó de que Fahad no había probado los sesos ni las manitas.

—Estos chicos, siempre tan hambrientos… —dijo, y le dio una palmadita en el hombro a Fahad, que sintió un afecto inesperado por él.

Fahad siguió picoteando, comiendo directamente de las fuentes con los dedos. Un poco de melón amargo, algo de *okra* frita, otro bocado de pescado.

Su padre jamás le había hablado tanto.

—Pero, y esto es importante, ahora debes prestar atención: para poder tener la finca también tienes que tener el puesto. —Juntó las palmas de las manos—. Así son las cosas. No puedes mantener una finca como la nuestra, la más grande de la provincia, a menos que cuentes con los medios y los contactos necesarios.

—¿Por qué? —preguntó Fahad.

Los sofás no eran de vinilo. Era cuero brillante que se arrugaba ligeramente cuando se apoyaba en él.

—¿Que por qué? —repitió su padre—. Esta gente son matones. *Goondas*. Delincuentes. Te quitan todo lo que pueden, hasta el agua de tus canales, y causan problemas entre tus aldeas. Los hombres debemos proteger las cosas de valor que tenemos.

Una vez recogidos los platos, el cocinero les llevó el postre: una sopa de leche evaporada con dados de gelatina de colores neón —rosa, verde, naranja— y salpicada de almendras laminadas. Afirmó que era su especialidad. También llevaba helado.

Su padre llenó un cuenco.

—Ya vas entendiéndolo mejor, ¿verdad? —Los pedazos de gelatina resplandecían en la oscuridad de su boca y entre los dientes—. Así son las cosas en Abad. Tu madre y tú queréis que me lo tome todo con calma, así. —Se meció hacia un lado y hacia el otro—. Tu madre dice: «Tienes que ser como el junco que se dobla con la brisa». En Londres habrá juncos. Aquí no hay ninguno. Aquí hay selva. Aquí tienes que...

Cortó el aire con la mano.

Por la forma en que su padre le hablaba, parecía casi como si fueran amigos o compañeros. Hacía que Fahad se sintiera importante, grande, como si ocupara todo el espacio del sofá. Inclinó la cabeza hacia atrás. Le pesaba demasiado como para mantenerse erguido. Entonces trajeron una botella de *whisky* a la mesa, una cubitera y dos vasos. Su padre se preparó una copa.

❧

Fahad se despertó en mitad de la noche. Aunque el tren se había detenido, seguía sintiendo el traqueteo en el cuerpo mientras se agarraba a la cama. A través de la pared, oía una especie de rugido, como un trueno lejano, que se repetía una y otra vez, y se dio cuenta de que debían de ser los ronquidos de su padre, como si estuvieran uno al lado del otro. Se levantó de la cama. Abrió la cortina. Subió la persiana. El exterior estaba oscuro, pero era una oscuridad algo más clara, una oscuridad en la que se percibía algo de forma y color. Esperó y escuchó.

CAPÍTULO DOS

Había mucha gente reunida en la estación para darle la bienvenida a Rafik. Además de los miembros de su personal, habían acudido varios molineros que conocía, gente de la ciudad, un funcionario de un rango medio del gobierno y algunos de sus agricultores. Karachi era una gran ciudad —con sus restaurantes y sus playas, con sus distinguidas y antiguas familias en sus distinguidas y antiguas casonas—, pero jamás sentiría por ella lo que sentía por Abad. ¿Qué era lo que hacía a ese lugar tan especial? En esa época del año hacía un calor asfixiante, un calor descarado, sin restricciones, sin bloques de oficinas y carreteras de asfalto que lo obstaculizaran, sin la brisa marina de Karachi para atenuarlo. También había cierta familiaridad entre la gente, como si fueran sangre de su sangre: el astuto jefe de la estación, que le había quitado el equipaje de las manos al administrador de Rafik para llevarlo al coche que los esperaba y asegurarse la propina; el mendigo sin piernas en un carrito en el vestíbulo de la estación, que bajó la cabeza en señal de agradecimiento cuando Rafik le tiró diez rupias en el regazo; el viejo chófer, que antes había trabajado para su padre, que había enseñado a Rafik a conducir sobre sus rodillas cuando era un niño y que ahora se peleaba con el jefe de la estación para meter la bolsa en el maletero.

De hecho, toda esa gente *era* sangre de su sangre, unida por generaciones a la tierra que cultivaban, al agua que circulaba por sus canales, a las semillas que sembraban, a los cereales que cosechaban.

Habían vivido en la tierra que había pertenecido a su padre y a sus antepasados. Y ahora todos los que vivían allí eran hijos para él, igual que él había sido el hijo de su padre, el hijo de su tío, el hijo de sus mayores, de los que no quedaba ya nadie. Por eso había accedido, cómo no, al deseo de su tío de que se encargara de la finca, de que ocupara el puesto de su padre solo cuando su tío ya no estuviera. Por eso se había gastado millones en nivelar las tierras, en talar la selva, en volver fértiles esas llanuras, en volver verde la tierra gris y luego dorada. Por amor, por lealtad, por honor. Porque eso era lo que hacía que un hombre fuera un hombre.

Y aunque la única carretera que atravesaba la ciudad de Abad fuera un camino de tierra; aunque estuviera bordeada por canales de aguas residuales y el único sitio donde se podía cagar era a la sombra de algún muro, como estaba haciendo el hombre junto al que pasaban en ese momento; aunque la basura se acumulara a montones en cada esquina; aunque el camino estuviera todavía manchado por los sacrificios del Eid de hacía semanas; aunque el único sitio donde podían jugar los niños fuera la calle, corriendo detrás de un perro harapiento o de un balón de fútbol pinchado, estar allí le llenaba el corazón de amor, de orgullo, de responsabilidad. Sí, de responsabilidad.

—¿Y bien? —dijo el viejo chófer, que se tomó el privilegio de hablarle a Rafik en un tono informal, ya que lo conocía desde niño—. ¿No te has traído al baba? ¿Al pequeño Fahad? ¿No es él también uno de los nuestros?

Entonces Rafik cayó en la cuenta y le gritó al chófer que se detuviera, no, que por qué se detenía el muy tonto, que diera la vuelta.

—Y tú —le dijo a su administrador—, date prisa, corre, corre y ve a ver. Debe haberse olvidado de seguirnos. A lo mejor hasta se le ha pasado bajarse del tren.

Siempre en su habitación, sin escuchar nunca lo que se le decía, sin prestar atención a lo que pasaba a su alrededor. Por eso había tenido que traerse al chico. Para que se convirtiera en un hombre. Su madre tenía la culpa de que siguiera siendo un bebé; incluso lo tomaba en brazos como si fuera un niño, aunque no lo era, para nada, era un hombre, sí, un *hombre*. ¿Y qué manera era esa de comportarse para un hombre? Encerrarse como una mujer aislada por el *purdah*.

Su administrador estaba tardando tanto que Rafik envió al chófer a buscarlo. Pasó un buen rato hasta que vio regresar a los sirvientes solos. Empezó a pensar en a quién tendría que llamar, pensó que debería haberle dado más propina al jefe de la estación y se dijo a sí mismo que el niño estaría bien, que seguro que sí, que era probable que ni siquiera se hubiera dado cuenta, que no habría salido de su compartimento, y que de todas formas no era tan niño, pero Rafik lo veía como un niño, con esos brazos esqueléticos. El chófer y el administrador se separaron al acercarse al coche y el chico apareció detrás de ellos, agitando las manos y sacudiendo la cabeza como un loco.

—¿Qué pasa? —le preguntó Rafik—. ¿Qué problema tienes? Te estábamos esperando. No nos hemos ido a ninguna parte.

El chico se dio una torta en la cara.

—Las moscas. —Se tiró del cuello de la camisa—. Son unas pesadas, y están por todas partes —dijo Fahad—. Incluso se te meten por dentro.

Se metió la mano en la camiseta para ahuyentarlas.

Lo subieron al coche.

—Las tengo hasta en la boca.

El chico se frotó los labios contra la manga y se metió los dedos en la boca.

El administrador bajó la ventanilla y agitó la mano para espantar las moscas y echarlas del coche. Tampoco había tantas.

—No hay tantas —replicó Rafik—. Hay las mismas que en cualquier otra parte. —Y, tras un instante, añadió—: Siempre te quedas en tu habitación y no ves lo que pasa a tu alrededor. Y eso es peligroso. Hay que estar alerta. Tienes que prestar atención. Tienes que observar. Esto no es Karachi. Aunque deberías hacerlo hasta en Karachi.

Un transeúnte saludó hacia el coche, y otro, al verlo saludar, lo imitó.

—Levanta tú también la mano —le ordenó a Fahad—. La gente se alegra de vernos.

Señaló diversos lugares: el antiguo campanario, el cementerio cristiano...

—Piensa en esta gente como si fuera tu familia. Una familia a la que tienes que cuidar. ¿Cuál es el deber de los hombres?

El coche aminoró la velocidad y luego se detuvo. Llegaron a un cruce que, como siempre, estaba abarrotado. El tráfico no avanzaba, y en medio del cruce había una furgoneta aparcada en diagonal y varias personas se estaban subiendo por la parte de atrás. El conductor tenía la puerta abierta y estaba asomado, despreocupado, desenmarañándose los rizos de la barba y llamando a los pasajeros que quisieran ir a Shikarpur, Sukkur y Naushahro Feroze con una voz tan alegre que parecía que estuviera cantando. Había un camión con un cargamento de trigo que no podía pasar. Un carro tirado por un burro que no cabía por la carretera se había topado de frente con un tractor y no podía seguir avanzando. El guardia de tráfico se meneaba de aquí para allá como una boya en medio de aquel caos.

—¿Ves cómo son aquí las cosas? —le dijo Rafik a Fahad—. Se pelean unos con otros como locos. Esa es otra responsabilidad; cuando mi padre estaba en el poder, había anuncios en cada semáforo.

Luego le gritó al conductor de la furgoneta para que se moviera, y el hombre saludó tranquilamente a las mujeres con burkas desteñidos que estaban subiéndose a la parte trasera.

—¿Y ese idiota quién es? —preguntó Rafik—. Que le doy una bofetada, ¿eh?

Su administrador se bajó y desapareció detrás de un bicitaxi. Reapareció a lo lejos, agarró al guardia de tráfico por el cuello de la camiseta y señaló hacia el coche, explicándole, según parecía, que Rafik estaba allí, que estaba esperando y que no tenía por qué esperar. El guardia entornó los ojos mientras miraba hacia el coche, saludó, se apresuró hacia la furgoneta, metió al conductor en el interior del vehículo de un empujón y golpeó el capó con la mano abierta. El carro del burro intentó abrirse paso por el hueco que había dejado el guardia y el administrador de Rafik se lo impidió, con los brazos extendidos. El guardia y el administrador empezaron a dirigir el tráfico, y alguien se bajó de la parte trasera del camión para hacer lo mismo.

—Es como un rompecabezas —explicó Rafik, conforme el cruce comenzaba a despejarse.

Cuando pasaron por delante de la furgoneta, Rafik se asomó por la ventanilla, se lanzó hacia el conductor y le agarró la oreja. El muy cabrón pegó un grito, y Rafik buscó al chico en el espejo retrovisor para comprobar que lo hubiera visto.

—Esto es así —dijo Rafik—. Nada de juncos; esto es una selva.

Fahad se había encogido en un rincón del asiento trasero.

—Así no puedes ver nada —lo regañó Rafik—. Siéntate bien. Mira por la ventanilla. Ya estamos saliendo de la ciudad. Donde acaba la ciudad, empiezan nuestras tierras. ¿No quieres verlas?

Al llegar a la *chowki*, la comisaría de policía que marcaba el límite de la ciudad, los agentes se levantaron para recibir a Rafik.

—Menudos sinvergüenzas —dijo Rafik—. Si fuéramos gente normal, nos habrían cortado el paso para que los sobornáramos.

Fahad ya se había erguido e iba mirando todo con cautela desde una esquina de la ventana.

Rafik le explicó el trabajo que hacían los agricultores.

—Se encargan de trasplantar las plántulas; las van sacando una a una y las plantan en el campo.

—¿Por qué?

—Porque así es como se hace. Resulta muy agradable verlo. Te sientes pleno. —Se palmeó el pecho.

Había mujeres y niños repartidos por los campos inundados por un agua que parecía una lámina de oro ondulante, cargando con las plántulas a sus espaldas, metiendo las raíces en el barro, una a una.

—Los hombres son unos vagos. A ellos no los verás por aquí. Están todos bebiendo en sus aldeas.

—¿Hay serpientes? —preguntó el chico.

—Aquí hay de todo —respondió Rafik—. Cualquier cosa que te imagines.

—Pero solo muerden de vez en cuando —intervino el administrador—. No muere mucha gente, aunque esta temporada ha habido más muertes.

—¿Y hay felinos salvajes?

—Esto era una selva —dijo Rafik, dándole un golpe al salpicadero—. Ya te lo he dicho. Cuando mi padre murió, mi tío me dijo: «Haz lo que quieras, pero no hay dinero». Así que pedí prestado. Acudí a todos los amigos de mi padre, junté las manos y les dije: «Si no nivelo el terreno, no puedo hacer nada con él». Pensaban que estaba chalado. Decían que estas tierras solo valían para cazar.

—Algunos de los agricultores se subieron al arcén para saludar al coche al pasar—. Me gasté millones. Pensé: «¿Qué voy a hacer si tienen razón, si resulta que no dan dinero?». No sabía nada de agricultura. Tenía tu edad. Era un niño.

—La labor de tu padre hizo que a la gente se le saltaran las lágrimas —dijo el chófer mientras miraba al chico por el espejo retrovisor—. Lloraban al ver lo duro que trabajaba. Se puso a trabajar él mismo en los campos. Le llegaba el barro a las rodillas.

—Y la primera temporada... ¿Te acuerdas? —prosiguió Rafik.

—Se nos murió todo —dijo el chófer—. Llegó una plaga de langostas del norte.

34

—Mi tío me dijo: «Pero ¿qué has hecho? Les has pedido dinero prestado a todos mis amigos. ¿Cómo se lo voy a devolver ahora?». Por supuesto que había dinero. Pero mi tío no quería gastárselo. Pero yo le dije: «Tengo que intentarlo hasta que lo consiga». No sé cómo reuní el valor. Y la segunda temporada nos fue bien, y después cada vez mejor. Ahora hay veinticuatro aldeas por todas las tierras. Piénsalo, en cada aldea viven entre quinientas y mil personas. Haz las cuentas. Muchas vidas dependen de estos terrenos.

En el desvío hacia la casa se habían reunido más campesinos que vitoreaban, y los que llevaban palos los agitaban en señal de saludo. En el arco que atravesaba el camino que conducía a la casa había una escalera de mano con un hombre en lo alto, con una brocha.

—¿Quién es ese? —Rafik señaló la cara que había pintada en la columna izquierda del arco—. Tu abuelo. ¿Y ese? —Señaló la columna de la derecha—. Tu tío. ¿Y en el centro?

—No lo sé —dijo el chico con hosquedad.

—Tu padre —dijo el administrador.

—No se parece a ti —respondió el chico—. Tiene los ojos demasiado grandes.

—No está terminado aún —dijo Rafik. Y luego se dirigió a su administrador—: Mira cómo lo pintan.

Para pasar, el coche tuvo que meterse en el campo de al lado y luego volver a subir. Los neumáticos resbalaron por el terreno y salpicaron tierra por todas partes mientras los terrones golpeaban el chasis, y al fin el coche volvió a adentrarse en el camino con un derrape, a punto de chocar contra un árbol.

Rafik le señaló al chico el muro bajo y encalado de la casa, al final de la avenida de árboles de nim, al doblar la curva.

—Te va a gustar —le dijo—. Es un lugar especial.

Era buena idea haberlo traído. Sí que lo era. Los niños tenían que aprender de sus padres.

—Seguro que haces amigos por aquí. Tu madre dice que en la escuela no te va demasiado bien.

—No me va mal —respondió el chico al instante.

—Ahora estás cansado —dijo Rafik—. Pero mañana iremos a todas partes, por los campos, de aldea en aldea.

Había acudido mucha gente a la casa para darle la bienvenida —puede que hasta más de los que habían asistido al funeral de su tío hacía apenas un mes— y, por supuesto, ya le estaban pidiendo favores.

—Todavía no tengo ningún puesto —les dijo—. Dejadme entrar en el gobierno primero, y entonces ya veré qué puedo hacer.

Pero, aun así, querían que llamara al comisario o al decano de esa universidad o al cirujano de aquel hospital.

—Baba, tiempo al tiempo —les respondió—. Cuando tenga un puesto en el gabinete, los funcionarios harán todo lo que queramos.

Pero se alegró al descubrir que los funcionarios a los que llamaba respondían y lo escuchaban de todos modos.

—A esto es a lo que nos dedicamos —le dijo al chico—. Hay quien cree que es un puesto por el que hay que luchar. Pero es un trabajo. Un trabajo muy duro.

Fahad parecía disfrutar de la atención, de todo el personal que lo atendía cada vez que lo deseara, de todos los visitantes que preguntaban por él. Le preguntaron por qué no había venido antes, cuándo vendría a vivir a Abad, cuándo aprendería el idioma y, por supuesto, cuándo se casaría, ante lo cual el muchacho se sonrojó como una niña.

—No hay nada de lo que avergonzarse —le dijo Rafik—. Es algo natural.

Y le dio un codazo en las costillas y le guiñó un ojo.

—Todo va bien, todo va bien —le dijo a Soraya cuando llamó desde Londres—. Se está asentando de maravilla. No quería compartir habitación conmigo y aún están arreglando la de invitados, así que lo he puesto en el rellano, que hay una cama. No tenemos aire acondicionado, pero me dijo que ahí era donde estaba mejor. Le viene bien estar en compañía de los hombres. Ha aprendido malas costumbres de ti. Todos esos *nakhras*, esos caprichos.

❧

Por la mañana, Rafik llevó al chico a los campos.

—Ahora verás todo lo que ha hecho tu padre. —El chico iba incómodo en el todoterreno diminuto, apretujado en la parte de atrás con el administrador y otros hombres—. No podemos ir con el coche grande —le explicó Rafik—. Las carreteras son demasiado estrechas. Y antes ni siquiera había carreteras. Pero dije que debía tener acceso a todas las parcelas. Que tenía que poder verlo todo. ¿Por qué? Porque son todos unos sinvergüenzas. Dicen una cosa y hacen otra. Así que, a menos que lo vea todo con mis propios ojos, no puedo estar al tanto. Que te sirva de lección.

Y el chico era inteligente. Aprendía rápido. Preguntaba sobre esto y lo otro: qué eran esos cuadrados de hierba, por qué algunos campos estaban inundados y otros secos y rocosos...

—Estos son los semilleros.

Rafik detuvo el coche y todos se bajaron para que pudiera enseñárselos al chico, que acarició los tallos, exuberantes como el pelaje de un animal.

—De aquí extraen los tallos uno a uno y los plantan en el campo. Cuando están listos, abren estos canales que ves aquí a los lados. —Le señaló los estrechos canales de tierra que recorrían los campos—. Y dejan entrar el agua. Hasta que el tallo se vuelve amarillo, el arroz debe estar bien sumergido en el agua.

Volvieron al coche y continuaron.

—¿Ves? Puedo acceder a todos los campos. Todo esto es nuestro, hasta donde alcanza la vista. No hay otra finca como esta en ninguna otra parte del distrito, ni siquiera de la provincia. Dicen que el orgullo no es bueno. Pues yo estoy muy orgulloso, y cómo no. He trabajado mucho.

El chico preguntó por los pájaros: los blancos de patas largas que se paseaban por los campos inundados y los de plumas negras y cola de un azul intenso que se lanzaban desde las ramas de los árboles que bordeaban el canal hasta la superficie del agua.

—Todas las especies son locales —contestó Rafik—. Ya te averiguaremos los nombres si quieres.

El canal iba rebosante de agua cenagosa y del color del bronce, y la orilla por la que circulaban con el coche estaba húmeda y brillante. Las esposas de los agricultores estaban repartidas por los campos como joyas con sus ropas coloridas.

—Me alegro de que estés aquí —le dijo Rafik, sorprendiéndose a sí mismo; no porque no lo estuviera, sino porque era una sensación desconocida para él.

Llevó al chico de aldea en aldea.

—Te aprenderás el nombre de todas —le dijo.

Y en cada aldea los niños salían corriendo a saludarlos, abriéndose paso a empujones entre los ancianos, gritando y chillando, clamando en la ventanilla de Rafik, desde donde iba repartiendo caramelos de un gran bote que guardaba en la parte de atrás.

Le mostró al chico el templo de Bibi entre dos de las aldeas.

—¿Ves esa pequeña parcela con árboles? —le preguntó—. Cuando despejé la selva, la gente me detuvo. Todos me dijeron: «Haz lo que quieras; son tus tierras, pero este campo no lo puedes tocar, porque aquí está enterrada una santa». Se lo discutí una y otra vez, pero construyeron sus casas aquí para detenerme, así que no pude traer los tractores. Al final, acudí a nuestro líder espiritual y le pedí que viniera a verlo. Contempló la zona y dijo: «Sí, aquí está enterrada una santa. Pero solo aquí». Delimitó la zona con piedras y dijo: «Deja esta parte y con el resto haz lo que quieras».

—¿Qué clase de santa? —le preguntó el chico.

—La llaman Bibi —le explicó Rafik.

—Era muy sabia —dijo el conductor.

—Murió muy joven —añadió el administrador—. Las mujeres que no podían tener hijos acudían a ella.

—Cada árbol parece diferente a los demás —dijo el chico—. ¿Así era la selva?

Una luz destelló a lo lejos, al otro lado de los árboles, y luego apareció un coche por detrás del templo, con el reflejo del sol en el capó. Era un todoterreno como el de Rafik, pero más nuevo y de un verde intenso. Avanzaba hacia ellos. Rafik preguntó y le dijeron que era su primo, el hijo de Mumtaz Chacha.

—Es Mousey —le explicó al chico—. Ha venido tras la muerte de su padre. Está bien que venga a echar un vistazo, que se interese. Así, antes de que regrese a Londres, puede ver todo el trabajo que tengo que gestionar. —Se quedaron observándolo hasta que el todoterreno se alejó, y después Rafik le ordenó al chófer que continuara—. Pobre hombre. Nadie sabía quién era en el funeral de su padre, allí sentado en una esquina. Se lo presenté a los demás. Me dijeron: «No sabíamos que tenía un hijo. Pensábamos que solo estabas tú». Yo les contesté que había pasado toda su vida en Londres, que ahora era de allí—. Un agricultor les hizo gestos para que se detuvieran, para comentarle algo de una disputa—. ¿Qué hay en Londres para que a todo el mundo le guste tanto? Ir de compras y ya está... ¿Es eso lo que hacéis tu madre y tú? ¿Qué se hace allí?

—Hacemos un montón de cosas —respondió el chico.

—Siempre ha sido así —prosiguió Rafik, pensando todavía en Mousey—. Es más joven que yo, pero en la escuela íbamos a la misma clase. —Se detuvieron para permitir que una manada de búfalos con la piel húmeda y brillante como el ónix cruzara la calzada—. Siempre les decía a mis amigos: «Si sois mis amigos, sois sus amigos. Si me invitáis a mí, le invitáis a él». Pero se negaban. Decían que no hablaba. «Está siempre callado. No está bien». «Está perfectamente», les decía yo. Así que lo llevaba conmigo adonde fuera, como quien lleva libros de texto.

El camino que conducía a la última aldea estaba bordeado de palmeras datileras jóvenes.

—Esta gente es muy innovadora —le dijo Rafik al chico.

Un par de perros salvajes le ladraron al coche y el chico se apartó de la ventanilla, asustado. Un grupo de niños esperaba junto al muro de tierra.

—No desperdician nada —continuó Rafik, mostrándole a Fahad los pegotes de estiércol que habían pegado a la pared para que se secaran.

Los niños se apretaron contra la ventanilla de Rafik y chillaron cuando sacó el bote de caramelos de debajo del salpicadero.

—Toma. —Le pasó el bote al chico—. Dáselos tú.

—No hace falta —contestó el chico sin agarrar el bote, mientras Rafik lo sostenía en el hueco de entre los reposacabezas.

—Se pondrán muy contentos —insistió Rafik.

Le acercó más el bote y, tras un instante, el chico lo tomó.

—¿Qué hago? —preguntó, mientras bajaban de la parte de atrás del coche.

El administrador colocó a los niños en fila junto al coche, con Fahad a la cabeza. El chico desenroscó la tapa y sacó con cautela un puñado de caramelos.

—Mira —dijo Rafik.

Una voluta de humo se alzaba desde algún lugar de la aldea y un par de cabras pasaron junto a ellos a toda velocidad y dando balidos. Los niños empezaron a chillar más aún y el administrador comenzó a gritar también. Los niños habían rodeado al chico, que había desaparecido bajo ellos. Todos intentaban quedarse con el bote a la vez, y el bote iba de unos a otros; luego empezaron a girarlo y al final lo vaciaron por completo.

Rafik sacó la mano por la ventana abierta para abofetearlos y el administrador los apartó agarrándolos del cuello o, en el caso de los que llevaban ropa, del cuello de la camisa. El chico se quedó allí en medio, encogido, cubriéndose la cabeza con los brazos.

—Sois unos salvajes —les gritó Rafik—. Os voy a tener que abofetear yo mismo.

El administrador repartió varios golpes a los pocos que no habían salido corriendo y luego hizo que el chico volviera al coche.

—Tienes que sujetarlo bien —lo regañó Rafik—. No puedes ser tan blandengue como cuando haces teatro y esas cosas... —Giró la muñeca en el aire—. Tienes que mantenerte firme. Tienes que demostrarles que eres duro. Quieren ver quién es el jefe. ¿Quién es el jefe?

El chico no dijo nada. Tenía un rasguño en la mejilla.

—No te ha pasado nada —dijo Rafik—. No montes un numerito. —Le habían desgarrado la solapa de la camisa—. Venga. La próxima vez, demuéstrales quién manda.

—No quería hacerlo —respondió el chico mientras hundía la cabeza entre las rodillas, con la voz entrecortada.

—Ya está, ya está —contestó Rafik—. No hace falta llorar ni gritar.

El resto del camino de vuelta a la casa lo pasaron en silencio.

Rafik no durmió demasiado bien. Se despertó sediento en mitad de la noche, se le cayó el vaso del que estaba bebiendo en el vestidor y se hizo añicos. Entre los pedazos, encontró la base del vaso, que se había partido limpiamente en dos: una medialuna y el trozo que encajaba en ella. Sostuvo en alto los fragmentos y los unió bajo la pálida luz que entraba por la ventana alta y estrecha.

Por la mañana, se acordó de un vecino suyo que tenía un pequeño terreno y un surtidor de Shell a las afueras de la ciudad. Tenía un hijo más o menos de la edad de Fahad, un muchacho duro que se había criado en la zona. Sería un buen ejemplo para el chico. Los invitó a casa y se sentó con ellos en el dormitorio.

—Es muy inteligente —les dijo sobre Fahad—. Siempre está leyendo. Incluso ahora, si subís, estará con un libro. —Hizo como que pasaba las páginas de un libro imaginario en el regazo—. Se ha criado rodeado de mujeres. Su ayah y su madre, siempre quejándose, quejándose y quejándose.

—Deberías hacer que se quedara aquí —le dijo su amigo—. Para siempre. Ponle un profesor particular para que pueda aprender desde casa. Y que conozca a la gente y que la gente pueda verle. Así, algún día podrá sustituirte. Si no, ¿qué piensas hacer?

—Pues eso es lo que digo yo —dijo Rafik.

—Las hijas pueden quedarse con la madre —continuó su amigo—, pero los hijos deben estar con el padre. Mira —dijo, y señaló a su propio hijo.

Rafik envió al mozo a buscar a Fahad. Cuando volvió dijo que ahora vendría.

—Dile que venga ahora mismo —le ordenó Rafik.

Siguió al mozo afuera de la habitación y gritó por el hueco de las escaleras. Luego, al cabo de unos minutos, el chico apareció arrastrando los pies, con el pelo alborotado y la ropa arrugada, como si hubiera estado durmiendo.

—Deberías arreglarte —le dijo Rafik al oído mientras volvían a la habitación—. Como un hombre.

—Aquí está —dijo el amigo de Rafik, que se levantó y le dio una palmada en la espalda a Fahad mientras el muchacho se quedaba lacio como un fideo.

El amigo de Rafik le presentó a su hijo, que era corpulento y fuerte, con una barba espesa que le llegaba al pecho a pesar de su edad.

—¿Cuántos años tiene? —preguntó Rafik.

—Diecisiete —respondió su amigo.

—Tienen la misma edad. Te enseñará todo lo que tienes que aprender —le dijo a Fahad—, todo lo que te hace falta saber por aquí.

Una vez más, Fahad permaneció en silencio, se sentó y se quedó mirándose las rodillas y las manos, buscando una respuesta en ellas.

Rafik le dio una palmadita en la pierna.

—Este muchacho lo sabe todo. Te puede responder a cualquier pregunta.

—No es cierto —dijo el chico.

—Que sí —insistió Rafik.

—Lo importante es que aprendas el idioma —le dijo el amigo de Rafik a Fahad—. Y las costumbres. Eso es lo más importante de todo. Este es tu hogar. Lo demás... ¿qué importa?

—Bien, bien —dijo Rafik, y luego se dirigió a los chicos—: Ahora que os conocéis, a ver si os hacéis tan amigos como tu padre y yo.

—De pequeños jugábamos en el canal —dijo su amigo—. ¿Te acuerdas? Nos tiraban mangos para que nos los comiéramos, chupábamos las semillas y las lanzábamos por encima del hombro.

—Este tipo no dejaba nada para los demás —dijo Rafik—. Se comía tres o cuatro mangos antes de que yo pudiera comerme uno siquiera. Y, ahora, mira... —Señaló con la cabeza la barriga redonda de su amigo y se rieron.

El mozo anunció otra visita.

—Que espere —dijo Rafik—. ¿Quién es?

Era su primo, Mousey.

—Ah, claro, claro, ¿por qué no le has dejado pasar? Esta es su casa. No tienes ni que decírmelo.

Mousey era un tipo curioso; entró en la habitación con la cabeza gacha como un sirviente. Rafik le dio unas tortas juguetonas.

—Para Londres no está mal, pero aquí solo los hindúes van tan afeitados —le dijo.

Hablaron de Mumtaz Chacha.

—Ya no hay hombres como él —se lamentó el amigo de Rafik—. Amigo de sus amigos. Querido por todos.

—Por todos —coincidió Rafik—. Y no le asustaba tener mano dura. Era duro como una piedra.

—Y él también quería a todo el mundo —continuó el amigo—. Mi padre, antes de morir, me dijo: «Nosotros siempre votaremos a Mumtaz. Nosotros somos los hijos y él es el padre».

—¿Qué hijos? —dijo Rafik—. Con diez mil votos, ni hijos ni nada —le explicó a Mousey.

Mousey y Fahad siempre se habían llevado bien, y ahora hablaban en voz baja, casi en privado; Mousey le preguntó por la escuela, por algún que otro libro, por Soraya, y después le contó cosas sobre Londres, sobre tal obra o tal museo.

Les llevaron té. Mousey lo rechazó.

—No puedes rechazarlo —le espetó Rafik—. Son las costumbres del lugar, y decir que no es un insulto. Un insulto muy grave —dijo entre risas.

Mousey le dijo que tenían cosas de las que hablar.

—Sí, sí —contestó Rafik—. Soy todo oídos.

Mousey miró al amigo de Rafik y soltó un ruidito, como si estuviera pensando en voz alta.

—No te acuerdas de quién es —dijo Rafik—. Es como un hermano para nosotros. Jugábamos en el canal cuando éramos niños. ¿Te acuerdas?

—¿Te acuerdas? —le preguntó el amigo mientras estiraba la mano para darle un apretón en la rodilla.

—Puedes decir lo que tengas que decir delante de él. No te cortes —dijo Rafik—. Sin tapujos.

Mousey tenía un aspecto extraño; parecía más bien un niño, con el pelo rapado y una ropa que no le quedaba demasiado bien.

Volvió a mirar al amigo de Rafik y a su hijo, y luego retiró la caja de pañuelos de la mesa y apartó las tazas de té. Tomó un rollo de papel que llevaba bajo el brazo y lo extendió sobre la mesa. Era un mapa, con una sección de color verde y otra azul, una zona dividida en parcelas más pequeñas y una línea irregular en el centro. —Aaah —exclamó Rafik. Eran las tierras. Ahí estaba su canal y las acequias que se ramificaban. También estaban los almacenes, el templo, los campos bajos en los que no se podía cultivar...—. Muy bien. Muy útil. Todo esto era selva. —Extendió la palma de la mano sobre la hoja para indicárselo a Mousey—. Todo. Yo mismo talé los árboles. Había colinas y zanjas.

Mousey asintió.

—Trabajaba día y noche —añadió el amigo de Rafik—. Día y noche. Le llegaba el barro hasta aquí. —Se llevó la mano a la rodilla.

—Más arriba —dijo Rafik—. Mucho más arriba. ¿Y qué quieren decir los distintos colores? —preguntó mientras señalaba la zona verde.

Mousey cambió de postura, primero hacia un lado y luego hacia el otro.

—Esto muestra lo que es tuyo; y esto, lo mío —contestó mientras pasaba el dedo a la zona azul.

—¿Mío y tuyo? dijo Rafik, echándose hacia atrás, luego hacia delante de nuevo y luego hacia atrás—. Ah, pero eso no se puede saber. Si tomara un puñado de tierra de un lugar y de otro y los mezclara —dijo mientras juntaba las palmas de las manos como representando la escena—, ¿cómo sabríamos qué es tuyo y qué es mío? No, no, es mejor olvidarnos de todo este asunto.

Mousey se miró las rodillas y luego dirigió la vista al mapa.

—Lo que estáis haciendo está bien —dijo Rafik—. Te estás encargando de los asuntos de tu padre. Está bien. Eo lo que deben hacer los hijos. Más vale tarde que nunca. —Repitió para impresionar a su amigo—. Pero puedes quedarte tranquilo; que no te quite el sueño. Contigo haré lo mismo que hice con tu padre. No tengo ninguna intención de, de, de... ¿qué? —Miró a su alrededor—. No tengo ninguna intención de nada.

Mousey dijo que el funcionario del registro civil le había entregado la documentación. Le había explicado a Mousey qué eran y dónde estaban todas las zonas.

—Estos documentos dicen lo que quieren —contestó Rafik.

—No lo entiende —dijo su amigo—. Si le das al funcionario este algo de dinero —añadió despacio, como si le hablara a un niño—, te hace los cambios que le pidas en el registro. ¿Quién es? Es un paleto, seguro. Tú le dices: «Pon esta parcela a este nombre, y aquella a este otro», y hará lo que le digas. —Señaló distintas zonas del mapa—. Y estos documentos los puedes usar en lugar de esto para limpiarte la nariz y la boca, ¿me entiendes? —añadió mientras sacaba un pañuelo de la caja y lo mecía en el aire.

Rafik dijo que qué más daba a nombre de quién estuviera cada parcela. La tierra era de ellos y nadie podía quitársela.

—A veces ponemos una parcela a nombre de uno u otro agricultor. Ya sabes que van implantando leyes sobre la cantidad de tierra que puede poseer cada uno, así que hay que encontrar formas de sortearlas. Pero tú no tienes por qué preocuparte por todo esto. Te enviaré tu dinero cada año, como hacía con tu padre cuando me quedé a cargo de la finca. Claro que todos queremos huir, ¿no? Todos queremos estar en Londres, en Harrods, con todas esas mujeres de piel clara. —Le guiñó un ojo a su amigo—. Pero, entonces, ¿qué pasará con esto? —Agitó una esquina del mapa—. Se irá a la mierda. Y, si no me ando con cuidado, este puesto que ha pertenecido a la familia durante generaciones se lo quedará cualquier otro así —concluyó chasqueando los dedos.

Mousey comenzó a explicarse e intentó persuadirlo con halagos como hacía siempre. Aseguraba que eso no era justo, que no era nada justo. Que Rafik se había encargado de demasiadas cosas, decía, demasiadas, demasiadas. Que perder a un padre era algo que lo cambiaba a uno.

—Si lo sabré yo... —respondió Rafik—. Tú eres un hombre hecho y derecho. Yo tenía su edad. —Señaló con la mano hacia el chico—. Tenía que hacer lo que me decía tu padre. No podía hacer lo que yo quería. ¿Y qué era lo que quería? El puesto de mi padre. Era de mi padre. Estaba en mi derecho. Pero yo era joven. Cuando tu padre era ministro de Asuntos Exteriores y se reunía con tal y cual, con Jackie Kennedy, Farah Diba... ¿Dónde estaba yo? Aquí fuera, cubierto de barro hasta las rodillas, ganando el dinero con el que se pagaba las elecciones.

El televisor se encendió de repente, con el volumen muy alto, y mostró una ambulancia que atravesaba la pantalla. No encontraban el mando a distancia. No podían oírse los unos a los otros. Levantaron los cojines. Miraron debajo del sofá. Se cayó una taza de té de la mesa al suelo. El hijo del amigo desenchufó el televisor de la toma de corriente. Se quedaron todos allí plantados, de pie. El mapa estaba a punto de caerse de la mesa, colgando, con el borde enroscado.

—Cuando le entregaba las cuentas a tu padre —continuó Rafik—, nunca quería verlas. «Tengo una entrada para cada agricultor en la que aparece cuántas semillas ha recibido, cuánto abono, su rendimiento, todo lo que nos entregaba...», le decía. «No me lo enseñes», contestaba tu padre. Me decía que me lo llevara. Cerraba el libro de contabilidad de un golpe. Intentaba romperlo. «¿Por qué?». Se enfadaba conmigo. «¿Qué hay más importante que la familia? ¿Qué es una familia sin confianza?».

Mousey siguió hablando mientras se movía de un lado a otro, retorciéndose las manos como un prestamista. Dijo que lo único que quería eran las doscientas hectáreas que le pertenecían.

—Este es el motivo por el que la sociedad se está yendo a la mierda. Lo que es tuyo, lo que es mío... Todo tiene que estar siempre delimitado. Tu padre se echaría a llorar. Y mi padre, igual. Tú no lo entiendes. Has estado fuera demasiado tiempo.

Mousey siguió dándole vueltas al tema. Dijo que no se iba a ir a Londres, que no iba a volver, que se quedaría allí y tomaría las riendas.

—De eso nada —respondió al fin Rafik, y se puso de pie—. No lo pienso permitir.

CAPÍTULO TRES

Tras aquel primer encuentro que tuvo lugar la tarde que Mousey fue de visita, el hijo del vecino no dejó de volver a la casa como si lo hubieran llamado. También les pedía a los sirvientes que le transmitieran mensajes a Fahad y, cuando Fahad no bajaba del rellano, subía con pasos pesados por la escalera mientras su sombra se estiraba por la pared.

Era un matón, la clase de chico al que Fahad habría tratado de evitar por todos los medios en la escuela, la clase de chico al que no habría mirado a la cara, del que se habría escondido en la sala de música del sótano... Un chico de manos grandes, hombros anchos y ojos de animal que centelleaban bajo unas cejas pobladas.

Apenas hablaba; se sentaba durante largos periodos de tiempo en absoluto silencio y examinaba la habitación con los dedos extendidos sobre las rodillas y todos los pliegues del *salwar* colgándole entre las piernas. A Fahad no le molestaba. El chico podía sentarse donde quisiera.

A pesar de su fanfarronería, iba y venía en un Suzuki maltrecho y tan pequeño que tenía que encorvarse para meterse en un asiento diminuto. Pero era evidente que tanto él como su padre eran personas de cierta importancia. Si Rafik estaba en su dormitorio, el chico y su padre iban hasta allí a buscarlo; y, si Rafik estaba en la galería, algunos de los demás visitantes se levantaban para dejar que se sentaran cerca de él.

La ropa del chico estaba planchada y almidonada, y llevaba unas sandalias *peshawari* robustas y pulidas, y la barba recortada en

49

punta bajo la barbilla y afilada en los extremos del bigote. Como todos los visitantes pudientes, infundía respeto. Le preguntó a Fahad por qué no hablaba. Le dijo que a la gente le parecía un poco raro.

Fahad se encogió de hombros sin levantar la vista del libro.

En otra ocasión le preguntó si no le gustaba estar allí, como si estuviera tratando de provocarlo. Le preguntó, mientras señalaba con las manos las paredes tan feas que los rodeaban, qué podía querer que no tuviera ya.

—Cosas —respondió Fahad.

¿Por qué no salía a conocer a más gente? ¿Por qué no se subía al coche de su padre y daba una vuelta por los alrededores? ¿Por qué no se encargaba de las tierras y de los molinos? El chico hablaba siempre como si gritara; tenía una voz tan potente que a Fahad le parecía que venía de todas partes; e incluso cuando mantenía la cabeza gacha, sentía al chico mirándolo. De algún modo, era como si tuviera ojos por todas partes también.

—Me han dicho que estás haciendo amigos —le dijo a Fahad su madre cuando lo llamó.

—No —respondió él.

Oía de fondo la radio, en la que sonaba algo de música clásica, y se imaginó tirándola de la estantería, se imaginó partiéndola en dos y se imaginó a su madre llevándose las manos al rostro huesudo, aterrorizada.

Su madre le habló del tiempo, le contó que había ido a dar de comer a los patos del estanque y que había muchos turistas en Harrods.

—Están por todas partes —le dijo.

—Aquí son todos unos salvajes —se quejó Fahad, y le dijo que no pensaba volver a los campos—. Es lo único que le importa

—añadió, refiriéndose a su padre—. Las tierras y el puesto, el puesto y las tierras. Es todo tan vulgar, tan... medieval. ¿Es que no importa nada más?

—Dale una oportunidad, al menos —le pidió su madre—. Acompáñalo adonde vaya y a lo mejor, viendo todo lo que hace, empiezas a entenderlo. —Hizo una pausa—. Y ya sé que crees que no le hace falta, pero de vez en cuando necesita a alguien que le eche una mano. Lo está pasando mal, aunque no lo exprese. Se cree que está hecho de piedra, pero no es verdad. Para nada.

Fahad respondió con un ruido que no era un «sí» ni un «no».

—Se cree que todo el mundo necesita ayuda —le dijo a su madre—. ¿Por qué no puede dejarnos a todos en paz?

∽✼∽

Si Fahad hubiera tenido un dormitorio, podría haberlo cerrado para que no entrara nadie, pero no había puerta en el rellano; la escalera daba directamente a esa estancia. «¿Por qué vienes aquí? —le había querido preguntar al chico—. ¿No tienes nada mejor que hacer?». En cambio, Fahad se quedó en la cama, en el rincón, con la espalda apoyada en la pared, las rodillas encogidas y encorvado sobre un libro. Desde fuera parecía un libro de texto, pero dentro de la cubierta había metido el libro que había tomado prestado de la estantería de su madre. Sentía un placer perverso al leer esa clase de libros mientras tenía al chico allí delante, amenazante y corpulento. Quería leerlo en voz alta. «Le acarició el pecho. Le repasó las clavículas con la yema del pulgar». Quería sonrojarlo. Tenía una boca extraña, con unos labios oscuros y un arco de cupido muy marcado, casi femenino, no pegaba en ese rostro. A veces, mientras observaba a Fahad, se mordía el labio inferior, que era más grueso que el superior. A veces le brotaba sangre del labio.

Era un salvaje. Pero ¿por qué iba a tenerle miedo? No se lo tendría. No se lo tenía. Aunque al verlo seguía pensando en algunos chicos del colegio; en concreto, en uno que le había acercado una cerilla encendida al pelo de la nuca. Fahad no sabía por qué todo el mundo se había echado a reír; no lo entendía. Y entonces, cuando sintió un escozor en el cuello y le llegó un olor espantoso, se dio unas palmaditas en la nuca como si nada, y las puntas ennegrecidas le mancharon los dedos. Pero más tarde, solo en el lavabo, de espaldas al espejo y con el cuello estirado para ver qué aspecto tenía, se encorvó sin aliento, comenzó a toser y vomitó un fino hilo amarillo en el retrete.

En una ocasión el chico le preguntó a Fahad qué estaba leyendo y, cuando Fahad inclinó la cubierta para enseñársela, el chico asintió y dijo:

—Es bueno.

La próxima vez que fue a la casa le llevó un libro delgado y barato con un dibujo de una vasija de barro y varias palabras en sindí en la cubierta. En el interior, con unas letras grandes e inseguras, ponía «Ali».

—Puedes aprender con este libro —le dijo—. Te puedo enseñar. Esto es... —y pronunció una letra que Fahad jamás había escuchado, haciendo un chasquido con el centro de la lengua contra el paladar—. Ahora tú —le dijo.

Fahad no quería hacerlo, pero, aun así, lo intentó.

—No, no —le dijo Ali.

Repitió el sonido y Fahad lo imitó, y así una y otra vez, creando una especie de música juntos. En un momento dado, y muy a su pesar, Fahad se rio, y Ali se rio con él.

Una tarde, Ali fue a la casa y no se sentó, sino que se quedó junto a la barandilla.

—Ha venido gente —le dijo—. Tu padre los ha llamado. Eso es bueno. Quiere que vean quién es el que manda, quién los alimenta, quién hace las llamadas por ellos. —La única bombilla desnuda que iluminaba el rellano y la escalera colgaba del techo tras él, de modo que Fahad solo veía su silueta—. El *biryani* de fuera siempre es mejor que el de casa, y ahí abajo hay un montón de ollas a rebosar. Hay suficiente como para alimentar a mil personas, como mínimo.

Fahad se negó. Y entonces, para poner a prueba a Ali —¿por qué no?—, le dijo:

—Si lo traes tú...

Como si Ali fuera su sirviente.

Ali sacudió la cabeza y se marchó, pero Fahad se quedó esperando a volver a oír sus pasos y, cuando lo oyó en las escaleras, cuando lo vio con un plato bien lleno en las manos, sintió que el corazón le daba un vuelco, como si se lo agitaran.

Ali le había llevado *biryani*, pero también un montón de costillas chamuscadas, un *dal* de un amarillo intenso y tan espeso que parecía puré de patatas, *nans* bañados en mantequilla y cubiertos de semillas de sésamo, y *bombay aloo*. Ali tenía un grano de arroz amarillo en la barba, y Fahad se imaginó a sí mismo quitándoselo.

El chico se quedó mirando a Fahad mientras este comía, como si nunca hubiera visto comer a nadie, y giraba la cabeza de un lado a otro casi como un pájaro, sí, como un pájaro.

—Una vez... —comenzó a decir, pero luego se quedó callado durante un buen rato. No, le daba vergüenza decirlo. Se tapó la boca con los dedos y luego habló a través de ellos. Le dijo que en una ocasión se había sentado a comer en el comedor de abajo. Tenía tanto miedo que no había comido nada. No sabía cómo se utilizaban el cuchillo y el tenedor.

—Es muy fácil —le dijo Fahad, sujetando los cubiertos en alto como si fueran lanzas.

Ali se cubrió los ojos con la mano.

—Mira —le dijo Fahad—. Así.

Le mostró cómo sostener el cuchillo y cómo agarrar el tenedor. Hizo como que apuñalaba el aire con el tenedor, lo serró con el cuchillo y luego hizo lo mismo sobre el plato de papel que mantenía en equilibrio sobre la rodilla, que se dobló por la presión, y una costilla a medio comer se cayó sobre la cama.

—Ahora es mía —dijo Ali mientras se quedaba con ella.

—Pero solo si te la comes con esto —le respondió Fahad.

Le puso el plato de papel delante y le tendió el cuchillo y el tenedor por el mango.

—No, con esto… —Ali sacudió las manos frente a Fahad, se comió la costilla de un solo bocado y esbozó una sonrisa de oreja a oreja.

Cuando Fahad terminó, Ali le dijo:

—Es como si estuviera celebrando un *mela*. Tu padre lo ha hecho muy bien. A la mayoría de la gente lo que de verdad le importa es que le den de comer. Si les das *biryani*, se olvidan de todo lo demás, de que no hayas hecho esto o lo otro.

—Pues qué fácil —respondió Fahad.

Ali le dijo que había música, bailes y un hombre que te leía la palma de la mano. Le preguntó a Fahad si quería verlo y le dijo que la gente tenía ganas de verlo a él, que la gente preguntaba por él.

—Aquí, tu familia y tú sois príncipes —le dijo a Fahad—. Sois reyes.

❧

El pasillo estaba abarrotado. Ali se abría paso a codazos y se giraba de vez en cuando para asegurarse de que Fahad estuviera detrás mientras apartaba a la gente para que pudiera seguirlo.

El humo flotaba sobre las figuras del patio, se sumergía entre ellas y se enroscaba alrededor de sus rostros. El olor le irritaba los ojos, pero también poseía un dulzor que le hizo relamerse los labios y que le entrara hambre otra vez. A lo largo de la pared había unos recipientes de acero inmensos —tan grandes que incluso cabría un niño en ellos— sobre unos fuegos, y varios hombres se servían la comida en platos de papel.

Había mucho ruido, y Ali tenía que acercarse a Fahad para que lo oyera, y Fahad se fijó en el color vivo del interior de su boca, que contrastaba con la barba oscura. Ali lo agarró de la muñeca y lo arrastró de un grupo a otro mientras se lo iba presentando a la gente: a campesinos con camisas hechas jirones que se arrodillaron para tocarle los pies a Fahad, hombres con los ojos pintados y anillos, un campesino con una hendidura irregular en el labio superior que le llegaba hasta la fosa nasal, otro con los brazos en jarras. Ali gritaba a quienes se acercaban y los apartaba tirándoles de la ropa.

—Mostrad un poco de respeto —le dijo a un hombre sacando pecho y con los hombros erguidos.

El parloteo comenzó a sonar más fuerte, interrumpido de tanto en tanto por el estruendo de los tambores y una especie de cántico con unos ritmos sincopados que resultaban hipnóticos. Una luna llena apareció de repente en el cielo tras las nubes y su resplandor cayó justo sobre Fahad mientras avanzaba a trompicones tras Ali, abriéndose paso entre las figuras, con la música retumbando en su interior y un cosquilleo que ascendía desde las plantas de los pies hasta la coronilla.

Pensó que lo único que importaba era el presente, ese momento, los empujones, los codazos y los rodillazos que lo mantenían erguido y le impedían caer.

Salieron en tropel al porche. Fahad se había quedado sin aliento. Un hombre que estaba debajo del alero y al que sólo se le veía la mitad inferior de la cara le ordenó a Fahad que le enseñara la mano. Un grupillo se reunió a su alrededor. El hombre le dijo a Fahad que iba a leerle la palma de la mano, y entonces le agarró los dedos, le aplanó la palma con el pulgar —mientras Fahad se reía sin tomárselo en serio— y se la inclinó hacia la luz antes de que la soltara de golpe.

Fahad les preguntó a los sirvientes por Ali y su padre.

—¿Qué vamos a decir nosotros? —respondió el mozo desaliñado—. ¿Quién va a querer escucharnos? Esa gente hace lo que quiere. Son unos aprovechados.

Al administrador de su padre tampoco le caían bien.

—Se creen muy importantes —le dijo—. ¿Quiénes se creen que son? Solo por unas cuarenta hectáreas de tierra. Pero si hasta les pegan a sus agricultores y a sus sirvientes con sus propias manos.

El hecho de que pasaran tiempo juntos le resultaba rarísimo a Fahad. Ali era un bestia, y se notaba en lo corpulento que era, en su presencia y en el modo en que apartaba a la gente que se interponía en su camino. Sin embargo, con Fahad se convertía en otra persona. En una ocasión, Ali tomó el ejemplar de *Macbeth* de Fahad y lo hojeó.

—No puedo —sentenció, sacudiendo la cabeza sin mirar el texto y encogiéndose de hombros.

¿Para qué servía ir al colegio? Su padre tenía tierras. Iban a construir un molino. ¿Para qué era necesario estudiar?

—¿Es eso lo único que importa en el mundo? —le preguntó Fahad.

—¿Qué más importa?

—La belleza —respondió Fahad—. El arte. El teatro. Los libros.

—¿Y qué haces con todo eso? —le preguntó Ali—. Te entretienes un rato si no tienes nada mejor que hacer.

—¿Y qué haces con las tierras? ¿Y con el molino?

—Dinero.

—¿Y qué haces con el dinero?

—Lo que quieras —respondió Ali—. Con dinero puedes ser libre.

—¿Y qué harías tú con esa libertad?

Ali suspiró y frunció el ceño.

—¿De qué sirve pensar en eso ahora? —contestó.

Pero, tras un instante, le dijo que le enseñaría a cazar.

—Es importante aprender a cazar.

Fahad dijo que matar a un animal con un arma tampoco requería demasiada pericia.

«Pelea con las manos, si crees que eres tan fuerte», quiso decirle, y entonces, por algún motivo, se imaginó a ambos forcejeando y cayendo sobre la alfombra polvorienta mientras se agarraban con las manos, y sintió un cosquilleo inesperado.

¿Qué pensaba su padre al respecto? Debería haberse alegrado, pero estaba preocupado y no dejaba de recorrer las tierras, en ocasiones hasta dos veces, una por la mañana y otra por la tarde, justo antes de la oración del Maghrib. Se había producido un altercado con el funcionario del registro civil; su padre había tenido que sacarlo a rastras de su casa, tirándole de la larga barba blanca, mientras los demás invitados contemplaban el espectáculo desde una distancia prudencial.

—Deberías estar con el resto de tu familia en los campos, canalla —le dijo—. Fue *mi padre*, mi padre, el que te dio un sueldo y un trabajo.

Fahad se quejaba a Ali de la comida que servían en la casa.

—Vives en un palacio —le respondió una vez Ali—, pero vuestros sirvientes no valen de nada. Hacen lo que quieren. Nadie les dice lo que tienen que hacer.

Más que un palacio, era una prisión o una fortaleza, con sus ventanas estrechas, sus almenas y sus pasillos oscuros.

—Sé cómo puedo sacarte una sonrisa —le dijo Ali.

Y, por algún motivo, Fahad se sonrojó.

Ali iba a llevarlo a tomar el mejor helado de todo el distrito. Iba gente de todas partes a por los helados del Hotel Greenland. Tenían sus propias búfalas, de modo que la leche siempre era fresca y estaba cargada de nata.

Fahad le dijo que no pensaba comer nada fuera de casa.

—En esta ciudad está todo siempre sucio.

Pero lo acompañaría para dar una vuelta.

Ali tenía un aspecto ridículo en su Suzuki: tenía los hombros pegados al volante y las rodillas contra el pecho. Atravesaron con el coche el camino bordeado de árboles de nim que unía la casa con la carretera y cruzaron el arco que había al final.

El sol estaba a punto de ponerse. El cielo era cobre. Fahad bajó la ventanilla, sacó el codo y el aire le azotó en la clavícula.

—Menuda libertad, salir de ahí —dijo riéndose—. Fuera todo parece posible.

Dejaron atrás las tierras. El cobre del cielo dio paso a un crepúsculo plateado. Le entraron ganas de cantar, de bailar.

Ali habló sobre el padre de Fahad, dijo que le daba demasiado miedo hablar en su presencia, que quería hacerlo, pero que, cada vez que abría la boca, se quedaba mudo.

—Pareces un león, pero, en realidad, eres un ratoncito —le dijo Fahad, y le dio unos golpecitos en las costillas.

La hierba alta de los campos se mecía y los árboles a lo lejos parecían figuras que los saludaban. La brisa era cálida y sacudía un Corán de plástico que colgaba del retrovisor del coche de Ali.

—¿Por qué prefieres Karachi, cuando aquí tienes todo esto? —le preguntó Ali—. Podrías echar a andar desde tu casa durante varios días y seguirías dentro de tu propiedad.

En la comisaría de las afueras de la ciudad, un agente de policía les indicó con la porra que se detuvieran mientras se retorcía las puntas del bigote.

—¿Qué vas a quitarnos, desgraciado? —le gritó Ali mientras lo esquivaba y agitaba el dorso de la mano—. Aquí puedes hacer lo que quieras.

Pasaron con un traqueteo sobre varias zanjas y baches mientras dejaban atrás una hilera de molinos, con las chimeneas humeantes y los patios llenos de grano.

—Si hubiera visto quién iba en el coche conmigo, se habría muerto de vergüenza por intentar pararnos.

A partir de entonces empezaron a ver tiendas y puestos, y a oír la peculiar música de aquel lugar: un mecánico que golpeaba una llave inglesa contra la rueda de un tractor, unos niños que les gritaban a unas cabras que estaban cruzando la calle, un vendedor de fruta que anunciaba a gritos su mercancía.

—Aún no has ido al cine —le dijo Ali, sacudiendo la cabeza, divertido—. Ya te llevaré. ¿Quieres? Ponen películas especiales. —Y le guiñó un ojo.

Iremos todos los días —respondió Fahad, para su propia sorpresa, y ambos se rieron.

Ali aparcó a un lado de la calle, junto a varios camareros repantingados que se daban golpecitos en las piernas con las bandejas, y le hizo un gesto a uno de ellos.

—Yo no quiero —dijo Fahad mientras Ali le daba instrucciones al hombre desde el coche, levantando dos dedos . Ya te he dicho que no.

El movimiento del exterior era como un baile; formas que bajo aquella agradable penumbra se deslizaban entre los demás, giraban y se perdían de vista. El escenario que tenían detrás parecía un decorado; las paredes blancas del hotel, el toldo rojo de un puesto que vendía *pakoras* y el techo verde de un bicitaxi.

Una niña, una mendiga, se levantó de golpe del lado del bicitaxi y fue directa a la ventana de Fahad. Golpeó el cristal y se llevó los dedos a la boca. Tenía el pelo claro y le colgaba como cuerdas harapientas alrededor de la cara. Tenía costras en la comisura de la boca y alrededor de la nariz. Tendría unos seis años, o siete u ocho o nueve o quince o veinte o cien.

El camarero reapareció con dos copas largas de helado y hielo picado de colores brillantes que formaban remolinos azules, naranjas y verdes. Fahad negó con la cabeza pero agarró la copa que le pasó Ali.

—¿De verdad eres tan delicado? —Ali se metió una cucharada en la boca, y varios fideos finos de arroz se quedaron colgando de la cuchara y de sus labios—. ¿Te vas a morir si lo pruebas?

Fahad sujetaba la copa entre las piernas.

La mendiga volvió a golpear el cristal y dijo algo que ninguno de los dos logró oír; lo repitió y volvió a señalarse la boca.

—No —le dijo Fahad, sacudiendo la mano—. No se va.

Ali se rio.

—Díselo —le respondió.

La parte de arriba de la copa tenía forma de campana, por lo que, conforme el helado comenzaba a derretirse, se iba tambaleando amenazante por los bordes. Fahad sintió que la chica seguía mirándolo y, sin girarse hacia ella, le hizo un gesto con la mano para que se fuera. Seguro que el reflejo borroso que veía en el parabrisas era ella.

Otro coche pasó junto al de Ali. Tenía la música puesta y se veían sombras moviéndose. Ali le dio un toquecito a Fahad para que mirara: se trataba del todoterreno de Mousey. En su interior vio a un hombre al que no conocía y, en el asiento del conductor, a Mousey.

—Debería estar conduciendo el sirviente —comentó Ali.

—¿Es un sirviente? —preguntó Fahad.

Por lo aseado que iba, daba más bien la impresión de ser un hombre de negocios. Podría haber sido un banquero o incluso un actor.

—Es su administrador.

Desde donde estaba sentado, Fahad veía más la cara de Mousey que la del administrador. Mousey se estaba riendo. Mousey estaba hablando. Mousey agitaba las manos mientras hablaba.

—Deberías decirle algo —le dijo Ali—. Lo que ha hecho está muy mal. Ha manchado la reputación de tu padre. Va diciendo por ahí que está usando su poder para intimidarlo, para quitarle lo que le pertenece, lo que su padre le dejó. Le ha dicho a la gente que el puesto es suyo. Que antes era de su padre.

—Padre, padre, padre —replicó Fahad—. No quiero saber nada más de padres. Ojalá hubiera un mundo sin padres.

—Dicen que tu padre incluso se ha arrodillado ante él para suplicarle —prosiguió Ali—. Yo no me lo creo. Él dice que ahora es su turno y que después le tocará a Mousey. ¿De qué tiene miedo? Nadie debería querer nada con tanta ansia.

El hombre se acercó hacia Mousey y Mousey lo apartó.

—Parecen amigos —comentó Fahad—. Parecen niños. Es como si estuvieran jugando.

El hombre llevó el pulgar al rostro de Mousey, a la hendidura entre el labio inferior y la barbilla.

Fahad y Ali apartaron la mirada de golpe.

—Corren rumores sobre él —dijo Ali.

—¿Qué clase de rumores?

—Es tu tío. No pienso decírtelo.

—Es un cabrón —respondió Fahad—. ¿Qué dicen de él?

—Que el administrador duerme dentro de la casa.

Fahad quería saber dónde dormía exactamente, a qué se refería Ali exactamente. Quería preguntárselo. Quería retarle a que le contara más. Quería preguntarle quién se creía que era para hablar así de su familia.

Fahad se comió una cucharada del helado solo para que no le goteara encima. Estaba demasiado dulce y tenía trozos de hielo. También tenía nueces y una especie de crocante. Los fideos translúcidos se enrollaban alrededor de la cuchara, teñidos con los siropes de colores con los que habían cubierto el helado. No era que estuviera malo, pero tenía un sabor amargo y medicinal, y le dejaba una sensación desagradable en la boca, como si tuviera pelo.

La mendiga seguía junto a la ventana. Golpeó el cristal con el puño y, cuando Fahad la miró, cuando le hizo otro gesto para que se apartara, cuando juntó las manos como si estuviera rezando y le pidió, aunque no pudiera oírlo, aunque no pudiera entenderlo: «Por favor, vete a otra parte», la niña apretó la cara contra el cristal, se le aplastó la nariz y separó los labios para enseñarle las encías. Dejó el cristal hecho un asco.

—Mira. Mira lo que ha hecho —exclamó Fahad.

Fahad sintió una presión desagradable en la frente. Le escocían los ojos.

Ali salió del coche con la copa medio vacía en la mano. La niña se alejó a toda prisa y rodeó el puesto de *pakoras*.

—No pasa nada. Ya se ha ido —le dijo Fahad.

Pero Ali logró atraparla y la agarró de la camiseta. La niña aulló como un gato y Ali le dio una bofetada en la nuca y la empujó para que se cayera, y la niña se estrelló de cara contra la acera.

—Vuestros métodos… —le dijo Ali cuando volvió al coche. Le pasó la copa al camarero, se limpió las manos en un montón de servilletas que aquel le había traído y las tiró por la ventanilla—. Puede que vuestros métodos os sirvan a vosotros. Pero aquí las cosas son distintas.

Mousey se había ido. Fahad se preguntó más tarde si los habría visto. ¿Acaso había algo que ver?

CAPÍTULO CUATRO

E l padre de Fahad le entregó un arma.

—¿Te estás convirtiendo en un hombre? —le preguntó. El arma estaba dentro de un estuche de piel alargado. Su padre lo colocó sobre la cama. Encendió el flexo del escritorio y dirigió el haz de luz hacia el estuche. Abrió los cierres con un chasquido. En su interior había un cañón largo y negro de metal sin brillo, una culata de madera color nuez, una mira y varias varillas de acero encajadas en el forro verde.

Su padre le dijo que se la había dado un amigo. Ni siquiera la había armado jamás.

—¿Qué poder tiene un hombre que necesita un arma? —preguntó su padre—. Solo el que le otorga el arma.

Cerró el estuche y apretó los cierres.

Colocó el estuche de pie para entregárselo a Fahad. Parecía querer decirle algo más, y siguió agarrando el asa incluso cuando Fahad introdujo los dedos en ella. El flexo proyectaba la luz sobre su rostro; un mechón de pelo le caía sobre la frente.

—Eso es lo único que sé… —dijo al fin.

Fahad se llevó el estuche al piso de arriba y lo guardó bajo la cama.

Se lo enseñó a Ali.

—No quiero cazar —le dijo—. Pero ¿no debería saber cómo funciona?

—Es demasiado antigua —sentenció Ali, pasando la yema del pulgar por el cañón—. Es una reliquia, por eso te gusta. Solo para mirarla. Pero yo tengo muchas. Te las enseñaré.

¿Fue el mero hecho de saber que el arma estaba bajo la cama lo que hizo que Fahad cambiara, que se negara a comerse la cena porque no estaba buena, que le dijera a alguien que fue de visita que se casaría cuando a él le diera la gana y no cuando se lo dijeran, que le gritara al mozo por haber movido sus libros y a la limpiadora por haber dejado un rastro de pelusas en el suelo?

Varios días más tarde, esa misma semana, Ali recogió a Fahad en su casa. Tocó el claxon justo cuando el mozo estaba echando el cerrojo de la puerta principal. La escena le resultó extraña; Fahad nunca se había imaginado la casa cerrada. El mozo le preguntó si iba a salir tan tarde, apretando el cerrojo con los dedos pero sin llegar a bajarlo.

Fahad le dijo que sí; apartó al hombre de en medio y abrió el cerrojo él mismo.

El coche de Ali estaba parado con el motor encendido bajo un haz de luz muy tenue. En el cielo había una luna tan delgada como una hoz. Una nube la atravesó.

Condujeron en silencio. Cada vez que Ali aceleraba, entraba el viento por las ventanillas y les mecía el pelo y la ropa. La luz que proyectaban los faros era tan débil que parecía que avanzaban eternamente hacia la nada. A Fahad le dio la sensación de estar cayendo. Se apoyó contra el salpicadero y le habló de todo lo que se le pasaba por la cabeza: de la llamada que había recibido su padre del ministro de Hacienda, del cuervo que había soltado un trozo de roti sobre la cabeza del cocinero, del templo que había en las tierras de su padre y que quería ver por sí mismo, de que deberían derribarlo por completo, de que su padre era demasiado blando con la gente. Algo se lanzó a la carretera. Ali dio un volantazo y los frenos chirriaron. Oyeron un golpe bajo el coche, y luego otro; un golpe... y otro. Ali detuvo el coche.

—No ha sido nada —le aseguró—. Solo algún animal. —Le brillaban los nudillos como guijarros contra el volante—. Puede que haya sido un perro.

La carretera que quedaba detrás de ellos había desaparecido en la oscuridad. Ali dio marcha atrás, giró el volante hacia un lado, lo enderezó y luego giró hacia el otro lado.

—Está ahí...

La silueta sobre la carretera no era más grande que un niño encorvado, como si estuviera rezando.

—¿Qué es? —preguntó Fahad, que sentía que algo se agitaba en su interior, algo que también hacía que le temblara la voz.

—No es nada —respondió Ali.

—Mira... —dijo Fahad.

¿Se había movido? ¿Se estaba moviendo? La respiración de ambos se volvió más superficial.

—No —respondió Ali. Pero luego condujo muy muy despacio por su lado y echó un vistazo a través de la ventana—. Es un perro —afirmó—. No es más que un perro.

Siguieron adelante y, cada vez que pasaban por encima de un bache o de una zanja, sonaba *pum, pum*, y Fahad volvía a oírlo; el segundo golpe siempre un poco más flojo que el primero, como un par de latidos.

—Pasa cada dos por tres —le dijo Ali—. Siempre hay alguno por el arcén. —Tras un instante, añadió—: ¿Por qué habrá cruzado? La carretera estaba vacía. No había nadie. Podría haber cruzado antes o después. No había nadie.

A Fahad le pareció que la expresión del rostro de Ali le hacía parecer un desconocido: la boca torcida bajo el bigote, las líneas oscuras de los ojos... O puede que el extraño resplandor de los faros lo distorsionara todo.

El administrador de su padre le había dicho que al abuelo de Ali lo había asesinado de un disparo uno de sus agricultores. Le había dicho que era un hombre muy cruel.

¿Por qué iban a un sitio que estaba tan lejos? ¿Por qué le había dicho Ali que no llevara el arma? ¿Por qué parecía que la carretera no acababa nunca?

Entonces Ali dio un giro tan brusco y tan rápido que la parte trasera del coche se inclinó hacia un lado.

—No había visto el camino —se excusó mientras ponía las largas para iluminar el camino de tierra.

Había árboles tan pegados entre sí que daba la impresión de que el camino era solo lo bastante ancho como para avanzar a pie, pero Ali siguió conduciendo mientras los neumáticos escupían rocas que rebotaban en el chasis y mientras las ramas arañaban las puertas y se metían por las ventanillas hasta que Fahad subió la de su lado.

—¿Es por aquí? —preguntó Fahad—. Esto es un bosque.

Rodeó con los dedos la manilla de la puerta, pero ¿a dónde iba a ir?

Se dijo a sí mismo que no pasaba nada. Estaba con Ali; no con un desconocido.

—Al final no me has enseñado el idioma —le dijo, aferrándose a ese recuerdo e intentado reírse. Emitió el sonido de la letra que Ali había intentado enseñarle a pronunciar—: ¿Lo he dicho bien? —le preguntó. Repitió el sonido varias veces—. ¿Es así como se dice? ¿Así?

—Deberían estar aquí —respondió Ali—. Justo aquí delante.

¿«Deberían»? ¿A quiénes se estaba refiriendo?

Una sombra cruzó el salpicadero.

—¿Quiénes? —preguntó Fahad.

De repente llegaron a un claro. Una camioneta encendió los faros y Fahad se imaginó un bulto como el que habían visto en la carretera metido en la parte de atrás. Ali se asomó por la ventanilla y llamó a los de la camioneta. El motor rugió, se puso en marcha y la siguieron entre traqueteos.

Fahad se imaginó el bulto dando botes en la parte trasera de la camioneta. Se imaginó el brazo de un niño sobresaliendo.

—Luego te llevaré a mi casa —le dijo Ali.

Fahad pensó que no lo conocía de nada. De nada.

El camino se volvió más rocoso y los neumáticos levantaban polvo a su alrededor al acelerar. Avanzaron derrapando y el polvo se quedó pegado a las ventanillas y al parabrisas, como un velo que cubría todo el exterior.

—¿Qué hora es? —le preguntó Fahad. ¿Por qué era tan tarde?

Ali paró el coche. La camioneta se había detenido cerca de ellos y los faros iluminaban un muro bajo.

Varios hombres bajaron de la camioneta. Colocaron una mesa, pusieron un mantel por encima y se apiñaron a su alrededor, ocupados con alguna tarea. Los sonidos de la selva —el canto de los grillos, los chillidos de los pájaros, las ramas que se rompían como si algo estuviera acercándose— se entremezclaban con el sonido de sus voces rudas.

Ali apoyó la mano en la espalda de Fahad y lo empujó hacia la mesa.

—Ahora lo comprenderás todo —le dijo.

Había armas de varias formas: cortas y achaparradas, largas y estrechas, largas y anchas. Algunas tenían al lado correas gruesas como cintos, dobladas. Ali se detuvo frente a un rifle que se parecía al que el padre de Fahad le había entregado. Metió el dedo en el gatillo y lo levantó de la mesa. A Fahad casi se le salió el corazón del pecho. Ali se apoyó el arma en el hombro, apuntó y, cuando disparó contra el muro, Fahad retrocedió a trompicones, tratando de apoyarse en el coche, preguntándose con la mente sumida en un estado de frenesí si las llaves estarían puestas, ni sabría cómo volver a casa.

Varios pájaros que se habían asustado alzaron el vuelo y se quedaron suspendidos en el cielo durante un instante, como si estuvieran paralizados.

Se oyó un sonido y luego un chisporroteo como el de un pedernal.

Había botellas y botes en lo alto del muro. Ali volvió a disparar y le dio a una botella; el cristal estalló como si fueran fuegos artificiales.

—Inténtalo —le dijo a Fahad, sin mirar a su alrededor, y luego volvió a disparar.

La luna había reaparecido; daba la impresión de que su hoz curvada salía de la punta del cañón de Ali.

Ali se bajó el arma del hombro y se dio la vuelta. Dio un grito y uno de los hombres tomó de la mesa un arma más pequeña, un revólver, y se la entregó a Fahad. Pesaba más de lo que se esperaba —no era normal que algo tan pequeño pesara tanto—, y se le tensaron los músculos del brazo al extenderlo.

—No, no —le dijo Ali, empujando la muñeca de Fahad para que bajara el arma—. Así no.

Entonces agarró a Fahad por los hombros, lo colocó en el sitio que había ocupado él antes y le ajustó las caderas.

—Ahora —le dijo.

Fahad volvió a levantar el arma. De repente el muro parecía estar lejísimos; los objetos que había en lo alto eran tan pequeños como las aves que hacía solo unos instantes le habían sobrevolado.

—Elige una —le dijo Ali, y Fahad escogió un bote como el que tenían en el coche, el de los caramelos.

El campo que se extendía ante él se inclinaba hacia abajo, de modo que desde allí parecía que el muro era el borde de un precipicio, que estaba frente al cielo y que el cielo era enorme. Se quedó muy quieto; todo a su alrededor se quedó muy quieto. Ya no tenía miedo. O puede que lo tuviera pero al mismo tiempo no.

Apretó el gatillo y el disparo le sacudió el brazo hacia arriba y le hizo retroceder contra Ali, que lo sujetó desde atrás.

—Es muy potente —le dijo—. La próxima vez, inténtalo así.

Extendió el brazo junto al de Fahad, le separó las piernas con las suyas y le recolocó los pies con los suyos. Le giró la muñeca. El cuerpo de Ali era robusto como el tronco de un árbol y, cuando Fahad volvió a disparar, retrocedió contra Ali, pero mantuvo la postura.

—Otra vez —repitió Ali—. Pase lo que pase, no dejes de mirar hacia lo que quieres. ¿Estás mirando?

Sí, aunque tenía la sensación de que estaba mirando una de las botellas que había sobre el muro y mirándose a sí mismo mirándola. Era él mismo y a la vez estaba fuera de su propio cuerpo, pensando, observándose mientras pensaba. Volvió a disparar, pero en esa ocasión se mantuvo firme, con los pies bien clavados en el suelo; la fuerza de la explosión lo atravesó desde el cráneo hasta el suelo, pasando por la columna vertebral, las piernas y las plantas de los pies, como si estuviera hecho del mismo material que el arma que tenía en la mano, como si el arma fuera del mismo material que la tierra; y el sonido retumbó por su pecho como si fuera su propia voz.

CAPÍTULO CINCO

Una especie de locura se apoderó de Rafik: un delirio que a veces se convertía en rabia y otras en desenfreno.

—¿Qué ha pasado? —le preguntó Soraya cuando llamó—. ¿Estás bien? Me estás hablando todo el rato como si fuera tu amiga y no tu mujer.

Le habló del chico, le contó que había hecho un amigo, que estaba todo el día fuera de casa, que iba a la ciudad por las noches a comer.

—Lleva un mes conmigo y ya he conseguido meterlo en vereda —le dijo.

Soraya quiso saber cómo era ese amigo que había hecho.

—Es un chico normal. Como cualquier otro. Un chico duro de la zona. Le está enseñando a disparar a Fahad.

Soraya le montó un buen lío. Que si podía haber accidentes, que si la gente resultaba herida... Quiso que le prometiera que el chico no volvería a tocar un arma. Le insistió.

—En cuanto os vais a la selva os convertís en animales.

—Ahí está la diferencia —le dijo—. Nosotros tenemos armas.

También le habló de Mousey; le contó que había decidido no regresar a Londres, que tenía unas ideas que eran disparates. No le contó que Mousey quería recuperar las tierras. Tampoco mencionó la ceremonia del turbante que había tenido lugar en secreto varias noches antes.

—Ha vuelto después de treinta o cuarenta años. ¿Dónde estaba cuando su padre se estaba muriendo? ¿Dónde estaba cuando tuve que cuidar solo de todo esto, cuando tuve que pedir dinero prestado porque su padre no soltaba ni una moneda, cuando me pasaba los días y las noches sin dormir por la preocupación?

—Menuda víbora —dijo Soraya—. Es una rata. No te puedes fiar ni un pelo del enano ese.

Durante un tiempo, a Soraya le había caído bien Mousey. Siempre hablaba de él; Mousey esto, Mousey lo otro, que si el apartamento que tenía en Cadogan Gardens, que si el crucero que había hecho por el Nilo...

—Pues a ti te caía bien —dijo Rafik.

—¿Quién? —le preguntó Soraya.

Y Rafik deseó por un momento poder sentir el dorso de la mano de Soraya contra su frente.

—Está intentando innovar en muchos aspectos —le dijo. Comenzó a notarse el rostro acalorado y una opresión en el pecho—. Dicen que se está gastando millones, que está trayendo semillas y maquinaria desde China. Ha vendido todo lo que tenía. Si no le sale bien, se va a ver en un aprieto. Tendrá que volver a Londres el muy desgraciado. Y no va a salirle bien. Pero no lo sabe. Su padre se pasaba todo el puto día sentado, esperando a que yo le mandara el dinero, lo que le correspondía de las tierras. Todo el día recibiendo visitas como ministro de esto y de lo otro. Fue mi padre quien se granjeó el prestigio del que goza ahora la familia.

—Te crees que todo el mundo es tu discípulo —le respondió Soraya—. Menuda tontería.

Luego le preguntó a Rafik qué iba a hacer un hombre como Mousey allí.

—¿Y tu qué? —le preguntó él—. ¿Estás contenta? ¿Te estás gastando todo mi dinero?

—Vete a la mierda —le respondió—. Si no fuera por mí, aún estarías en la selva.

La ceremonia del turbante se celebraba para nombrar al jefe de la tribu. Seguro que alguien había convencido a Mousey para que participara. Él no sabía de esas cosas. Alguien debía de haberle dicho: «Hazlo tú antes que Rafik. Al fin y al cabo, era tu padre. Tú eres el hijo. El hijo es el heredero». Era una estupidez. Eran ganas de joder. Y qué típico de Mousey eso de hacer algo a las espaldas en lugar de a la cara. ¿Qué más daba? Que se llamara a sí mismo el jefe de la puta Tombuctú si era lo que quería. Eso no significaba que le fueran a votar. No significaba que fuera a ganar el puesto si lo intentaba. Y, encima, los que estaban en casa de Rafik un día, comiendo en su mesa, haciéndole llamar a este o aquel funcionario para pedirle favores, estaban en casa de Mousey al día siguiente. No podían ser más serviles. Pensaba darles una buena hostia la próxima vez que los viera. Los iba a mandar a Tombuctú, y que fueran felices allí con Mousey.

Cuando fueron con el coche a ver las tierras, Rafik le mostró a Fahad el desastre que estaba provocando Mousey.

—Es posible que tengan mejor aspecto, pero esa semilla china no se puede reutilizar. Cada año hay que volver a comprarla. Y mira lo atrasado que está este cultivo. El nuestro tiene ya casi un metro y medio de altura, y el suyo ni medio.

El cultivo de Mousey tenía un color más intenso y se veía más exuberante… Pero Rafik decía que esperaran a que llegara el momento de la cosecha, y entonces ya verían.

El chico había aprendido a conducir para no tener que sentarse detrás con el administrador y los demás, pero iba dando trompicones todo el tiempo, usaba una marcha demasiado baja o demasiado alta…

—Tercera; si vas tan rápido, mete tercera —dijo Rafik—. No, no frenes. Sube una marcha. —Rafik movió la palanca de cambios. El chico reducía la velocidad por las zonas en la que el camino estaba cubierto de agua y por donde había zanjas—. Sigue, sigue; vas bien. No gires, no gires. Sigue recto. Si derrapas, sigue adelante. No, no se atascará. —Pero se atascó—. Ahora no vale de nada que aceleres. Lo empeorará. Para y ya está. Para. Apaga el motor.

Había tanto barro por todas partes que tuvieron que esperar a que llegaran unos agricultores de una aldea de allí cerca para que los ayudaran a bajar del todoterreno; luego, con el barro hasta las rodillas, los hombres sacaron el coche del lodazal.

—¿Por qué no mantienes el volante recto? —le dijo al chico—. No gires hacia un lado y hacia otro, como si no supieras a dónde vas. Ve siempre así. —Y cortó el aire con la mano como una cuchilla.

—Estaba demasiado embarrado —respondió el chico—. Deberían arreglar el camino.

Y, cuando volvieron al coche, Fahad se lo dijo al administrador.

—Dejáis las carreteras así a propósito para que no podamos circular por ellas. Así no podemos ver el trabajo que no estáis haciendo. Sois unos ladrones.

Fahad volvía una y otra vez a la zona del templo y daba vueltas alrededor del terreno como si estuviera buscando algo.

—¿Qué haces? —le dijo una vez Rafik—. Ya hemos pasado por aquí. Esto ya lo hemos visto. Sigue adelante.

Señaló hacia el humo que brotaba de la chimenea del molino de arroz. Pero el chico volvió al templo.

—Quiero echar un vistazo —dijo—. Desde aquí no parece que haya nada más que árboles.

El administrador, nervioso, le dijo al chico que no era una buena idea, que se marcharan.

—Si quieres verlo, ve a verlo —le dijo Rafik—, pero no tardes y vámonos ya.

El administrador dijo que aquella santa era una mujer malvada. Se colgaba de las ramas de los árboles para asustar a la gente que pasaba por debajo. Decían que las mujeres que querían tener hijos acudían a ella, pero que las que no los querían también.

—Me da igual, pero date prisa —dijo Rafik.

El chico aparcó el coche donde empezaba el camino que atravesaba el campo hacia el templo. El arrozal era tan alto, tan verde y tan frondoso que Fahad desapareció entre la espesura.

—¿Lo dejas ir solo? —le preguntó Rafik al administrador—. Ve con él.

∾ ❀ ∾

Recordó algo que había sucedido cuando Mousey y él eran niños. Rafik ya no dormía tan bien por las noches como antes; una rabia febril lo agitaba en las horas previas al Fajr, la oración del amanecer, y sentía punzadas en las yemas de los dedos y en el cuero cabelludo. A veces tenía sueños mientras iba o venía del baño. Esos sueños que tenía despierto no eran como los sueños normales; eran más bien casi pensamientos o deseos o recuerdos. Iluminaban algún recoveco lejano de su mente, como si algunas cosas solo pudieran verse a media luz.

Durante uno de esos sueños, Rafik lo recordó. Mousey había tenido un amigo uno o dos años más joven que él. Siempre estaban juntos en la verja o en el quiosco, siempre sentados muy cerca y hablando en susurros. Tampoco era algo tan raro, pero la gente hablaba y se inventaba historias, y le pusieron un mote a Mousey. ¿Cómo lo llamaban? Empezaron a llamarlo tanto por ese mote que incluso la gente que no lo conocía casi se lo gritaba en clase o en las asambleas. Solo estaban haciendo el tonto. Y Mousey, como de costumbre, no respondía. Pero un día un grupo de chicos lo llamó mientras cruzaba el patio y le gritó aquel mote, fuera cual fuere. Mousey fue sin perder la calma hacia el líder del grupo, alzó la botella de refresco que llevaba en la mano y se la rompió en la cabeza. El chico no se apartó ni se agachó para esquivarlo, y el golpe lo tiró al suelo. Se quedó allí tumbado con una herida en carne viva del tamaño de un puño justo encima de la oreja, con el pelo enmarañado por la sangre. Mousey se quedó allí plantado, con el cuello de la botella todavía en la mano, con los bordes dentados. Al recordarlo, Rafik sintió un calor que le recorrió la cara y la nuca, una especie de adrenalina aterradora; la rabia de Mousey y la rabia del chico al que había golpeado.

Ese fue el motivo por el cual su padre y Mumtaz habían enviado a Mousey a Londres. Si no, se habría buscado problemas. Rafik llevaba años sin pensar en aquel incidente, tantos que había olvidado por completo lo que había impulsado a Mousey a marcharse de allí. Pero ahora no podía dejar de darle vueltas, de ver el escenario en el que se había desarrollado todo.

Fahad estaba subiendo por el arcén, con el administrador tras él.

—Hay un templo —dijo—. Bueno, no es un templo; es una tumba. Pero hemos visto algo mucho mejor. No te lo vas a creer. Adivínalo.

—Habéis tardado mucho —respondió Rafik—. Venga, vamos.

Fahad se subió de nuevo al coche.

—Le he dicho que no deberíamos haber ido —dijo el administrador, con el cuello de la camisa manchado de tierra— No ha estado bien. A esta gente no le gusta que la molesten. Son muy poderosos. Pueden hacer toda clase de cosas.

—No había nadie —respondió Fahad, arrancando el coche con un tirón—. Había una tumba grande rodeada de un montón de tumbas pequeñas... Parecían tumbas de niños.

—Ya, ya... —respondió Rafik—. Ahora vuelve a la carretera del canal.

—Pero he oído un ruido. Detrás de un arbusto. Él lo ha visto —dijo Fahad, señalando con la cabeza al administrador, que iba en el asiento de atrás—. Era como un gato, pero era enorme.

Separó mucho los brazos y soltó el volante durante un instante, y el coche empezó a girar hacia la izquierda.

—Pero ¿qué haces? —exclamó Rafik mientras lo enderezaba.

—Como una vaca de grande. Bueno, puede que más pequeño. Puede que fuera como un perro. Y tenía las orejas así. —Se llevó los dedos a la cabeza para enseñárselo. El coche se desvió hacia la orilla del canal—. Pero tenía la boca llena de sangre. Había matado algo, o a lo mejor algo lo había mordido. Puede que una serpiente.

—¿Qué otra cosa podría haber sido, aparte de una serpiente? —comentó el administrador.

—No me estás escuchando.

—Céntrate en la carretera —le respondió Rafik—. Y sí que te estoy escuchando. Una serpiente.

—Pero también había crías, había gatitos detrás, escondidos. Era una mamá —explicó Fahad.

—Qué bien —respondió Rafik.

—Me dijiste que aquí no había serpientes.

—Sí que hay —dijo Rafik—. Pues claro que hay serpientes. Todo esto antes era selva.

Mousey le había suplicado a Rafik que tratara de convencer a su padre, que convenciera a Mumtaz Chacha. Él no quería marcharse. Pero era lo que tenía que hacer. Le había enviado cartas a Rafik desde Londres, cartas extrañas con dibujos raros de chicos y otras cosas… Rafik no quería pensar en ello. Mumtaz Chacha nunca había apreciado a Mousey. Siempre le decía: «Fíjate en Rafik. Deberías ser como él. Deberías hacer lo mismo que él». Sin embargo, durante los últimos años, a veces le había hablado de Mousey, y lo había recordado de un modo que no era cierto y había presumido de todo lo que había logrado. «Hizo muy bien en irse —le decía a veces—. Míranos aquí a ti y a mí». Y luego, durante las últimas semanas, había preguntado por él muchas veces. «Tráeme al chico —le decía—. ¿Dónde está el chico? Tú no eres él. Tráemelo.

Tráemelo». Se enfadaba. Le gritaba a la gente. Tiraba las cosas de la mesita de noche e incluso rompió un vaso. «Díselo al chico. No se lo has contado. Si se lo hubieras dicho, ya estaría aquí». En esos momentos, Rafik pensaba que todo sería mejor cuando Mumtaz Chacha dejara de sufrir.

Además, Rafik le había enviado mensajes a Mousey desde el principio y le había dicho que su padre no se encontraba bien, que no le quedaba mucho tiempo.

Mousey le había preguntado cuánto tiempo le quedaba. Le dijo que abordaría el siguiente vuelo si era preciso.

—No hay forma de saberlo —le contestó Rafik, y al final Mousey había llegado demasiado tarde.

Rafik quiso preguntarle para qué había ido siquiera.

—¿Que por qué he venido? —preguntó Fahad.

—¿Qué? —le preguntó Rafik.

—Me dijiste tú que viniera.

—Ya, ya —respondió Rafik—. Sigue con lo que me estabas contando.

Fahad frunció el ceño. Tras un segundo, volvió a mirar a Rafik, miró por el retrovisor y siguió hablando del templo y contándole que la sangre del hocico del animal parecía fresca, que lo que había pasado había tenido que suceder hacía tan solo unos instantes, quizás incluso mientras caminaban hacia el templo, o quizá no, porque habrían oído algo.

El canal seguía lleno de agua que se agitaba en las orillas, y entonces el chico comenzó a hacerle preguntas al respecto. ¿Cuánto tardaba en llegar el agua? ¿De dónde venía? ¿Quién decidía cuándo circulaba y cuándo no? ¿Y qué pasaba si no llegaba el agua?

—Es un peñazo —respondió Rafik—. A veces no lleva agua, y entonces tengo que ir a hablar con no sé quién del Departamento de Riego, del Ministerio, y no hay tiempo. La temporada no espera a nadie; la cosecha no espera a nadie. Cuando los arrozales necesitan agua, hay que dársela; si no, se mueren en cuestión de días, incluso en una semana. Todo el dinero del año desaparece de un plumazo.

Le ordenó al chico que detuviera el coche en una zona en la que la orilla era más alta y le enseñó la red de acequias que se ramificaban por todo el campo desde el canal.

—Es un sistema —le dijo—. Hay puertas que permiten o impiden el paso del agua, y la gravedad se encarga del resto.

El chico volvió a buscar el templo con la mirada.

—Ahí está —le dijo—. Parece tan poca cosa desde aquí. Es más pequeño que una casa.

—Todo esto, hasta donde alcanza la vista, antes eran árboles y colinas. No lo reconocerías. Y es nuestro. Todo esto ha sido obra mía. —Extendió las manos, como si él mismo hubiera cavado la tierra, y pareció que le temblaban.

Pero el chico quería saber cuáles eran las de Mousey, y si él también iba a ocupar el puesto.

—Mousey esto, Mousey lo otro —respondió Rafik—. Ya recibirá lo que se merece.

␣␣␣␣␣␣␣␣␣␣␣␣␣␣␣␣␣␣␣␣␣␣␣␣␣␣␣

Al anochecer, hizo llamar al chico.

—Siéntate —le dijo.

El periódico no llegaba a Abad hasta última hora de la tarde y Rafik lo leía después del Maghrib, encima de la alfombra que tenía entre las dos camas estrechas de su dormitorio, con la espalda apoyada en un cojín contra la mesita de noche y con el foco del escritorio apuntando hacia él. Pero, por algún motivo, esa noche no podía leer; la letra del periódico era tan pequeña que lo mareaba, y las páginas eran tan delicadas que se rompían.

—Iba a salir con mi amigo —respondió Fahad.

—Está bien que tengas amigos.

Fahad se quedó junto a la puerta.

—Vete, vete —le dijo Rafik.

El chico se marchó, pero luego volvió.

—Ya iré otro día —le dijo.

Se había traído un libro y se sentó en el sofá, sobre sus propios pies, igual que se sentaba su madre a veces.

—Eres clavadito a tu madre —comentó Rafik—. Es una buena mujer. Todo hombre necesita a una mujer así. ¿Quién iba a consolarlo, si no?

El chico pasaba las hojas del libro. El tictac del reloj sonaba alto.

—¿Es buen amigo? —le preguntó Rafik.

—¿Ali? —El chico se encogió de hombros—. Es majo.

—¿Es diferente hacer amigos aquí?

Por lo visto, así era más fácil, como si las páginas fueran un *purdah*.

—No mucho —respondió el chico. Y luego añadió—: Pero lo parece.

Le contó que Ali tenía ideas. ¿Por qué no se encargaban ellos mismos del molino de arroz en vez de alquilarlo?

—Ganaríamos millones.

—Ya veremos —respondió Rafik—. Tienes que estar presente para ese tipo de cosas. Si no, te roban. Vuelves al cabo de un mes o dos y no queda nada. Te dicen que ha habido una plaga de insectos, que el comprador no ha pagado o cualquier otra excusa

El mozo apareció en la puerta para anunciar una visita.

—Dile que estoy descansando —le dijo Rafik, y le ordenó que se fuera.

—Últimamente no viene mucha gente —comentó el chico.

—Están viendo qué sol calienta más para arrimarse a él —respondió Rafik—. Un día están aquí y al siguiente allí, si creen que les dará dinero o poder, o si creen que Mousey ocupará un puesto del que puedan beneficiarse.

Se quedaron un rato allí sentados. Rafik miró las tiras cómicas del periódico y las casillas vacías del crucigrama.

—Te voy a decir una cosa —le dijo al chico—. Hace muchos años, cuando me casé, la gente me preguntó: «¿Cuándo tendrás hijos? ¿Cuándo tendrás hijos?». Aquí se preocupan por esas cosas. —El chico continuó mirando su libro, pero inclinó la cabeza hacia Rafik—. Fuimos a ver a varios médicos, incluso a varios expertos de Londres. Decían que no había ningún problema, que todo funcionaba como debía. Entonces pasó en un visto y no visto. Tu madre me dijo que estaba embarazada, y entonces todo el mundo me dijo: «Inshallah, será un niño. Dios te dará un hijo». —Dejó el periódico a un lado y buscó a tientas con la mano por la cama el suplemento de la ciudad. Cuando lo encontró, lo desplegó sobre las rodillas y lo abrió—. Sin embargo, por algún extraño motivo, yo no dejaba de pensar en que iba a ser una niña; incluso quería una niña. Era lo que me imaginaba. No se lo dije a nadie. Lo normal era que un hombre quisiera tener un hijo. Hasta cuando naciste y me llamaron para decírmelo, lo que oí fue: «Es una niña». Claro que eso no fue lo que dijeron, pero yo estaba convencido, me había hecho a la idea, y eso fue lo que oí. Y luego todo el mundo no dejaba de repetirme: «Mubarak, es un niño». Y mírate ahora. Qué curioso.

La historia lo había sorprendido a sí mismo, el simple hecho de que la hubiera contado lo sorprendía, pero también que se hubiera acordado de ella. Era como si alguien hubiera desenterrado las historias que tenía en la cabeza, como si fueran ruinas, y ahora, cada vez que su mente vagaba en cualquier dirección, se tropezaba con ellas.

—Pero fue para bien —añadió—. Fue lo mejor. Una hija no habría podido venir aquí, no habría podido ayudarme.

—Supongo —respondió el chico.

La tele estaba encendida y con el volumen altísimo; se oían los chillidos de la ambulancia y la cámara se desplazaba por encima de los cuerpos amortajados a un lado de la carretera. El chico buscó el mando de la tele entre los cojines del sofá. El televisor mostró una imagen de unas vendas cubiertas de sangre alrededor de una cara, con manchas donde deberían haber estado los ojos. El chico llamó a gritos al mozo, que vino corriendo, sacó el mando a distancia de entre los pies de Rafik y apagó el televisor.

Luego Rafik le dijo:

—Bueno, entonces, ¿qué debería hacer con él, con «el otro señor», que es como lo llaman? Aunque no sé de quién es señor.

—Es como si te estuviera desafiando —respondió el chico—. Y como no hagas algo al respecto...

Dejó la frase a medias.

—Lo que me gustaría hacerle es esto... —le dijo Rafik, frotando el pulgar contra una ventana imaginaria, como si estuviera aplastando a un insecto. Entonces le contó a Fahad la historia de Mousey que había recordado y, al volver a contarla, fue como si la historia tratara de decirle algo a Rafik.

—Pero ¿por qué...? —empezó a decir el chico, y luego se quedó callado.

Pasado un rato, Rafik se preguntó si el chico habría subido a su habitación. Siempre estaba yendo de un lado a otro; no se quedaba quieto. Sin embargo, cuando Rafik bajó el periódico, comprobó que el chico seguía ahí, mirando la pared con el ceño fruncido y el puño en la boca. Sacudió la cabeza y, al final, dijo:

—Ali dice que crees que tienes ventaja porque tienes el arma, pero están en el hogar del animal, en el bosque o en la selva. Él tiene de todo, y tú solo tienes un arma.

—Me alegro de que hayas hecho un amigo —le dijo Rafik. No sabía si ya se lo había dicho—. A tu madre no le gusta que uses armas. Está preocupada.

—Solo estoy aprendiendo —respondió el chico—. Aprender no puede ser malo.

Un gato comenzó a maullar al otro lado de la ventana, y luego un segundo gato. Se aullaron el uno al otro, de un modo cada vez más frenético, y luego oyeron voces, el golpeteo del agua sobre la roca, luego un ultimo chillido y, por último, silencio.

—No sé por qué me despierto todas las noches a las tres de la mañana —dijo Rafik—. A veces me despierto un minuto antes, y otras, un minuto después.

Fahad cerró el libro y lo dejó sobre la mesa. Se acercó a la cama y se sentó en el borde. Tras un instante, apoyó la mano en el hombro de Rafik y le dio un apretoncito.

CAPÍTULO SEIS

A Rafik se le ocurrió la idea mientras rezaba. No siempre había rezado tan a menudo, pero últimamente había descubierto que necesitaba esos momentos de veneración silenciosa. Pronunciaba las palabras de la oración mientras se arrodillaba y tocaba el suelo con la frente. «Soy tu siervo —decía—. Soy tu siervo».

Y la alfombra era una balsa y su vida era el agua, y cuando se postró por última vez, cuando alzó la cabeza y abrió los ojos, la humedad de sus pestañas hizo que las luces de la habitación brillaran como joyas.

Era la oración del Isha, la oración nocturna. El mozo estaba dejando la bandeja de la cena en la mesita de al lado del sofá cuando Rafik le dijo que preparara el coche.

—¿Va a alguna parte? —dijo el hombre.

—¿Por qué iba a querer el coche si no fuera a alguna parte?

Los sirvientes ya se habían retirado a sus habitaciones para pasar la noche, pero, a su llamada, se reunieron en el porche, mientras se ponían las camisas y trataban de arreglarse el pelo. El chófer se estaba atando las correas de las sandalias.

—¿Se celebra alguna boda esta noche? —preguntó el administrador—. ¿Ha muerto alguien?

Rafik respondió que no, que siempre querían enterarse de todo.

Le dijo al administrador que se adelantara con la moto, que reuniera a veinte o treinta agricultores, que los llevara a un lugar concreto de la orilla del canal con sacos de yute y palas.

—Es tarde —protestó el administrador—. La gente estará descansando. No hay luces. ¿Cómo van a ver nada?

—¿Me has oído o no? —le espetó Rafik.

El chófer conducía despacio, inclinado sobre el volante.

—Menudo anciano estás hecho —dijo Rafik.

—A esta hora no veo bien —se excusó el chófer, pasándose los dedos por la barba. Las piedras crujían bajo los neumáticos. La luna formaba un rayo de plata como una columna vertebral en el centro del canal—. A ti te enseñé a conducir montándote en mis rodillas. Seguro que te acuerdas del viejo Ford de tu padre. Te quejabas de lo mucho que se calentaban los asientos, de que se te pegaban a las piernas cuando te sentabas. —Una criatura se escabulló por la calzada, un lagarto quizá—. Tu padre tampoco lo tuvo fácil. Era el favorito de tu abuelo. Y eso a tu tío no le gustaba un pelo. Pero tu padre era el mayor.

—Era un Plymouth —respondió Rafik—. El Ford vino después.

—Pasa en todas las familias —continuó el chófer.

—¿Acaso esta familia es como las demás? —preguntó Rafik.

Cuando habían recorrido más o menos medio canal, Rafik le indicó que se detuviera. Los agricultores se habían reunido allí con palos, armas y palas, mientras la motocicleta del administrador, que estaba aparcada de lado bajo un árbol, dirigía el tenue haz de luz de su faro hacia el cielo.

Rafik les contó lo que quería que hicieran.

—¿En serio? —preguntó el administrador.

Se detuvo un momento y, cuando Rafik no dio más explicaciones, dirigió su atención a los agricultores que habían empezado a meter tierra de un montículo que había junto a la orilla en los sacos. Solo se oía el sonido de las palas contra la tierra.

Un amigo le había dicho: «No hacer nada es ser débil».

Otro: «Contenerse requiere fuerza, requiere poder. Ahora eres el mayor y no puedes pensar en lo que quieres. Debes pensar en qué es lo correcto».

Otros le habían dicho: «Has tardado en actuar». Otros: «Era su padre; está en su derecho». Otros: «La gente no te reconoce. No tienes mano dura. ¿No te queda energía o qué?».

Habían llenado veinte sacos y los habían apilado formando una pirámide a un lado. El faro de la motocicleta parpadeó y se apagó. Rafik quería que los llevaran al canal, que los colocaran como ladrillos, atravesando el canal de un lado a otro.

—Pero eso detendrá el agua —dijo su administrador.

—Idiota —respondió Rafik—, ahora sí que estás usando esto. —Y se golpeó el nudillo del pulgar contra la sien.

—Esta tierra se quedará sin agua —dijo el administrador—. El cultivo que ha plantado el otro señor necesita mucha agua. Su temporada viene después de la nuestra.

—¿Cuántos señores tienes? —preguntó Rafik—. ¿Acaso tienes otro padre?

El hombre agachó la cabeza y dirigió la mirada a los agricultores que lo observaban.

—El canal se acabará desbordando —dijo tras un momento.

—¿No te dije que abrieras todas las acequias que hay antes? Vaciad el agua en el páramo. Haced lo que tengáis que hacer, pero el agua se detiene aquí. —Y marcó la zona con el pie.

Los agricultores llevaron los sacos al canal, luchando contra la corriente, con el agua hasta el cuello. Un saco se abrió y nadó río abajo, esparciendo la tierra por la superficie del agua en gruesos terrones. Rafik les gritó que mantuvieran los sacos en su sitio, que se colocaran en el lado opuesto del muro que estaban construyendo; y a los que estaban en la orilla, que ataran los sacos con más fuerza.

Hubo que llenar más sacos: el canal era muy profundo y ancho. Los hombres jadeaban mientras se echaban los sacos a la espalda y se quedaban sin aliento cuando se metían en el agua. El agua rugía y retumbaba conforme construían la presa, y chillaba y gemía al fluir por entre los sacos. Pero, una vez terminada la presa, el sonido del agua se redujo a un susurro, a un murmullo.

Rafik les ordenó a dos de los hombres que vigilaran el canal con sus armas y les dijo a los demás que podían marcharse.

—Si esto desaparece —dijo señalando la presa—, desapareceréis vosotros también. Echaré abajo vuestras casas con el tractor ruso.

Más allá de la presa había una zona cubierta de lodo en el canal, de apenas unos centímetros de profundidad, un revoltijo de ramas, troncos, hojas, piedras, bolsas de plástico, envoltorios de caramelos y un trozo arrugado de papel de aluminio. Un pájaro diminuto de color tierra daba saltitos por el barro, picoteando por aquí y por allá. En los campos de más adelante reinaba el silencio. El cielo nocturno parecía palidecer. Una brisa caliente le tiró de la manga y le soltó un mechón de pelo sobre la frente. Rafik se vio a sí mismo desde arriba, allí de pie, solo.

Cuando se despertó de repente, se encontró la bandeja del desayuno sobre la mesa y oyó pasos al otro lado de la ventana y de la puerta. Se mostró animado con el mozo, aunque el té estuviera frío y la tostada estuviera seca.

—¿Te traes a chicas aquí cuando no estoy? —le dijo—. Eso es lo que me han contado, bribón.

Fuera, los agricultores de Mousey se habían reunido y se postraban a sus pies, incluso las mujeres. Lloraban, se tiraban del pelo y se agarraban a la ropa de Rafik con cara de desolación.

—Somos sus hijos —dijeron—. Está Dios, y luego usted.

—Tenéis otro señor —respondió Rafik—. ¿Por qué estáis aquí? Pedidle a él que os ayude.

—Nos está castigando —dijeron—. Somos sus hijos y nos está castigando.

Se sacudió para que lo soltaran.

—¿A quién voy a castigar, sino a mis hijos?

Fue a ver la presa para comprobar que siguiera en su sitio. Y allí seguía, pero los agricultores se habían reunido también allí, y discutían, se empujaban y se zarandeaban. Uno de ellos no quiso apartarse y Rafik le dio una bofetada. A lo lejos, más allá de la presa, vio la cosecha de Mousey lánguida, con las puntas de los tallos inclinadas hacia él.

—Tenga un poco de piedad —le dijeron—. ¿Cómo vamos a comer? ¿Cómo vamos a alimentar a nuestros hijos y a nuestro ganado?

—El otro señor —les contestó Rafik—. El otro señor os dará todas las respuestas que queráis.

CAPÍTULO SIETE

C uando Fahad y Ali iban en el coche, en asientos separados solo por centímetros, o cuando estaban en un *charpayee* en la terraza que había junto al descansillo por la noche, o en los asientos mugrientos del cine, o asomados por el techo solar cuando aparcaban junto a la base aérea para ver los aviones aterrizar y despegar, el espacio que separaba sus cuerpos era como una caída vertiginosa que atraía cada vez más a Fahad. Y era el miedo a lo que debía pasar, a lo que tenía que ocurrir sí o sí, lo que le formaba un nudo en la garganta y le impedía respirar.

A veces estaban tan cerca uno del otro que Fahad sentía el calor que irradiaba la piel de Ali. Pero, aunque se sentaran juntos en la cama, con la espalda apoyada en la pared, las rodillas inclinadas hacia el otro y las partes más anchas de sus brazos rozándose, seguía existiendo una distancia entre ellos que nunca podría salvarse, un abismo que, de alguna manera, también estaba dentro de Fahad, y lo dejaba vacío, con un hambre que no podría satisfacer jamás.

Así que empezó a evitar a Ali.

—Decidle que no me encuentro bien —les ordenaba a los sirvientes—. Que estoy con mi padre.

Y, cuando oía que Ali subía las escaleras, se escondía en la terraza hasta que se marchaba.

Se recordaba a sí mismo todo lo que no le gustaba de Ali: lo que decía mal cuando hablaba en inglés —pronunciaba «pizza» como si fuera la ciudad de la torre, llamaba América a cualquier lugar que estuviera al oeste de Estambul, decía «¿cómo es?» cuando quería decir «¿cómo estás?»—, que tenía la piel oscura como la de un campesino, que sus labios parecían los de una chica.

Fahad no dormía por las noches. Veía la cara de Ali en el techo. Las paredes de la casa ardían como un horno *tandoor*. Fahad daba vueltas y vueltas en la cama hasta que las sábanas húmedas lo envolvían como cuerdas que lo ataban. El tiempo transcurría con una lentitud insoportable. En la casa había cierta sensación de muerte. Sí, de muerte. El polvo flotaba en el aire; no se movía. Una vez oyó el aullido de un perro en el exterior, como si se estuviera muriendo. Fue el sonido más horroroso que había oído jamás, el grito más lastimero y desesperado de ayuda, y luchó contra todos los impulsos de su cuerpo que le animaban a correr escaleras abajo, abrir el cerrojo de la puerta y buscarlo, dondequiera que estuviera. En cambio, se dijo a sí mismo: *Ya parará, ya parará*. Pero continuó durante una hora, tal vez más, tal vez solo minutos; y cada vez sonaba más débil pero más desesperado, más débil aún, más débil, hasta que se convirtió en el sonido más minúsculo que se pueda uno imaginar y luego desapareció. Fahad recordó el perro que habían atropellado en la carretera, con el cuerpo envuelto en el haz de luz de los faros del coche. Se dijo a sí mismo que había sido muy cruel. Que era cruel. Lo era. Pero lo que había sucedido esa noche, por algún motivo, no le parecía cruel. Le parecía un sacrificio.

Voy a ser mejor persona, se dijo. *Mejor, mejor, mejor*. Pero ¿qué significaba eso?

Un día, después de pasarse varias semanas así, quiso comprobar cuánto tiempo podía estar sin hablar, y duró nueve horas, hasta el final de la tarde, cuando las palabras y los pensamientos que guardaba en la cabeza y en la boca le hicieron delirar y creyó que nunca más volvería a hablar si no lo hacía en ese instante. Corrió a la terraza, dobló una esquina, donde el parapeto daba a una serie de habitaciones del servicio, se tapó la boca con la parte interior del codo y, entre sollozos y temblores, gritó: «Hola, hola, halo, ala, hilo, hielo».

Una vez, se detuvo en lo alto de la escalera y deseó que le fallaran las rodillas.

Una vez, llenó un vaso hasta el borde con agua del grifo y pensó en beber. Su padre, el administrador y los sirvientes le habían advertido que el agua estaba envenenada por culpa de los residuos y los pesticidas, y que la enfermedad que provocaba duraba meses. Se llevó el vaso a los labios y sintió el agua como dedos calientes, pero no se atrevió a abrir la boca.

No podía leer el libro que le había robado a su madre: cada frase exquisita que leía le escocía. No podía leer nada, porque pensaba en Ali sentado en el sillón, viéndolo leer, aunque para entonces Ali había dejado de ir a la casa.

—Mejor —decían los sirvientes—. Esos no son buena gente. Ahora su padre quiere quedarse con el puesto. Ahora le dice a la gente: «Los dos primos van a acabar mal. Si no son capaces de resolver sus problemas familiares, ¿qué van a poder hacer por los demás?».

Se habían producido refriegas en las tierras. Habían muerto hombres. Hombres de su padre y hombres de Mousey.

—¿Qué se le va a hacer? —había dicho su padre—. Les daremos un poco de dinero y se callarán. Se lo han buscado ellos solitos.

Pero Fahad no podía dejar de pensar en Ali. No podía, no podía, no podía. Era débil y no podía y se daba puñetazos en las piernas y en el pecho como un niño. *Eres un niño*, se decía, pero no lo era y deseaba serlo. Se iría. Se iría y no volvería jamás.

Eso haría.

CAPÍTULO OCHO

Pero Fahad no se marchó. En cambio, fue una tarde al Hotel Greenland a tomar un helado. Quizás albergara alguna esperanza. Quizá. El dulzor del helado le resultó placentero; sintió una vibración en los dientes, como si estuviera royendo un hueso. Volvió a por otro, y más adelante volvió otra vez y, mientras esperaba su pedido en el coche, el maltrecho Suzuki apareció en el reflejo de la ventanilla.

—¿Solo has pedido uno? —le preguntó Ali—. ¿Es que solo piensas en ti? Porque tienes una familia pequeña.

Fahad le gritó al camarero que trajera otro. Se subió al coche de Ali. Le dio un golpecito al Corán de plástico que colgaba del espejo retrovisor para que se balanceara.

—¿No te encontrabas bien? —le preguntó Ali.

Fahad se encogió de hombros. Sintió que se le encendían las mejillas y se agachó sobre su regazo para esconder la cara. Ali le posó la mano en la espalda.

—Ser un amigo es ser un hermano —le dijo.

Fahad se atragantó con el helado y empezó a toser, y Ali le dio varias palmadas con fuerza en la espalda, una y otra vez.

—Lo estás disfrutando —dijo Fahad, una vez que pudo hablar—. Eres un abusón.

—Bah —contestó Ali.

Compartieron un plato de patatas fritas *masala* y otro de *pakoras* de queso. Fahad mandó a su chófer a casa y le dijo que volvería con Ali.

—Nuestros agricultores se están matando a tiros —dijo Fahad.

—Tú no te das cuenta —respondió Ali—. Tu padre está peleando por todo. Es como una guerra. Pero tú no puedes verlo.

—La gente dice que ahora tu padre quiere el puesto.

—La gente habla por hablar —contestó Ali. Luego añadió—: Yo no soy mi padre.

Le contó una historia sobre su hermana, que se había escapado con un hombre de una aldea del distrito vecino. Habían ido a por ella armados y la habían traído de vuelta. Pero su hermana había vuelto a huir.

—Rafik Sahib nos ayudó —dijo—. Él conocía al jefe de la tribu. —Ali le dijo su nombre; había sido ministro al mismo tiempo que el abuelo de Fahad—. Mi hermana fue con el hombre a la casa del jefe. Llevaba la ropa hecha un asco. El hombre era un borracho, un ludópata. Pregúntale a cualquiera. —Le dio un golpe al plato con la rodilla y las *pakoras* se esparcieron por el regazo de Fahad—. En casa la cuidábamos bien. No como él. Rafik Sahib le dijo que volviera. Pero ella se negó. Se lo pidió tres o cuatro veces. Le preguntó: «¿Qué quieres hacer? ¿Quieres quedarte donde estás?». Y ella dijo que sí.

Ali le lanzó un par de billetes de cien rupias al camarero que rondaba fuera, arrancó el coche y dio marcha atrás mientras un hombre que iba en bicicleta se apartaba.

—Pero no pasa nada —continuó—. Antes mi hermana valía todo esto —extendió los brazos—, pero, después del *nikkah*, ni siquiera esto. —Juntó los dedos—. ¿Qué podríamos haber hecho? Pero al hombre, si lo veo, lo mato. —Luego le dijo que era su hermana favorita, la más guapa, la más encantadora—. Tenía el rostro de un ángel... ¿Qué cara tienen los ángeles? Era una cara tan bonita... —Se acarició la mandíbula con los dedos—. Y era tan amable, tan generosa y tan inteligente. Más como una madre para mí que mi propia madre. Y más como un padre que mi padre.

Ali había querido que fuera ella la que eligiera a su esposa. No confiaba en sí mismo. Habría confiado en su hermana para cualquier cosa. Miró a Fahad. Parecía incapaz de apartar la mirada, hasta que un camión que circulaba en dirección contraria tocó el claxon y Ali se desvió para esquivarlo.

—Pues yo decidiré lo que yo quiera —dijo Fahad—. Lo que me dé la gana.

Para no mirar a Ali, desvió la vista hacia la ventana y observó el cementerio cristiano, con la puerta oxidada colgando de los goznes, un par de sandalias desgastadas abandonadas en el exterior del recinto, una línea blanca de sal entre los ladrillos desmoronados del muro y la hierba alta y amarillenta que crecía en una zanja. Y sus rostros se reflejaban tan distorsionados en el cristal que no lograba discernir quién era quién.

Fahad le preguntó a Ali cómo había conocido su hermana al hombre con el que acabó fugándose.

Ali no lo sabía.

—¿Cómo pudieron enamorarse siquiera allí, si las únicas que salían de sus casas sin cubrirse eran las chicas de las aldeas?

Ali, guiñándole un ojo por el espejo retrovisor y apretando los labios como si le estuviera lanzando un beso, le dijo a Fahad que podría conquistar a cualquier chica que quisiera de las aldeas de las tierras de su familia.

Fahad respondió que no le interesaba ninguna. Se giró, bajó la ventanilla, cerró los ojos y el aire caliente le azotó la cara.

—Las chicas de las aldeas de Abad son famosas —comentó Ali—. La gente viene de todas partes por ellas.

—No es verdad —respondió Fahad

—Qué complicado eres —protestó Ali—. Cuántos *nakhras*. ¿Por qué eres tan exigente? —Redujo la velocidad y giró en medio de la carretera—. Venga, vamos a encontrarte una.

—No —respondió Fahad—. No quiero.

—Es solo para que te diviertas un poco —le dijo Ali. De repente parecía muy alegre; puso un casete y empezó a cantar una canción que le gustaba—: «No me pidas que te quiera como te quería antes». —Tenía una voz preciosa y Fahad le pidió que parara, pero Ali le acarició la barbilla—. «¿Acaso importa algo más en el mundo que tus ojos?».

—A lo mejor tu hermana le quería —dijo Fahad—. ¿Por qué no iba a poder quedarse con él?

Ali continuó cantando. No respondió hasta que acabó la canción.

—No creo que lo conociera del todo. Nosotros sabíamos lo que era ese hombre: un borracho, un ludópata. La engañó... Es evidente. Mucha gente estaba celosa porque era muy guapa. La belleza solo provoca envidia, y que te deseen desgracias. Es mejor no ser tan despampanante.

—La gente se enamora —contestó Fahad.

—¿Qué sabrás tú, pequeño baba? —dijo Ali.

Desde la carretera surgía un camino que conducía, a través de un descampado, hasta el final del canal, donde empezaban las tierras de Mousey, y Ali se desvió por esa ruta. Iban levantando nubes de polvo amarillo que envolvían el coche. No había calzada, solo arbustos y rocas que sortear y, a lo lejos, árboles y la aldea donde Fahad había repartido caramelos a principios de verano.

Iban dando botes por el terreno irregular, y Ali aceleraba cuando había un tramo sin obstáculos. Aquel día, por alguna razón, no los recibieron perros salvajes cuando se acercaron a la aldea. Las puertas estaban cerradas y atadas con una cuerda gruesa.

Rodearon la zona con el coche. Habían alisado los montones de estiércol que cubrían la superficie de los muros. Los muros eran lo bastante bajos como para poder alcanzar a ver un grupo de viviendas de tierra alrededor de un patio. Fahad preguntó para qué servían unos muros tan bajos.

Ali se encogió de hombros.

—Cada año, construyen los muros un poco más alejados. Solo un poco. —Juntó los dedos—. Es lo normal. Los agricultores tienen hijos, y sus hijos tienen más hijos.

Las viviendas eran pequeñas y oscuras, con aberturas como bocas por la fachada delantera. En el patio que rodeaban había montículos altos de arcilla. Silos para los cereales, le explicó Ali, señalando por donde los habían abierto y vaciado.

El lugar estaba desierto.

—Es una guerra —dijo Ali—. Puede que hayan matado a un anciano. Si se quedan, deben acabar con una vida por la que perdieron, y volverán a perder una y a acabar con otra. A veces estas cosas duran años.

Dirigió el coche hacia la empinada orilla del final del canal.

—Y todo por esto —dijo.

El canal estaba seco: el revestimiento de hormigón de las paredes estaba agujereado, y el lecho, cubierto de tierra de color sangre y con basura esparcida por todas partes, bolsas de plástico rosadas y verdes, finas como la piel de una cebolla, y tiras de espumillón. Una cabra solitaria —¿abandonada, perdida?— bajaba al lecho y subía a la orilla correteando, picoteando en la tierra en busca de comida. Los campos a ambos lados estaban cubiertos de rocas y salpicados de hierba flácida y marrón.

—Este arrozal ya no sirve para nada. Nadie va a ganar dinero con él. —Las bolsas de plástico se arremolinaban también por los campos y se iban quedando atrapadas por aquí y por allá entre los terrones de piedra—. ¿Qué va a hacer esta gente para vivir, para comer? Ya deben haber vendido los animales que tienen. Es su cuenta de ahorros. Cuando la cosecha es buena, compran un búfalo, luego otro, y así van poco a poco.

—Si tienen ahorros, no es tan grave. No pasarán hambre —dijo Fahad.

—Sea grave o no, no tienen elección —dijo Ali—. ¿Y qué es un hombre sin elección?

Era extraño no ver a nadie, ninguna figura de colores vivos en los campos, ningún grupo a la sombra de un árbol para descansar.

CAPÍTULO NUEVE

S e desviaron de la carretera del canal y condujeron por los
alrededores.

—Parece el apocalipsis —comentó Fahad—. Parece una zona
de guerra. Parece Cartago.

No había animales por la zona; los pájaros se habían marchado.
El calor era aún más inclemente allí, y Fahad tenía la ropa y el
cuerpo empapados de sudor. Entonces se acordó del templo y le
contó a Ali lo que había visto durante su visita.

—¿Otra vez lo mismo? —se quejó Ali—. Me lo has contado
como diez veces.

—El administrador también lo vio —contestó Fahad.

Ali le dijo que ya no había felinos grandes por la zona.

—Te pareció que era grande porque estabas asustado.

—No es verdad —le respondió Fahad, y le mostró lo grande
que era con las manos—. Era así de grande. Más incluso. Y tenía
unos colmillos tan largos como unos dedos. Se llevó el dedo índice de cada mano a la boca y lo curvó.

—¿Y cómo se los viste? Me dijiste que tenía la boca manchada
de sangre. No dijiste que tuviera la boca abierta.

—Pues la tenía abierta —respondió Fahad, pero empezaba a
dudar de sí mismo. ¿De verdad la había tenido abierta? Pero lo veía
tan claro como si volviera a tenerlo delante—. Ni siquiera es un
templo. No sé por qué lo llaman así. No es más que un montón de
árboles y una tumba.

—La tumba de un santo es un templo —respondió Ali.

A lo lejos, en la dirección en la que iban, vieron humo alzándose hacia el cielo.

—Algo va mal —dijo Fahad—. No tiene buena pinta. Da la vuelta. Por ahí, por... —Señaló un camino estrecho a la izquierda por el que apenas podía pasar un carro tirado por burros.

Pero Ali siguió recto. El camino ascendía por una cuesta empinada y, cuando se acercaron a la cima, vieron el canal. Una multitud se había reunido en un punto concreto de la orilla y una gruesa columna de humo se elevaba por los aires. Varios hombres agitaban sus cayados mientras gritaban.

—Da la vuelta —le dijo Fahad—. Ve por el campo.

Pero no podían ir a ninguna otra parte.

—Los neumáticos se atascarán... —Ali hablaba tan lento que su voz no sonaba natural. Siguió avanzando despacio en la misma dirección—. Deben de ser vuestros agricultores. Y los de tu tío.

Detuvo el coche. Estaban bastante lejos, pero el grupo se abalanzó hacia ellos.

Gritaban y agitaban los cayados con los rostros distorsionados. Ali se estiró por encima de Fahad y echó el cierre de la puerta. Los cayados que llevaban eran tan gruesos como una pierna, y los agricultores no dejaban de golpear el suelo con ellos, de modo que el suelo temblaba, el coche se tambaleaba, el Corán de plástico que colgaba del retrovisor se sacudía y la luz del sol se reflejaba en las esquinas y lanzaba destellos.

Fahad se dijo a sí mismo que no tenía miedo. No tenía miedo, pero tampoco estaba tranquilo. La multitud estaba cada vez más cerca, y no solo portaban cayados, algunos también llevaban armas. Tenía miedo y, a la vez, no lo tenía.

—¿De dónde habrán sacado las pistolas y los cayados? —preguntó Ali.

Tenía miedo y, a la vez, no lo tenía. Era como si su miedo estuviera dentro de algo que estaba en su interior, como si fuera algo que flotara, como si fuera a salir volando si no fuera por el techo que se lo impedía. Levantó las manos y las apoyó contra el techo del coche como si quisiera mantenerse en su sitio.

Estaban por todas partes, tapando las ventanas, golpeando el chasis con los puños, tamborileando sobre el capó, gritando cosas que Fahad no entendía. Se imaginó a sí mismo abriendo el techo solar, levantándose, mirándolos desde arriba, dirigiéndose a ellos, con su voz resonando por encima del estruendo.

—¿Qué estás haciendo? —Ali agarró a Fahad del brazo—. No lo abras.

Forcejearon y, de repente, el coche dio una sacudida hacia delante, y luego otra, y otra. Algunas de las personas comenzaron a apartarse de en medio. Delante de ellos ardía el neumático de un tractor; las llamas se retorcían como bailarines. Avanzaron derrapando hacia él y lo esquivaron. Las ruedas traseras se deslizaron por la orilla del canal y rodaron sobre la tierra. La multitud rugía tras ellos, y el coche rebotó sobre una zanja, sobre un tronco y sobre un montículo de tierra.

—¿En qué estabas pensando? —exclamó Ali—. Estabas abriendo el techo.

—No sé —respondió Fahad—. No estaba pensando. Quería decirles algo.

—Pero no hablas su idioma.

—Ya...

—He visto un Kaláshnikov —dijo Ali—. Podrían haber disparado...

Detuvieron el coche. Se giraron para mirar hacia atrás, con los hombros y las mejillas pegadas.

Los hombres estaban demasiado lejos como para distinguir sus rostros. Desde allí, la multitud era una mole que podría haber sido un camión, un muro, una roca o una nube tan baja que rozaba el suelo.

—Estabas abriendo el techo —repitió Ali—. Se te ha ido la cabeza.

Fahad bajó del coche.

—Tengo que moverme —le dijo, trotando sin moverse del sitio—. Tengo una sensación como de... —Empezó a levantar tierra con los talones.

—Te has vuelto loco —repitió Ali, mientras salía también del coche y miraba a Fahad con una mano apoyada en el borde de la ventanilla.

Fahad recogió varias piedras del suelo y las arrojó al canal, que estaba lleno hasta los bordes.

—Yo conduzco —le dijo, y apartó a Ali para subirse al asiento del conductor—. Necesito estar haciendo algo. No puedo quedarme quieto.

Avanzaron a toda velocidad por el camino. Allí el paisaje era completamente distinto: los campos eran dorados y el arrozal se inclinaba bajo el peso de las espigas.

—Ha pasado del verde al dorado en cuestión de una noche —comentó Fahad. Los campos parecían océanos ondulantes—. Nunca he sido tan feliz —gritó—. Nunca, nunca, nunca.

Se acercaron a una aldea y varios niños salieron corriendo hacia ellos por las puertas abiertas.

—No tenemos caramelos —les gritó a través de la ventanilla, saludándolos con la mano—. No tenemos nada.

Y aceleró para dejarlos atrás.

—Voy a llevarte a un sitio —le dijo a Ali, que se reía y sacudía las rodillas, y entonces cruzaron el canal, luego giraron por un camino, luego por otro y después rodearon el cementerio.

—Sé perfectamente por dónde ir —dijo—. Sé dónde está todo.

—Es que deberías saberlo —le respondió Ali—. Son tus tierras.

—No son mías —contestó Fahad—. Son de mi padre.

—Lo mismo es —dijo Ali—. ¿Crees que esos agricultores piensan que eres diferente a tu padre? —añadió señalando con la cabeza hacia atrás.

Fahad aparcó el coche en lo alto del camino que llevaba hasta el templo.

—Te lo voy a enseñar —le dijo Fahad—. Es por aquí…

Pero no le dijo qué era, qué iba a enseñarle. Aun así, cuando miró atrás, vio que Ali lo seguía a trompicones, con los tallos de arroz tirándole de la ropa y abriéndole el cuello de la camisa.

—Venga —le gritó a Ali, que se había quedado atrás.

Al llegar a la linde de la arboleda, Fahad lo esperó para que lo alcanzara. Todos los árboles eran distintos: había una especie de palmera con el tronco lleno de espinas, otra con el tronco liso, un árbol inmenso con hojas oscuras y carnosas del tamaño de una mano, algo parecido a un baniano cuyas ramas colgaban en vertical como si fuera pelo y cuyas enredaderas se enroscaban alrededor de varios de los troncos, entretejiéndolos. La tierra era blanda como un mantillo, casi negra. Un puñado de tierra se deshizo en varios escarabajos cuando Fahad lo pisó.

—Bueno, a ver, ¿dónde está ese león? —preguntó Ali mientras apoyaba la mano en el hombro de Fahad y se la deslizaba por la espalda hasta dejarla en la zona lumbar.

—Aquí incluso huele distinto —dijo Fahad. Susurraba, aunque no sabía por qué. El aire estaba cargado de humedad y de un dulzor empalagoso e íntimo, como el de las papayas demasiado maduras—. Estaba ahí…

Señaló el arbusto en el que había visto al felino, pero no se acercó.

—¿Lo ves? —le preguntó Ali.

—Y la tumba está aquí…

Fahad siguió por el sendero que conducía hasta un claro frente a los muros verdes del mausoleo.

En los huecos de las ventanas, varios fragmentos de espejo colgaban de hilos y tintineaban en el aire, aunque no soplaba ninguna brisa.

—A veces es como si fueras mi hermano —le dijo Ali—. Y, a veces, mi hermana. —Se rio y le dio un pellizco a Fahad en la parte blanda del costado.

—¿Como si fuera tu hermana la guapa? —preguntó Fahad—.
¿Tu favorita? —Empezó a bailar como había bailado en la obra del
colegio, dando vueltas, girando las muñecas, moviendo las caderas
hacia un lado; se quitó las sandalias y levantó los talones—. Canta
algo —le ordenó, y Ali volvió a cantar aquella canción.

—«No me pidas que te quiera como te quería antes».

Fahad giró sobre sus talones.

—«Estás aquí, así que la vida es maravillosa».

Fahad agachó la cabeza. Pisoteó la tierra e hizo círculos en el
suelo con los pies. Empezó a dar palmadas y a inclinar la cabeza,
primero hacia un lado y luego hacia el otro.

—«¿Qué es el dolor de la vida cuando ya tengo bastante con
sufrir por ti?».

La voz de Ali sonaba más fuerte allí, entre las hojas y las ramas.
Sonaba como si hubiera música acompañándolo.

Fahad dio vueltas y más vueltas y extendió los brazos como si
fueran alas, como si pudiera echar a volar si giraba lo bastante rápido. Pero tanta vuelta le hizo perder el equilibrio y cayó sobre Ali,
que lo atrapó entre sus brazos y lo estrujó por un lado y por otro,
como si estuvieran forcejeando.

Y, de repente, parecía que todo estaba permitido: que Fahad
podía tirar del nudo que mantenía atado el *salwar* de Ali, que podía
posar la palma de la mano sobre el suave vello del costado de Ali,
que podía hundir el rostro en el hueco entre el hombro y el cuello
de Ali. Y, a su vez, como si él tuviera que permitírselo todo: que
Ali le retorciera el brazo por la espalda, que lo inclinara hacia atrás,
que le levantara uno de los talones del suelo para tumbarlo de
espaldas.

Los besos fueron un entrechocar de dientes, unos rostros que
no encajaban, y lo mismo ocurría con sus cuerpos, aferrados el uno
al otro, dando tumbos por el lecho del bosque. Fahad se clavó una
roca en la sien y se le metieron varios trozos de tierra en la boca y,
en un momento dado, sintió miedo, porque era como si estuvieran

peleando, como si tuviera que rendirse, como si aquello fueran actos de violencia que se estaban infligiendo el uno al otro. Que agarrarse al omoplato de Ali con los dedos, que enroscar el tobillo alrededor de la pantorrilla de Ali, que Ali le acunara la cara en la palma de la mano, que moviera las caderas entre sus piernas... Que todo aquello eran amenazas de violencia, que no podían regalarse sus cuerpos el uno al otro porque sus cuerpos no eran suyos.

La luz centelleaba entre las hojas y Fahad flotaba sobre su cuerpo porque aquello no estaba ocurriendo en realidad, no, no, y no se atrevía a hablar por miedo a romper el hechizo; no se atrevía a ser él mismo de ningún modo que fuera reconocible; se moría por esconderse, pero, al mismo tiempo, se moría por quedarse allí para siempre. Sintió miedo durante un momento y se cubrió con los brazos como para formar una coraza, y hubo un instante en el que se observó a sí mismo desde arriba sin sentir nada, mientras se retorcía sobre la tierra.

Y luego, cuando terminaron, se quedaron allí tumbados juntos, con los brazos por encima del otro como si nada, y entonces volvió a sonar música en aquella arboleda: el trino de los pájaros como el tintineo de unas campanas de viento y la percusión delicada de las hojas que se movían con las ramas.

—Es como el *iftar* —dijo Ali—, como comer después de haber estado hambriento durante mucho tiempo.

Preguntó si existía algo tan puro como el amor, si existía algo tan noble. Era como..., como..., como... Pero no se le ocurría nada con qué compararlo.

El pecho de los muchachos ascendía y descendía al mismo tiempo.

—Sí —respondió Fahad para oír su voz, para oírla vibrar a través del pecho de Ali—. Sí. Esta santa no es tan mala como dice todo el mundo.

Miró hacia el bajo edificio verde, hacia un triángulo de luz que había entre las ventanas de la pared de enfrente. Ali llevaba un colgante grabado alrededor del cuello con una fina cadena de oro, y Fahad palpó las letras con la yema del dedo.

—Si pudiera parar el tiempo, impedir que continuara, sería feliz para siempre.

—Eres un poeta —respondió Ali—. Si el tiempo se detuviera, seguirías cansándote, seguirías teniendo hambre o sed, te hartarías o te enfadarías.

—No —replicó Fahad—. Si el tiempo se detuviera, todo se quedaría tal y como es en este instante.

Sin embargo, mientras estaban allí tumbados, de alguna manera se fueron separando, como si antes hubieran sido un mismo ser y ahora fueran dos. Ali tenía los brazos empapados de sudor. Fahad apartó los suyos. El vello de las piernas de Ali le picaba. Su olor descendió por la garganta de Fahad y le provocó arcadas.

Fahad se dijo a sí mismo que se trataba de Ali, solo de Ali, pero, cuando se giró para mirarlo, Ali era otra persona, alguien grotesco, deformado como una gárgola, como si, por algún truco de la luz que se dispersaba por la arboleda, por fin pudiera ver quién era en realidad.

Una rama se partió tras ellos; un sonido que les hizo incorporarse y girar la cabeza hacia el lugar del que había provenido. Después oyeron una serie de ruidos sobre el lecho del bosque: hojas aplastadas y ramas que se rompían.

—Hay algo moviéndose —dijo Ali—. El felino… Debe ser ese león tuyo —añadió con una tranquilidad forzada.

Se pusieron la ropa a toda prisa. Fahad metió el brazo en la manga equivocada y oyó que la camisa se rasgaba al girarla mientras Ali se ataba el *salwar* como podía. Después ambos salieron corriendo de la arboleda. Fahad no dejaba de mirar atrás para buscar con la mirada enloquecida lo que fuera que hubiera hecho ese ruido, que parecía haberlo provocado algo mucho más grande que un león; le había parecido un sonido intencionado.

Sintió cierto alivio al salir de la arboleda y volver a los terrenos mientras apartaban la hierba alta y cobriza a su paso. ¿Habría alguien moviéndose allí delante? ¿Lo que se oía sería el sonido de un motor en marcha? Se le clavaron varios guijarros en la planta de los pies y se dio cuenta de que se le habían olvidado las sandalias. Llamó a Ali, pero no se detuvieron. Llegaron al arcén donde habían aparcado. A lo lejos se veía una mancha que podía ser una nube de polvo o un coche que se estaba alejando.

—¿Es un coche? —preguntó Fahad.

—¿Es un todoterreno? —preguntó Ali—. ¿El verde? Pero está demasiado lejos. No ha venido desde aquí; debe de haber venido desde la otra dirección —añadió elevando el tono al final de la frase, de modo que parecía que lo estaba preguntando.

A Fahad le cayó una gota de agua en el cuello y otra en la mejilla. Comenzó a llover. Se subieron al coche y, de repente, la lluvia empezó a caer con demasiada fuerza como para que pudieran ver nada. Se inclinaron hacia delante e iban viendo la carretera a ráfagas mientras el limpiaparabrisas se movía de un lado a otro. La vía se fue elevando hacia la orilla del canal y las ruedas comenzaron a deslizarse y a derrapar por el barro. Las cortinas de lluvia que los envolvían eran tan gruesas como muros, y Fahad no lograba ver a qué distancia estaban del canal.

—No te acerques tanto —le gritó Fahad, agarrando el volante para girar el coche hacia la derecha. La lluvia martilleaba el techo y el parabrisas. Fahad tenía la piel pegajosa y la camisa llena de barro . Mi camisa —se quejó.

Quería quitarse la ropa y salir del coche y de su cuerpo, pero era como si el coche apenas estuviera moviéndose.

—Vamos —dijo Fahad—. ¿Qué estás haciendo?

—Voy con cuidado —respondió Ali, sin perder la calma—. No veo nada. Si tú ves algo, conduce tú.

Pararon el coche y cambiaron de asiento. La ropa y el pelo se les habían pegado a la piel y los cristales se habían empañado.

¿Qué más le daba a Fahad que se metieran en el canal con el coche o que se salieran de la carretera y acabaran en los campos? Sería hasta mejor.

—No ves nada —le dijo Ali—. Vas demasiado rápido.

Apoyó la mano en el brazo de Fahad, y Fahad, por algún motivo, algún motivo que desconocía, se encogió para apartarse.

Y siguió conduciendo a toda velocidad, y luego el coche empezó a dar botes por el camino que los llevaba de vuelta a casa, y rodearon la casa mientras las ruedas arrojaban montones de barro. La casa era un lugar distinto bajo la lluvia: el patio se había sumido en la oscuridad, la fachada se disolvía en el agua, y el porche apareció de repente, y no donde Fahad esperaba que estuviera. Salió corriendo del coche sin dirigirle la palabra a Ali. Tenía que ver a su padre, pero... ¿por qué?

La lluvia y la humedad también se extendieron por los pasillos y cubrieron de condensación los cristales de las ventanas y los espejos. Llamó a gritos a su padre y lo único que oyó fue el eco de su voz. Lo llamó en el pasillo, en la sala de estar, en el dormitorio de su padre. Lo llamó desde las escaleras, desde el rellano e incluso en la terraza, desde donde vio el coche de Ali, que había estado esperándolo y que en ese instante empezaba, poco a poco, a dar marcha atrás.

Los sirvientes estaban descansando en sus *charpayees* bajo el toldo de fuera de la cocina; fumaban mientras observaban el agua cayendo por los aleros. Le dijeron que su padre estaba con Mousey, que Mousey lo había llamado para que fuera a su casa. Le dijeron que era una buena noticia. Estaban contentos. Todos los problemas que habían tenido quedarían en el pasado. Los primos se reconciliarían.

CAPÍTULO DIEZ

Había empezado a llover, con unas gotas tan grandes como langostas, mientras Rafik estaba en el todoterreno. Se echó a reír e incluso empezó a retorcerse de la risa.

—Pero si no es época de lluvias —comentó el viejo chófer, mirándolo—. Mal asunto.

Tenía razón. Era una época espantosa para que lloviera: era demasiado tarde para su cosecha y tardísimo para la de Mousey. La de Mousey ya no había quién la salvara. Por eso se reía tanto y alzaba las manos para mostrar lo indefensos que estaban, que estaban completamente a merced de Dios.

—¿Quiénes nos creemos que somos? —preguntó—. No somos nada.

—Se va a desbordar el canal —afirmó el chófer—. Se le va a inundar la cosecha; y la nuestra, también.

Rafik se rio aún más fuerte al oírlo.

—Vamos a tener que salir de aquí en barca —exclamó, dándose golpes en la pierna—. Vamos a tener que convertir las puertas en balsas.

౨ᗢ౨

Tras la muerte de su padre, Mumtaz Chacha le había dejado la casa a Rafik y se había construido una mucho más lujosa y con mucha más privacidad al otro lado de las tierras. Era de un estilo que incluso ahora resultaba novedoso en Abad: una construcción de varias plantas de hormigón del color de la arena apiladas sin ton ni son. Mousey, además, había levantado un muro que aislaba la vivienda del exterior por completo.

Por lo visto, el portero había abandonado su puesto debido a la lluvia. Tras tocar el claxon varias veces, el chófer de Rafik salió del coche, corrió hasta la verja cubriéndose la cabeza con las manos y, para decepción suya, descubrió que estaba cerrada desde dentro. Volvió al coche y tocó el claxon de nuevo.

—Quizá no esté... —conjeturó mientras el agua le surcaba las mejillas.

Se secó con un pañuelo de papel y se le quedaron algunos restos en la nariz, en la frente y en la barba. Rafik se colocó entre el chófer y el volante y apretó el puño con fuerza contra el claxon durante un buen rato.

Entonces la verja se sacudió y se abrió una de las puertas, y luego la otra, y los hicieron pasar. A ambos lados del camino de entrada había un jardín de arbustos altos en flor. El césped de su tío había desaparecido. Por todo el porche, donde debería sentarse la gente, había un montón de árboles plantados en macetas: olivos que no eran adecuados para aquel clima.

—No durarán —le dijo al sirviente que les abrió la puerta, sacudiéndose el pelo para deshacerse del agua y tirándose del cuello de la camisa—. Díselo a tu señor.

En el interior, la casa también le pareció distinta, aunque al principio no supo muy bien por qué. Pero era por las paredes; estaban llenas de fotografías, desde el suelo hasta el techo. Mumtaz Chacha con el sah, con el viejo Aga Khan, con varios líderes de tribus; y ahí estaba Mousey en alguna oficina del gobierno local, y ahí estaba de niño con su padre, y con Ayub Khan, y ahí también de niño en brazos de su padre, que se lo estaba pasando a alguien que no salía en la foto, con los brazos y las piernas colgando como si fuera una marioneta, como sin vida.

Mousey apareció sin pronunciar una sola palabra al final de las escaleras, con los brazos cruzados detrás de la espalda; la misma postura que solía adoptar su padre.

Rafik señaló con la mano las paredes, como queriendo decirle que todo eso era nuevo, que era distinto, y que era Mousey quien lo había cambiado. Ninguno de ellos dijo nada.

Mousey miró a su alrededor como si buscara a alguien. Luego se dio la vuelta y Rafik lo siguió hasta la sala de estar.

Se sentaron. En su mente, Rafik ya le había dicho un millón de cosas. «Eres el hijo del hermano de mi padre», le había dicho. Se lo había dicho muchas veces. En su mente, le había quitado a Mousey la mano de la espalda, se la había agarrado y le había dicho: «Te perdono».

La lluvia caía cada vez con más fuerza. Golpeaba los muros y las ventanas.

El mozo apareció con el té. Le echó tres cucharadas de azúcar y dejó la taza y el platillo delante de Rafik. Rafik vertió el té en el platillo y le dio un sorbo. Después señaló hacia la ventana, como si quisiera decirle: «Dios ha decidido por nosotros. ¿Quiénes somos? Nada. Nada de nada».

—Es un lugar espantoso —dijo Mousey al fin—. Es un infierno. Sabrá Dios por qué la gente se pelea por esto. ¿Por esto? Quédatelo todo. Te enterrará vivo. Pero eres incapaz de verlo.

Su voz no era para nada como la recordaba Rafik. Tenía cierta rudeza, como la de su padre; cierta obstinación.

—Son nuestras tierras —respondió Rafik—. ¿Qué podemos hacer?

—He vendido el piso de Londres —le dijo Mousey, negando con la cabeza.

—Cadogan Gardens... —respondió Rafik—. Tu padre murió aquí, en la habitación del fondo... —Señaló la pared—. Durante la última semana, no abrió los ojos ni una sola vez... —Alzó un dedo—. Miraba y miraba. —Asintió hacia Mousey—. Te estaba buscando a ti. ¿A quién si no? —Vertió más té sobre el platillo y dio unos sorbos sonoros—. «Ya viene», le dije. «Ya viene».

—Pues claro —respondió Mousey—. Era como si tú fueras su hijo en realidad. Seguro que eso te hacía muy feliz. Seguro que eres un hombre muy feliz, ¿verdad? Siempre estás contento. Siempre tienes todo lo que quieres. ¿Y qué vas a hacer con todo eso? Te enterrarán debajo, como a Midas.

—Antes solo había selva —contestó Rafik—. Todo era selva. Aquí no había nada.

—Bien —respondió Mousey—. Buen trabajo.

Los torrentes de agua caían por el tejado y cubrían las ventanas.

—Antes éramos como hermanos —comentó Rafik.

—Hay hermanos y hermanos —dijo Mousey—. Y sé muy bien qué clase de hermano eres tú.

—Solo hay una clase de hermano —contestó Rafik—. Solo tiene un significado.

Un joven apareció por la puerta, observó a Rafik y frunció el ceño antes de saludarlo. Mousey le hizo un gesto con la mano para que se fuera.

—Querías deshacerte de mí desde el principio —lo acusó Mousey—. Fuiste tú el que organizó todo el drama aquel cuando éramos pequeños. No dejabas de acosarme y de contar mentiras para que la gente me pusiera motes.

—No lo recuerdas bien —se defendió Rafik—. Lo que hagas es asunto tuyo. Yo era el que le decía a la gente que te tratara con respeto.

—Respeto... —repitió Mousey—. Ya, ya... Tu respeto es veneno. Te dije que no quería que me mandaran lejos; te lo supliqué. «Habla con ellos», te pedí. «Habla con tu padre, habla con el mío. A ti te escucharán». A saber por qué a ti sí te escuchaban. Lograste engañar a todo el mundo. Eras como una serpiente, yendo de uno a otro —dijo, moviendo el brazo para imitar el movimiento de una serpiente—. Y toda esta gente de aquí... te admiran como si fueras un santo. No tienen nada. Dependen de ti para todo. Y mira cómo los tratas, quitándoles el agua para que pierdan las cosechas.

—Esta gente dice que no tiene nada —respondió Rafik—, pero tienen montones de rebaños de búfalos. Un solo búfalo se puede vender por treinta mil rupias.

—Todo lo que se supone que ocurrió... Nada de eso pasó en realidad. Fue cosa tuya; querías deshacerte de mí. —A Mousey comenzaba a temblarle la voz. Se puso en pie; parecía que se estremecía—. ¿Qué hice para merecer que me mandaran fuera del país? Fue culpa tuya, siempre cuchicheando por aquí y por allá, al oído de mi padre, al del tuyo, sobre esto y aquello, que si tendría problemas, que si tendría que irme... Siempre has sido así. Siempre me has tenido miedo.

—Mousey... —dijo Rafik, y le hizo un gesto para que volviera a sentarse.

—¿Cómo debería llamarte yo a ti? —respondió Mousey—. Intentabas que todos me perdieran el respeto. Hasta en la escuela, eras tú el que iba diciendo por ahí que si yo era esto o si era lo otro. Y a saber qué sigues diciendo a día de hoy. ¿Qué más te da? Preocúpate por ti mismo. ¿Por qué estás siempre metiéndote en mi vida? Siempre preocupándote por mí. Siempre, siempre. Incluso en aquella época, cuando solo eras un niño, ya estabas pensando en cómo podrías apoderarte de todo. No te bastaba con la herencia de tu padre. Tenías que tenerlo todo. Siempre querías quedar bien con mi padre... Mi padre. Ni siquiera me permitiste recibir el amor de mi propio padre. ¿Qué era él para ti?

Oyeron un ruido fuera: el sonido de la puerta principal al abrirse, pasos, voces. Entonces alguien irrumpió en la habitación: Fahad, con el pelo pegado a la cabeza y la ropa empapada, con el agua cayéndole desde el dobladillo del *kurta*. Tenía la camisa manchada de barro.

Iba descalzo. Se detuvo justo delante del umbral de la puerta. Mousey lo miró con el ceño fruncido, y luego miró a Rafik. Pidió que le trajeran una toalla, y el joven que Rafik había visto antes apareció con una y le secó los hombros a Fahad.

Fahad se la arrancó de las manos.

—¿Qué era lo que estabas diciendo? —le preguntó a Mousey—. ¿De qué estabais hablando? —Luego se giró de golpe hacia su padre y le dijo—: Has venido con el todoterreno. ¿Por qué te has traído el todoterreno? ¿Por qué no has venido con el coche grande?

—Siéntate, baba —le ordenó Rafik.

Fahad se secó la cara con la toalla y luego la arrojó sobre la alfombra. Se acercó al sillón y se quedó de pie allí detrás.

—¿Qué estabais diciendo? —preguntó—. ¿Por qué habéis dejado de hablar cuando he entrado? —Se apartó el pelo de los ojos—. Estabas diciendo algo sobre mí —le dijo a Mousey. Y luego se dirigió a Rafik—: ¿Te ha dicho algo de mí? No te creas nada de lo que te diga. Y él... —Señaló al joven, que seguía en la puerta—. ¿Qué está haciendo él aquí?

—Tienes la ropa empapada —respondió Mousey. Luego se dirigió al joven—: Llévatelo al piso de arriba y búscale algo de ropa.

—No va a llevarme a ninguna parte —respondió Fahad.

—Vuelve a casa con el chófer —le ordenó Rafik—. Ya conduciré yo.

—¿Sabes que ese duerme en la casa? —preguntó Fahad—. ¿No te parece raro que su administrador duerma dentro de la casa? ¿Duerme en un dormitorio aparte? ¿Cuántos dormitorios tiene la casa? Enséñamelos. Quiero verlos.

Un silencio extraño se apoderó de ellos, como un manto denso que lo acallaba todo, cada pensamiento, cada palabra que pudiera decirse en alto, cualquier gesto que pudiera hacerse. Lo único que se oía era el tamborileo insistente de la lluvia, que parecía decir una y otra vez: «Lo que tenga que ser, lo que tenga que ser, lo que tenga que ser, será, será».

Entonces el chico se dejó caer sobre una silla, inerte, como un muñeco.

Mousey hizo que le prepararan *kava*. Le dijo al mozo que trajera ropa, que se la podía poner si no iba a ir a ninguna parte. El joven se quedó junto a la puerta.

—¿Y este quién es? —preguntó Rafik.

Y luego le preguntó al propio hombre que quién era. Le respondió que era el administrador de Mousey. Felicitó a Rafik por el trabajo tan estupendo que había hecho con las tierras. Recordaba que de pequeño todo aquello no era más que selva, que había colinas y zanjas. Recordaba que la gente decía que nunca se podría convertir la zona en tierras de cultivo, que costaría demasiado dinero, que arruinaría a la familia antes de obtener beneficios.

—La gente pensaba que estaba loco —dijo Rafik. Luego, dirigiéndose a Mousey, continuó—: «¿Qué haces poniendo a este muchacho a cargo de las tierras?», le preguntaron a tu padre. Y él les dijo: «Ha pedido dinero prestado por su cuenta. Es responsabilidad de él». Y a mí me dijo: «No saldaré tus deudas. Si no puedes permitírtelo, vende todo lo que tienes. Yo te lo compraré». Era un hombre muy avispado. Y gracioso.

—Pero, señor —respondió el joven—, deje que su padre le dé algo a su hijo; que un padre que no le ha dado nunca nada en vida a su hijo se lo dé después de la muerte. Permítale eso.

—El tipo de semilla que has comprado no se puede reutilizar —dijo Rafik—. Una vez que la uses, tendrás que volver a comprar otra. ¿Entiendes?

Mousey estaba mirando a Fahad, y Fahad se estaba mirando las manos, que las había posado con las palmas hacia arriba sobre el regazo. Rafik pensó que ambos se parecían mucho, y la idea le resultó tan desagradable y le dejó tan mal sabor de boca que se bebió lo que quedaba de té directamente de la taza.

—Bien, bueno... —le dijo Rafik a Mousey—. No pasa nada.

Que pase lo que tenga que pasar.

Y entonces todos se pusieron en pie.

—A tu padre le dabas igual —le dijo Rafik—. Siento tener que decírtelo. No te apreciaba.

Mousey agarró a Rafik por el cuello de la camisa. Forcejearon, Mousey reunió una fuerza descomunal de Dios sabe dónde, sacó a Rafik del salón a rastras hasta el pasillo y Rafik perdió uno de sus zapatos, y Mousey lo arrojó —sí, lo arrojó— por la puerta. Rafik estuvo a punto de caerse, pero se agarró a un poste y se balanceó.

Fahad apareció por detrás con el zapato que había perdido Rafik, se arrodilló y le levantó el pie para ponérselo. Después tomó a Rafik del brazo, lo acompañó hasta el coche grande y le ordenó al chófer, a gritos para hacerse oír por encima de la lluvia, que se llevara el todoterreno.

—Todos somos hijos —dijo Rafik—, pero no hay padres.

Los retrovisores y las ventanas se empañaron, y Fahad limpió el parabrisas con el puño de la camisa. Olía a humedad, como si estuviera hundiendo la cara en la tierra.

La lluvia había convertido las carreteras en lodo. Los neumáticos resbalaron, derraparon y arrojaron barro contra las ventanas. El coche comenzó a deslizarse por la carretera.

—¿Por qué has venido así? —preguntó Rafik.

Derraparon hacia el arcén y el coche empezó a girar sobre sí mismo.

—No sabía dónde estabas —respondió el chico.

—Sí que lo sabías. Has venido hasta aquí.

—Te seguí —dijo despacio el chico—. No sabía qué hacer.

—Fui yo el que estuvo junto a la tumba cuando enterraron a su padre —dijo Rafik—. Pusieron su cuerpo en mis brazos y fui yo quien le dio sepultura. La gente no sabía quién era su hijo. Ni siquiera sabían que tenía un hijo.

—¿Por qué quiere todo el mundo lo mismo? —preguntó el chico—. ¿Por qué importa tanto? Pero claro que importa. Es lo único que importa.

—Tendría que haberle dado una paliza —dijo Rafik—. Debería haberlo metido en la cárcel. Ándate con cuidado o acabarás como él.

—Pero ¿cómo sabe uno lo que quiere? —preguntó el chico—. ¿Cómo lo elige? No sé cómo hacerlo. ¿Y si se apodera de mi cabeza? ¿Y si no hay otra alternativa? ¿Cómo elijo otra opción?

—No, a ti te irá bien —afirmó Rafik mientras le daba un apretón en el hombro—. Tú eres el más listo de todos. Sabes usarla —añadió, señalándose la sien.

El chico tenía una mirada extraña, con los ojos muy abiertos, como si hubiera visto algo terrible.

—Ali... —empezó a decir el chico.

El coche empezó a irse hacia atrás poco a poco.

—¿Ali?

—El hijo del hombre del surtidor.

—Son una panda de maleantes —respondió Rafik.

La parte trasera del vehículo se salió del camino y se acercó al terraplén. El chico intentó cambiar de marchas sin pisar el embrague.

—Utiliza la tracción en las cuatro ruedas —le dijo Rafik, y el coche se inclinó hacia atrás—. Es estupendo que tengas un amigo.

—Aquí es todo muy extraño —respondió Fahad. Los neumáticos delanteros se habían levantado del suelo—. Es todo tan raro... No sé ni qué pensar al respecto.

PARTE II

CAPÍTULO ONCE

Mousey había muerto. Así sin más. El hombre que había llamado a Rafik para avisarle lloraba como si se pudiera hacer algo y llamaba a Mousey «hermano». Dijo que no había emitido ningún sonido, así que seguro que no había sentido nada, ¿no? Seguro que no había sufrido, ¿verdad? Dijo que parecía que estaba durmiendo como una estatua, bien envuelto en las sábanas. No pensaban que le pasara nada. Tenía la boca entreabierta, como si sonriera. Pero, cuando lo llamaron, no se inmutó, ni siquiera cuando se acercaron, y entonces vieron un hilo de vómito amarillo colgando de la comisura de la boca y le tocaron el hombro con la mano, lo sacudieron con suavidad, luego más bruscamente y después gritaron.

Por alguna razón, Rafik pensó en el chico, en que llevaba sin verlo... ¿cuánto tiempo? ¿Diez, veinte años ya?

El hombre también le dijo que era verano y, con los apagones que duraban una hora entera, no podían dejar a su hermano en ningún sitio; el cuerpo empezaría a oler pronto.

—Pues lavadlo —dijo Rafik.

Lo enterrarían esa noche, en cuanto Rafik llegara a Abad.

No era un buen momento. En la capital, el gobierno actual estaba en boca de todos. ¿Estaba funcionando bien o no? ¿Necesitaba el primer ministro más tiempo para demostrar su valía o no? ¿Se necesitaba a un tipo más duro para hacerse con el timón y atravesar esos momentos inciertos? Con los indios armando jaleo en Afganistán, los rusos magullados y beligerantes, y los estadounidenses...

Esos eran los peores de todos, en los que nunca se podía confiar. ¿Y sería Rafik ese tipo más duro? Iba a verlo mucha gente, generales y presidentes de tribunales supremos de varios países, miembros disidentes del consejo de ministros, la oposición, el embajador de los Estados Unidos... De modo que no tenía tiempo para pensar en Mousey, ni siquiera en el viaje a Abad, ni siquiera conforme entraba en la casa de Mousey y subía las escaleras hasta su dormitorio.

Al fin, cuando lo vio en la cama, no reconoció a su primo. Estaba envuelto en muselina blanca, incluso alrededor de la cabeza, con la tela ceñida como una toca. Tenía la piel gris como el barro, con arrugas profundas bajo las mejillas y a lo largo de la mandíbula. Tenía las comisuras de los ojos hundidas, como si se le estuviera cayendo la cara del cráneo.

—¿De verdad es él? —le preguntó Rafik al hombre que lo había llevado hasta allí.

El hombre no le entendió y Rafik le hizo un gesto para que se fuera. En ese momento quiso decirle algo a Mousey, pero no se le ocurrió nada que tuviera algún significado. Volvió a pensar en el chico; se lo imaginó a su lado, los dos en un silencio cómplice.

Rafik enterró a Mousey junto a Mumtaz Chacha en un acantilado desde el que se veían las tierras. Se habían reunido miles de personas, más de las que habían acudido por Chacha, o incluso por el padre de Rafik. Un mar de siluetas que emitía un sonido similar al rugido de las olas se formó detrás de Rafik.

El arrozal, con sus miles de hectáreas verdes, era tan alto como una persona, y más allá, a lo lejos, quedaban las chimeneas humeantes de los diversos molinos y desmotadoras de Rafik. Allí de pie, con su padre enterrado a un lado, y su tío y su primo al otro, y el oleaje de un ejército tras él, imaginó que podría dejarse caer por el borde de aquel acantilado rocoso y que la brisa, como un palanquín, lo acarrearía sobre un imperio infinito.

Habían construido carreteras con el dinero que había enviado a Abad, pistas negras de asfalto que brillaban como ríos de petróleo.

Y había una depuradora de agua que había costado mil millones, un hospital y escuelas. Los funcionarios del gobierno local querían enseñárselo todo, pero él no tenía tiempo.

❦

Mousey le había dejado una carta, casi como si hubiera sabido lo que iba a ocurrir.

El sirviente de Mousey le dijo que su «hermano» la había escrito hacía solo unos días, y la había dejado en su escritorio con el nombre de Rafik en el sobre.

—¿No es un poco raro?

Otra vez los gorjeos del hombre, otra vez hablando con las manos delante de la cara como si estuviera rezando.

Como era de esperar, todos los sirvientes estaban preocupados por su trabajo. Rafik dijo que de momento mantendría la casa como estaba, para los invitados o visitantes, aunque no tenía sentido; no iban a ir invitados ni visitantes.

Era una carta curiosa; las ideas de Mousey no eran demasiado coherentes. «Nos aferramos a las cosas como si nos pertenecieran; metemos a la gente en cajas, y lo mismo hacemos con los lugares. Nada es lo bastante grande, salvo esta casa; en esta casa solo hay espacio que quería llenar. Pienso mucho en el pasado. ¿Qué debería hacer con esos pensamientos? Dímelo tú, que lo sabes todo». Más adelante, con unas letras menos precisas, vacilantes y torcidas, había escrito: «Te perdono, te perdono, te perdono. Perdonar es algo poderoso, y yo te perdono. Te perdono cien veces porque para ti una vez no es suficiente».

Concluía con dos peticiones. «Miles de personas acuden a ti para pedirte favores cada semana, y yo solo te pido dos. Ahora es todo tuyo. Tierra, tierra, más tierra. Tanta que hasta sale por las orejas. ¿Para qué puede querer alguien tanta tierra? Le prometí cuarenta hectáreas a...». Había escrito un nombre que Rafik no reconoció. «Dáselas. Cualquier tramo de lo que me pertenecía, lo que tú consideres oportuno, aunque yo tenía en mente la franja larga que se curva desde esa extraña arboleda hasta el final del canal. No es que sea mejor ni peor que cualquier otro tramo de tierra; es solo que tiene un valor sentimental para mí». La segunda petición tenía que ver con el chico. Mousey se había encariñado con él. «Cuéntale a Fahad esta historia tú mismo. Después de todos los años de ausencia, ahora debe volver a Abad. Londres va a estar siempre ahí. Dile que mi sueño era que volviera. ¿Por qué? Solo Dios lo sabe». Era una sensación extraña, como si Mousey estuviera hablando con los pensamientos de Rafik.

Rafik preguntó por el hombre que mencionaba Mousey en su carta y descubrió que era el sirviente que tenía delante, el hombre que había encontrado la carta en el escritorio de Mousey y se la había llevado. El hombre se secó los ojos con el puño. Llevaba camisa y pantalones como si fuera un oficinista o alguien que trabajara en un banco. Y un bigote recortado muy parecido al de Mousey.

—Te portaste bien con él —le dijo Rafik—. Cuidaste bien de él.

—El hombre agachó la cabeza. Juntó las manos a la espalda—. Era mi hermano y tú te preocupabas por él. —Rafik sacó un billete de quinientas rupias de su cartera y luego, tras pensárselo mejor, sacó otro—. No era un hombre fácil, yo lo sé. Tenía sus particularidades. Al fin y al cabo, crecimos juntos.

Recordó un Eid cuando eran niños, cuando les pusieron nombres a los bueyes, sin ser conscientes de que iban a sacrificarlos. Y en la mañana del Eid, fueron con sus padres al campo donde tenían los bueyes. Los animales estaban ataviados con arneses ornamentales, con borlas de colores brillantes y cuerdas de cobre y oro. El buey de Rafik fue el primero que sacrificaron. Le tendieron el extremo del arnés para que lo sujetara. Cuando la cuchilla empezó a serrar el cuello del animal, forcejeó, se resistió y pateó, mientras las heces y la orina le recorrían las patas, y a Rafik se le escapó el arnés de las manos por los movimientos violentos. Se giró para no mirar, pero su padre lo sujetó para que se quedara donde estaba, lo agarró por los hombros y lo giró para que su rostro quedara como un cuadro a la vista de todos. Mousey le dio la mano y le apretó los dedos. Ahora Rafik le tendió los billetes al hombre, que bajó la cabeza más aún y mantuvo las manos en la espalda.

—Toma —le dijo Rafik.

—Sahib —respondió el hombre—, el hermano ya me dio bastante, me dio mucho, tanto que no podría pagárselo en toda una vida, y ahora..., ahora ya sí que no hay tiempo.

Le temblaron los hombros.

Era un insulto. Estaba claro que el hombre debía de saber lo que Mousey había escrito. Había leído la carta antes de entregársela. Seguro. Mousey no tenía ni idea de cómo eran esos canallas de allí. Rafik tuvo una visión repentina y monstruosa del hombre de pie junto a Mousey en su escritorio mientras escribía.

—No seas tonto —insistió Rafik, y le lanzó el dinero.

El hombre le preguntó qué pasaría con las cosas de Mousey, su ropa, sus libros... Dijo que a Mousey le importaban mucho los libros.

¿Habría sacado el hombre la ropa que llevaba puesta del armario de Mousey? Esos sirvientes no tenían ni la decencia de esperar un poco, tras la muerte del hombre para el que trabajaban, antes de ponerse a revolver entre sus cosas y no dejar nada, ni los restos para los cuervos. Rafik dijo que todo debía quedarse tal y como estaba. Pensó que a Fahad podrían gustarle algunas de esas cosas, incluso la casa... Puede que quisiera quedársela.

☙

Rafik se reunió con Soraya en Karachi para asistir a la boda del hijo de un amigo. Las carreteras estaban cerradas al tráfico, salvo para los invitados. Los coches estaban aparcados en filas de tres o cuatro. Se esperaba la presencia del jefe del Estado Mayor del Ejército y a ambos lados de la alfombra roja había filas de guardias militares en posición de firmes.

—Qué triste —dijo Rafik, refiriéndose a Mousey.

—Menuda rata —contestó Soraya, como distraída.

Soraya llevaba un sari blanco con tiras de perlas hasta la cintura, y la borla de tela que las unía le colgaba por la espalda desnuda, entre los omoplatos afilados y curvados como guadañas. Era un pilar de luz, a diferencia de las demás mujeres, que iban pintadas como una puerta y llevaban oro y diamantes relucientes.

—El chico debería volver —le dijo Rafik.

—Ja —rio ella—. Antes va a querer una disculpa.

—¿Por parte de quién? —le preguntó Rafik.

—De ti, evidentemente.

—¿Por qué? —Se detuvo para estrecharle la mano a un hombre que se había acercado, y luego a otro—. ¿De mí?

—Fuiste tú quien lo mandó al extranjero. Dice que no piensa volver nunca.

Rafik le habló de la carta de Mousey y de la convicción de su primo de que el chico volvería. ¿Cuánto tiempo había pasado?

—Ahora es más de allí que de aquí —contestó Soraya—. Hace quince años que se fue.

Una pareja se acercó a ellos. Soraya los miró y se apartó.

—Qué horror —dijo.

Se quedaron un rato detrás de su hombro y luego se retiraron y desaparecieron entre la multitud.

—Cada hombre es de donde es —dijo Rafik—. Los británicos nunca lo van a aceptar allí.

—¿Por qué me lo dices a mí? —Pasaron por delante de las mesas del bufé, de una mesa con tempura, de otra con sushi, de un horno *tandoor*—. Ahora debes estar arrepintiéndote. De todo lo que hiciste.

—¿Yo? ¿Y tú qué? ¿Tú no hiciste nada? Solo pío, pío, como un pájaro en una jaula. —Algunos quisieron saludarle y él les dirigió un *salaam* antes de apartarse—. Tú le metiste la idea en la cabeza. Londres esto, Londres lo otro. Digno hijo de madre.

Le presentó a Soraya al nuevo cónsul francés y a su esposa. Hablaron durante un momento sobre un gala que se celebraría en el club, sobre Gennifer Flowers y sobre la política cambiaria.

—Yo no le dije que se fuera del país —continuó Rafik cuando volvieron a quedarse solos—. Dijo que se iba y ya está. Yo solo lo llevé a Abad. Quise que viera el lugar. Que lo entendiera. ¿Se supone que tenía que quedarse toda la vida en casa con las mujeres?

—Y lo vio y… —Soraya hizo como si se quitara el polvo de las manos—. Y tuvo más que suficiente.

Se rio con esa risa estruendosa suya que hizo que todos los que no estaban mirando se volvieran a mirar.

—Ay, mi pequeña *gadha* —dijo él, rodeándole la cintura con el brazo.

—Tú sí que eres un burro…

Soraya le clavó el codo en las costillas. Un hombre que preparaba *paan* le ofreció uno a Soraya, que lo rechazó con un gesto de la mano. Le dijo que le preparara uno nuevo. Menos dulce, sin nuez de betel.

Rafik mencionó lo que Mousey le había pedido, que le diera cuarenta hectáreas de tierra a uno de los sirvientes.

—Por supuesto —respondió Soraya—. Y a todo el mundo.

—Quiero que vuelva —dijo Rafik—. El chico. Mi hijo debería estar aquí.

—Pues tráelo tú —le espetó ella—. No haces nada y esperas que lo hagan todo por ti. Díselo tú mismo. O déjalo sin paga. Haz algo. —Sujetó el *paan* recién hecho y se lo llevó con delicadeza a la boca—. Y te has quedado solo. Normal que estés pensando en eso. Y, mientras, todo el mundo en Abad desplumándote, porque saben que no tienes forma de controlar lo que está pasando allí, que estás demasiado ocupado yendo de aquí para allá. Metiendo en la cárcel a este y a aquel. Dentro de poco no quedará nadie.

A lo lejos vio al gobernador y al ministro de Hacienda charlando; el ministro miró a Rafik y le indicó que se uniera a ellos con un movimiento de cabeza. Si el chico volvía, pensó Rafik mientras se dirigía hacia ellos, le haría ese favor a Mousey, como si fuera un *quid pro quo*, como si una cosa tuviera algo que ver con la otra.

⌒𝒳⌒

En un momento en el que se hablaba cada vez más de un golpe de Estado y en el que Rafik debería haberse quedado en el país, el primer ministro le organizó viajes a Berlín, a Moscú y a Londres, para quitarlo de en medio. En otras circunstancias, Rafik se habría resistido, pero ir a Londres le brindaría una oportunidad para traer al chico de vuelta. Tenía su puesto afianzado y había otros que libraban sus batallas por él.

Desde la muerte de Mousey, había momentos en los que se le quedaba la mente quieta como un estanque y podía ver su propio reflejo a la perfección, y sabía que echaba de menos al chico, que lo quería cerca, que quería que viera las cosas que hacía, sus hazañas más extraordinarias, que quería contárselas. Envió un mensaje a través del funcionario de la embajada en Londres que le entregaba a Fahad su paga mensual; le decía que iría pronto, que tenía cosas importantes que contarle. Y le dijo al funcionario que le diera el doble de dinero de lo habitual.

CAPÍTULO DOCE

El día en que Rafik llegó a Londres hacía fresco y caía una lluvia incesante y fina como la niebla, y la luz era tan tenue que podría haber sido muy temprano o muy tarde. Pero Rafik tenía la mente en otra parte, yendo y viniendo entre generales, jueces, senadores y ministros. En Moscú, el ministro de Asuntos Exteriores le había dado a entender que sabía que pronto iban a producirse cambios. «Cuando hay cambios —le había dicho guiñándole el ojo—, suele ser para bien, ¿no es así?».

Rafik había acudido a toda prisa a varias reuniones en Berlín y había logrado acortar el viaje un día, y ahora, al llegar a Londres, se notaba desorientado: creía que Mousey estaba allí, y que Soraya y el chico estaban allí juntos, y no volvió a centrarse hasta que su asistente personal le dijo que había alertas de inundación en Abad, que los administradores de las fincas lo habían llamado aterrados. Querían saber si debían hacer agujeros en el muro del canal para dejar que el agua saliera y fuera hacia las tierras bajas de la frontera de Baluchistán.

—No puedo encargarme de todo —le dijo a su asistente personal—. Esos idiotas no hacen las tareas por las que les pago. Son unos descerebrados.

Si el chico hubiera estado allí, podría haberse encargado de todo. Era inteligente, aunque un poco sensible. Todo le afectaba demasiado. En Abad se haría un hombre. Había estado fuera durante demasiado tiempo por una tontería.

En el trayecto desde el aeropuerto a la ciudad, mientras dejaban atrás Harrods, decidió guiar al chófer hasta el apartamento,

127

para que pudiera pasarse a saludar. Acababa de amanecer, pero ¿acaso tenía el chico alguna razón por la que quedarse en la cama o por la que levantarse?

—Así me prepara el desayuno —le dijo al chófer, que asintió como respuesta, esquivándole la mirada—. ¿Qué más puede querer? —continuó Rafik—. ¿Acaso hay alguna zona mejor que esta en toda la ciudad?

Y luego, cuando reconoció el edificio, le ordenó al chófer que se detuviera.

El suelo estaba cubierto de flores blancas que se habían desprendido de algún árbol cercano, y, en algunas zonas, se habían convertido en un mantillo sucio y amarillento sobre el que se le resbalaban las suelas de los zapatos. Había basura en los escalones que llevaban al piso, que estaba bajo el nivel del suelo, y un sándwich a medio comer abandonado.

Aunque las cortinas estaban corridas, Rafik dio unos golpecitos en la ventana. Se agachó para recoger varias cartas que habían caído del buzón al felpudo. El timbre no sonó cuando lo pulsó. Volvió a intentarlo, luego llamó a la puerta con los nudillos y esperó, volvió a llamar y volvió a esperar. Le gritó al chófer que fuera a la entrada principal del edificio para llamar al portero y le explicó que su timbre estaría indicado. Al cabo de un rato, el chófer le gritó que el portero había llegado.

Rafik se encontró al hombre en zapatillas y una camisa que le venía grande con los botones mal abrochados. Llevaba la bragueta abierta e iba despeinado.

—Mi hijo no contesta —le explicó Rafik.

—Pero si son poco más de las seis… —respondió el portero con el ceño fruncido—. Menudos gritos. Hay gente durmiendo.

—Entonces mi hijo tiene que estar ahí dentro —dijo Rafik, señalando los escalones con la cabeza.

—¿Su hijo? Hace meses que se largó de aquí.

Y el portero le cerró la puerta y desapareció.

El funcionario de la embajada se lo confirmó cuando Rafik lo mandó llamar más tarde. El hombre no dejaba de girar la cabeza de un lado a otro, haciendo todo lo posible por no mirar a Rafik a la cara.

—Me dijo que se iba a no sé dónde —explicó el hombre, haciendo un gesto con la mano como si el sitio al que se había marchado el chico estuviera a la vuelta de la esquina—. Yo le dije: «Debería pedirle permiso al señor», y no voy a repetirle lo que me contestó. A veces los jóvenes dicen esa clase de barbaridades. Y yo le dije: «El señor se ha encargado de que no le faltase de nada, le ha cuidado, le ha dado este apartamento en la mejor ubicación posible». Ni siquiera quiso aceptar el dinero que usted le mandaba. Y entonces le dije: «Su padre se enfadará conmigo si no lo recibe. Tiene que aceptarlo, no le queda otra». Le puse el sobre en la mano y lo aceptó, pero luego me dijo: «La próxima vez no lo aceptaré». Y así fue; la siguiente vez, no lo aceptó.

Rafik le preguntó que dónde estaba el dinero entonces.

—¿Te lo has quedado tú? —Le cruzó la cara al funcionario—. ¿Se supone que tienes que cuidar de él, y se larga y no me dices nada? ¿Deja de aceptar la paga mensual que le doy y no me dices nada? ¿Qué te pasa? ¿Tienes la cabeza llena de serrín? —gritó mientras se daba golpecitos en la sien con el nudillo—. ¿Es que no piensas?

Pero no tuvo tiempo para seguir dándole vueltas al asunto del chico: a lo largo de los días siguientes hubo reuniones, actos públicos y llamadas hasta altas horas de la noche, y, en medio de todo aquello, el administrador de Abad lo llamó para informarle sobre los avances de las inundaciones, y Rafik, con ayuda de la base militar de la zona, logró desviar el agua hacia las tierras de un vecino que, en un acto de imprudencia, se había atrevido a desafiarle para quedarse con su puesto en las elecciones pasadas.

También le informaron que quedaban semanas para que se llevara a cabo una reorganización del consejo de ministros y que tan solo se estaba considerando un nombre, el suyo, para ocupar el primer puesto. «Se avecinan cambios —le había dicho su homólogo británico en una recepción en el palacio—. Y parece que hay que apostar por ti».

A su alrededor se respiraba un ambiente de celebración, como si se hubiera corrido la voz. Acudía a él más gente de lo habitual a mostrar sus respetos y a halagarlo. Por alguna extraña razón, se imaginó contándoselo a Mousey, y luego, en su imaginación, Mousey se convirtió en el chico, y se imaginó dándole una palmada en el hombro y pasándole el brazo por el cuello mientras le decía: «Te conseguiré un buen puesto. En lo que quieras. En el ferrocarril, en un banco, en una universidad. Sé que tendrás éxito. Lo sé, lo sé. Lo único que tienes que hacer es volver».

❧

Acabaron encontrando al chico, por supuesto. Los que tenían interés por saber dónde estaba lo sabían desde el principio. Dijo que se reuniría con su padre, que por qué no iba a reunirse con él, pero que no acudiría a la embajada ni al Dorchester ni al apartamento. Que podían quedar para cenar en algún sitio; que se llevaría a un amigo.

Escogió un restaurante de Mayfair.

—Estos jóvenes... —le dijo Rafik a su chófer mientras iban de camino—. ¿Qué se le va a hacer? Son todos unos canallas.

El chófer le dijo que se trataba de un restaurante muy conocido, que lo habían diseñado de forma que pareciera ese barco tan famoso que se había hundido hacía ya varios años. Hasta habían hecho una película del barco.

El local estaba en una esquina, y había un portero con sombrero de copa que le dio la bienvenida a Rafik y una chica muy guapa que se quedó con su chaqueta. La chica le dijo que había sido el último en llegar mientras bajaban por una escalera curvada y ancha y lo conducía hasta una sala bulliciosa con paredes cubiertas de espejos que lo hacía parecer un laberinto interminable, resplandeciente y abarrotado.

—Buen trabajo, guapa —le dijo Rafik cuando la joven lo llevó a una mesa—. Ay, no, esta no es. —Rafik le repitió el nombre del chico y volvió a recorrer la sala con la mirada, pero las dos personas de la mesa se estaban levantando, y uno de ellos estaba apartando una silla para acercarse a saludarlo; iba vestido de forma extravagante, con una camisa de seda muy llamativa, aros en las orejas, varios colgantes alrededor del cuello y un peinado como el de Liberace.

Agitó la mano frente al rostro de Rafik y le dijo:

—Estás mirando hacia todas partes menos hacia donde toca.

—Pero ¿eres...? —dijo Rafik, mientras la figura frente a él se transformaba en un rostro que reconocía: esa nariz afilada, ese mentón altivo, fragmentos que formaban el rostro del chico... Sí, sí que era él—. Pareces otro. Menudo cambio. Todo esto... ¿Qué es esto? —Rafik se rio—. Parece que vas disfrazado de gigoló. Pero, bueno, tú verás.

El chico le presentó a su amigo; era un hombre mucho mayor, tan grande que le costó ponerse de pie y se quedó sin aliento a causa del esfuerzo.

—Aaah... —exclamó Rafik, apoyando la mano en el respaldo de la silla que le habían sacado, sin dejar de examinar al chico, cuyo rostro brillaba tanto que casi parecía blanco, tan tenso como una vejiga—. Solo pretendía mostrarte el aspecto que deberían tener los hombres —se explicó Rafik, señalándose la cara para que el chico supiera a qué se refería—. Los hombres no deben parecer vanidosos.

Pero el chico solo tenía ojos para su amigo y se limpiaba las comisuras de la boca con la servilleta, aunque aún no les hubieran servido la comida.

El amigo lo invitó a sentarse, como si Rafik fuera el invitado.

Rafik echó un vistazo a su alrededor y hacia la escalera por la que había bajado.

—Tu amigo tiene que cuidarse más —le dijo Rafik al chico cuando al fin se sentó—. Pesar tanto no es bueno cuando se llega a esa edad.

Les llevaron la carta. Rafik pidió un *whisky* escocés y se imaginó a Mousey sentado en el sitio que había quedado vacío delante de él.

—A tu tío le habría gustado este sitio —dijo Rafik.

El chico tamborileaba sobre la mesa, sin apartar la mirada de su amigo.

—¿Hace cuánto que no nos vemos? —preguntó Rafik.

El chico se encogió de hombros.

—Años —respondió.

—Para un padre y un hijo es demasiado tiempo —contestó Rafik—. ¿Te conté lo de Mousey?

El chico le explicó a su amigo que Mousey era el primo de su padre, que había vivido en Londres y que había vuelto a Abad y se había involucrado en los asuntos de la finca.

—Era más inglés que los ingleses —dijo Rafik—. Qué triste lo que le ocurrió.

El chico empezó a mover la rodilla de modo que las copas y los cubiertos comenzaron a tintinear.

—Para —le ordenó Rafik. Y luego dijo—: La seda como esa pasa de moda enseguida. Los hombres no deberían estar pendientes de las modas. Deberían llevar ropa que pudieran ponerse en el futuro. La gente debería fijarse en quién es, no en qué ropa lleva. ¿No? —Esa última pregunta iba dirigida al amigo del chico, que iba vestido de manera muy sobria, con traje y corbata, con los botones de la camisa a punto de explotar a la altura de la barriga—. Pero bueno, como tú veas —le dijo al chico—. Yo solo te digo lo que pienso. —En un espejo que estaba justo frente a su asiento, observó a una mujer que subía las escaleras hacia la salida, y se imaginó a su chófer esperándolo con el coche ya en marcha—. Mañana tengo que abordar un vuelo muy temprano —comentó.

Llevaron la copa que había pedido Rafik.

—A mi hijo le gusta esta clase de sitios —le dijo al amigo—. Desde siempre. Su madre y él venían a sitios como este cuando era pequeño y se gastaban mi dinero —señaló las mesas a su alrededor— y se iban de tiendas. —Volvió a mirar al chico, aunque, por alguna extraña razón, le costaba hacerlo—. La próxima vez te llevaré al Shezan, en Montpellier Street. La comida es impresionante y no nos cobrarán ni un penique. Se negarán. Puedes ir cuando quieras. Llévatelo a él también —añadió, señalando al amigo—. Diles quién eres y te tratarán como a un rey.

Entonces el amigo comenzó a hablar sin parar, con una voz aguda como la de un *kazoo*, sobre sí mismo, sobre a qué se dedicaba, sobre la economía mundial, sobre China.

—Ya, ya… —respondió Rafik—. Muy bien. Un hombre que sabe de lo que habla.

Les tomaron la comanda, y el chico y su amigo debatieron durante un buen rato si escoger un plato u otro.

—Va todo el mundo igual —intervino Rafik—. Todo esto no es más que un numerito. Voy de un lado a otro y siempre veo lo mismo.

—A mí me gusta —respondió el chico, con esa expresión desagradable y hosca que utilizaba siempre de niño para salirse con la suya. Tiró de uno de los collares que llevaba y lo separó del cuello de la camisa. Después sacudió la muñeca y se remangó.

—Eso son cosas que llevaría tu madre —le dijo Rafik, señalándole las pulseras—. Díselo tú —le dijo al amigo—. Aconséjale. A su padre nunca le hace caso. Echa a correr y ya está —dijo riéndose.

Les sirvieron la comida con un gran alarde, girando los platos con delicadeza, mientras los camareros les ofrecían elaboradas descripciones de cada uno y el chico los señalaba como si fueran impresionantes.

—Qué pena que un chico tan listo no esté haciendo nada. Qué desperdicio. Estudió en los mejores centros. ¿Te lo ha dicho? Los hombres tienen que trabajar. —*Si volviera a Pakistán, podría tener el trabajo que quisiera, el que fuera.* Rafik se imaginó diciéndolo, pero no lo hizo. Las palabras se le quedaron atascadas en el pecho y se las tragó—. Podría ser y hacer lo que quisiera.

Entonces el amigo se puso a hablar de dinero, de lo bien que le iba, que había rescatado varios negocios que no funcionaban, que conocía muy bien a los Clinton.

—Nosotros tenemos varios negocios —explicó Rafik—. Las desmotadoras de algodón, los molinos de arroz, la fábrica textil, un banco desde hace poco... ¿Te lo dije?

El chico respondió que no, que no se lo había contado. Luego le dijo que no era cierto que no estuviera haciendo nada y bebió varios tragos de vino.

—Ya lo sabes —le dijo el chico—. Te lo he explicado muchas veces.

Rafik quiso saber qué era lo que estaba haciendo entonces.

Un libro. El chico le dijo que estaba escribiendo un libro.

—Muy bien —respondió Rafik—. Maravilloso. Pero ¿sobre qué vas a escribir? Los libros se escriben cuando ya se ha vivido. Primero hay que vivir. ¿No crees? —le preguntó Rafik al amigo del chico.

—Yo le digo que se mantenga ocupado —respondió el amigo—. Que haga algo.

—¿Ves? —dijo Rafik. Se descubrió a sí mismo pensando de nuevo en Mousey, se acordó de una vez que habían comido juntos en Londres varios años atrás—. Tu tío me dejó una carta. Pensaba que volverías.

—¿Que volvería a dónde? —preguntó el chico, frunciendo el ceño sin apartar la mirada de la comida que tenía en el plato.

—¿A dónde va a ser? —preguntó Rafik—. A dónde... Mousey quería que le diéramos parte de las tierras a un tipo. Y yo eso no puedo hacerlo. —Eso último se lo dijo al amigo—. La tradición es que las tierras se queden en la familia.

~♋~

Más tarde, en el asiento trasero del coche, de camino al hotel, Rafik pensó en todos los problemas que había tenido Mousey al volver a Pakistán, y entonces le dijo al chófer:

—La gente de nuestro país viene aquí y se vuelve más inglesa que los ingleses. Y luego tienen que quedarse aquí. ¿No? ¿Cómo no van a quedarse?

PARTE III

CAPÍTULO TRECE

Había sido una semana de presagios extraños, como los estruendos lejanos que preceden a una tormenta. El viento azotaba las hojas, derribaba contenedores, ondeaba chubasqueros y volcaba paraguas. Mientras Fahad se dirigía a una clase, un hombre lo abordó en la calle.

—Tienes una marca de la suerte —le dijo, señalándole la frente.

Fahad aminoró el paso para asentir con cortesía, momento en que el hombre lo detuvo e insistió en leerle la palma de la mano. Fahad estaba distraído con los demás peatones, pensando en la clase que iba a impartir. Estaba llegando tarde. El hombre le dijo algo, lo repitió y luego le preguntó a Fahad si lo había oído. Era importante.

—¿Lo has oído? No me estabas escuchando. Aquel cuyo nombre empieza por la letra M... —Y trazó la letra en la palma de la mano de Fahad—. Ten cuidado.

Fahad retiró la mano con delicadeza y el hombre le pidió dinero. Iba vestido como un oficinista, pero llevaba el turbante y el *kara* de un sij.

Fahad le dijo que no llevaba efectivo mientras se daba palmadas en los bolsillos para ilustrar sus palabras.

Pero el hombre no se iba, y empezó a darse palmadas él también, pero en la mano, agitándola en la cara de Fahad, gruesa y ancha como un filete.

—Llego tarde —le dijo Fahad—. Me están esperando.

Y entonces el hombre imitó a Fahad, se burló de su forma de hablar y de cómo iba vestido. Que se creía un inglés, le dijo, pero que nadie se lo tragaba.

—Se te ve en la cara quién eres, hermano, y te crees que eres igual que ellos.

Soltó una carcajada horrible, curvó los labios de una manera espantosa y, después, con un movimiento de muñeca, se alejó.

Fahad se marchó de allí corriendo, dobló una esquina y luego otra, y tropezó con un mantillo húmedo de hojas. Luego se volvió a recordar a sí mismo que llegaba tarde y se apresuró a ir a clase.

La noche siguiente, cuando salía de un restaurante de Kings Road después de cenar con unos amigos, una mujer mayor vestida con ropa elegante —chaqueta, falda y tacones bajos— y con unos rizos firmes empujó a Fahad con el puño y le agitó el bastón.

—Vuelve a tu país —le dijo.

—¿La gente aún sigue diciendo esas cosas? —le preguntó Fahad a Alex, atónito, al llegar a casa.

Aquello le hizo pensar en ese otro lugar, en Abad, y sus recuerdos aún estaban frescos, como una herida abierta, incluso aunque llevara treinta años sin poner un pie allí. Pensó en la época anterior a su marcha de Abad, y luego en el país, en los acontecimientos que le hicieron salir de allí, momentos todavía tan dolorosos que apenas era capaz de evocarlos. Pero los pensamientos sobre Abad se entremezclaban con los demás, de modo que al ir a hacer la compra, al tomar un tarro de alcachofas en conserva de un estante y al colocarlo en la cinta transportadora para pagar, sus propios gestos empezaban a parecer exagerados, como si estuviera representando un papel. Más tarde, durante un taller, una alumna india leyó en voz alta un relato que había escrito sobre una aldea, y, cuando Fahad le dio su opinión, oyó que sus consonantes sonaban mucho más refinadas que las de ella, que sus *tes* y *ces*, afiladas como cuchillas, se abrían paso por la parte delantera de su boca, mientras que las de ella brotaban de debajo de la lengua. Su voz desprendía una falsedad que la de su alumna no transmitía y, cuando hablaba más alto, como si así pudiera darle fuerza a su voz, se oía a sí mismo volverse estridente.

En el relato de la alumna, un temporero violaba a una chica en un campo. El grupo discutió con todo lujo de detalles cómo había coreografiado la alumna la escena, y Fahad volvió a acordarse de Abad —el agua espesa como el barro, la tierra gris y rocosa, el polvo que se alzaba y te envolvía mientras caminabas, de modo que aparecías de la nube que se formaba como conjurado por una tormenta de arena—, pero cada pensamiento tenía un brillo de advertencia y de poesía que lo atraía como los escollos que flotaban y entrechocaban del mito de las Simplégades. Durante un instante espantoso se preguntó si no habría escrito nada desde hacía tanto tiempo porque no había escrito aquello, porque había escrito siempre algo que le quedaba muy lejos, como si lanzara una granada.

☙❧

Alex y él invitaron a unos amigos a comer a casa ese domingo. Hacía una ventolera tremenda y, aunque no llovía, los guijarros y la tierra chocaban contra el cristal. También debía de haberse desprendido algo de alguna parte, porque sonaban golpes fuera de la casa.

Mientras Alex limpiaba los cuencos de sopa, Fahad contó la historia del hombre que lo había abordado en aquel tramo tan feo de Cromwell Road. No le dijo al grupo que el hombre era sij, ni lo que le había dicho después de que Fahad se negara a darle propina; solo les contó que se había puesto hecho una furia.

141

—¿Y quién mierda puede ser M? —le preguntó uno de los amigos.

Empezaron a elucubrar: un exnovio de Fahad, un antiguo amigo de la universidad, un vecino problemático...

—Mousey —contestó Fahad, sorprendiéndose a sí mismo, y luego se preguntó si podría explicarles quién era Mousey.

Les contó la historia de Mousey, les dijo que había pasado muchos años allí, en un apartamento de Cadogan Square, que le gustaban los trajes de Huntsman y los zapatos de Lobb y que era cliente habitual de Mirabelle.

—Debe de ser cosa de familia —comentó alguien entre risas mientras se apartaba para que Alex pudiera dejar en la mesa el estofado, el plato de endibias al horno y una ensalada de diente de león silvestre.

Fahad continuó contando que Mousey había vuelto. Hablaba rápido, como temiendo recordar que no podía pensar en aquello si se detenía un instante.

El padre de Mousey había muerto. Era un viejo sinvergüenza de una familia pudiente, ministro del gobierno y tal y cual, durante muchos años, una persona de lo más popular, aunque a saber por qué, y no soportaba a su hijo.

Era *daube* de ternera, explicó Alex, conforme levantaba la tapa y el vapor emanaba de la sartén.

Mousey regresó a Pakistán y se hizo cargo de las tierras de su padre, una finca considerable, de unos cuantos miles de hectáreas.

—Se le ocurrían un montón de ideas: quería que optaran por lo orgánico, que lo mecanizaran todo, que se construyeran escuelas y centros de salud en cada aldea...

Alguien preguntó si Alex lo había conocido.

Fahad respondió que Mousey había muerto hacía varios años, y luego añadió:

—Alex ni siquiera ha conocido a mis padres.

—Eso pertenece a su antigua vida —dijo Alex.

Alguien comentó que Fahad tenía que escribir sobre todo aquello. Que parecía algo sacado de Tolstói.

—La verdad es que sí.

Fahad se rellenó el vaso.

Pero Mousey no hablaba el idioma y no conocía a nadie; contrató a un administrador de fincas joven y guapo —«Eso sí que es cosa de familia», dijo alguien, y esa vez todos se rieron—, e invirtió mucho dinero en sus proyectos, pero al final no consiguió nada. Los agricultores se las apañaban para engañarlo siempre; eran mucho más avispados que él y le decían que las tierras altas eran bajas y que las bajas eran tan pobres que valían nada y menos. Sus escuelas se acabaron convirtiendo en lugares de reunión para los ancianos de las aldeas y los centros de salud terminaron siendo refugios para las cabras. Sus profesores acabaron obligados a desempeñar otros trabajos. Y al final sus cultivos se echaron a perder por falta de agua. Y entonces..., entonces sencillamente se rindió.

Fahad se percató de que se había quedado sin aliento, como si la historia fuera una roca que hubiera perseguido colina abajo, con su padre abajo del todo.

—Qué historia más triste —comentó alguien.

—Menos mal que tú te salvaste. —Alex le apretó el hombro a Fahad al pasar.

—Sí —dijo Fahad, preguntándose por qué no había mencionado siquiera a su propio padre al contar la historia de Mousey, cuando su padre había formado una parte tan importante de ella. A su padre no le hacía falta que lo defendiera nadie. Ni siquiera había que pensar en él.

Los demás habían pasado a charlar sobre las vacaciones, sobre Italia. Venecia se estaba hundiendo.

—Deberíamos visitarla de nuevo antes de que desaparezca —dijo alguien.

—Pero ¿se está hundiendo de verdad? —preguntó Fahad.

Empezó a llover.

Más tarde, en la cama, con el viento azotando las paredes, Fahad preguntó:

—¿No te da curiosidad? Toda una parte de mi vida...

—De una vida que dejaste atrás —contestó Alex, acercándose a Fahad desde el otro extremo del edredón, sin que sus manos llegaran a tocarse.

El viento aullaba. Alex preguntó si la carne le había quedado un poco seca. No había manera de pescarle el truco a ese horno. Pensaba comprar un termómetro.

Fahad pensó en la madre de Alex, que apenas los había reconocido la última vez que la visitaron, y en la casa en la que Alex se había criado y que había vendido cuando metieron a su madre en una residencia.

—¿Piensas alguna vez en tu padre, en cómo sería?

—No tengo manera de saberlo —contestó Alex—. Es como preguntarme por una vida que no he tenido.

—Ya... —respondió Fahad, y volvió a su libro, aunque no lo estaba leyendo, y pasó la página, aunque tendría que volver a leer la anterior.

—Podría ponerme triste —prosiguió Alex—. Uno siempre puede ponerse triste si quiere. O podría estar aquí. —Acarició el edredón.

Era una casa adosada georgiana en un barrio elegante de las afueras de Bath, abarrotada con décadas de fotografías y cachivaches: figuritas de porcelana en la repisa de la chimenea, una jaula de pájaros de adorno, lámparas con pantallas de volantes. Alex no había querido llevarse nada de la casa. Dijo que ya se había llevado lo que era suyo al mudarse. «Son solo cosas —le dijo mientras se encogía de hombros ante una jarra de porcelana con forma de vaca. Miró a su alrededor—. Paredes. Un piso. Una escalera». Cosas que no perduraban.

Ahora roncaba sin hacer casi ruido, una isla en el otro extremo de su enorme cama. Fahad apagó la lamparita. Buscó los dedos fríos de Alex y los entrelazó con los suyos.

⁓⁓

El fin de semana siguiente, Alex estaba viendo algo en la televisión mientras Fahad estaba en la mesa de la cocina leyendo las tareas de sus alumnos. Alex inclinó la cabeza hacia un lado.

—Tu móvil —dijo—. ¿No está sonando? —Bajó el volumen de la tele y, tras un momento, Fahad lo oyó—. Lleva un buen rato sonando —añadió Alex, mientras subía de nuevo el volumen.

El teléfono de Fahad estaba en el dormitorio, a punto de caerse por el borde de la mesita de noche. Había dejado de sonar, pero, cuando lo agarró, empezó de nuevo. La pantalla se encendió y reveló el prefijo de Pakistán, y Fahad tiró el teléfono a la cama, lo dejó bocabajo y lo vio vibrar.

—¿No lo encuentras? —preguntó Alex desde el salón, modulando la voz como si se hubiera levantado del sofá y estuviera yendo a ayudar a Fahad.

—Sí, lo he encontrado —gritó Fahad.

Dejó de sonar. Luego sonó de nuevo y esa vez respondió.

—¿Hola?

—¿Sí? —dijo Fahad.

—¿Eres tú? —preguntó una voz de mujer.

—¿Sí? —repitió Fahad.

—¿Fahad? ¿Eres tú?

Era su madre.

Respondió que sí y le preguntó si iba todo bien.

No era que su madre no lo llamara nunca, sino que con el paso de los años habían establecido una rutina de hablar solo en los cumpleaños: conversaciones breves, más breves que los mensajes que se escriben en una tarjeta, y normalmente solo entre ellos dos. Fahad le decía que le deseara a su padre un feliz cumpleaños de su parte o ella le decía que su padre le había deseado un feliz cumpleaños a él; aunque alguna que otra vez también había hablado con su padre.

—He llamado muchas veces —se quejó su madre—. ¿De qué sirven estos nuevos teléfonos móviles si no los llevas encima?

—Estaba en el otro cuarto —se excusó Fahad—. Estaba trabajando.

No esperaba que lo llamaran, añadió. Intentaba evitar que lo molestaran mientras trabajaba.

—¿Que si va todo bien? —dijo su madre—. Que si va todo bien…

Se oyó un ruido sordo; una distorsión, como si se le hubiera caído el auricular; y voces ahogadas. Y luego su madre de nuevo:

—No, no, no, no. Todo esto me supera. Debería tirarme por las escaleras. Si tuviéramos escaleras.

Había llegado una carta, sabía Dios cuándo. Llevaba varios días en el despacho de su padre.

—Pero no tengo ni idea de por qué la dejaron allí los sirvientes. No piensan, son unos descerebrados. O eso, o que quieren causar problemas. Para ellos sí que va a ser un problema, eso está claro —dijo con la voz entrecortada.

La carta era del juzgado. Podía llevar allí semanas. Podría haber desaparecido. ¿Y qué habría pasado entonces?

—Pero ¿qué ha pasado? —preguntó Fahad.

Su madre respondió que su padre los había arruinado, que eso era lo que pasaba.

—Me echan de mi propia casa, imagínate.

—¿Que te echan de casa? ¿Por qué te iban a echar de casa? ¿A qué te refieres con «arruinado»? —Miró por el pasillo. Alex seguía en el salón. Fahad tomó una chaqueta y salió a la calle—. A lo mejor no lo has entendido bien —dijo, pensando en la madre de Alex, en la facilidad con que entraba en pánico, en lo poco que parecía entender.

—Arruinados —repitió, esa vez con la voz aún más cargada de desesperación—. ¿Por qué confió en esa gente? Es culpa suya; le culpo, aunque él no lo sepa, aunque tenga la cabeza medio ida.

Fuera estaba cayendo una tormenta, y el viento, que acarreaba la lluvia, le arrebataba la voz a su madre mientras hablaba; le robaba una palabra por aquí y otra por allá.

Su padre había pedido un préstamo con la casa de Karachi como aval; lo había puesto todo como aval, pero ¿por qué esa casa?

—¿Por qué se empeña en que lo perdamos todo? —dijo su madre—. Puedo llevar ropa vieja, quedarme sin coche, sin apenas personal, sin poder viajar, incluso podría vender las joyas que me regaló mi madre... Pero ¿cómo voy a vivir sin techo?

Sin darse cuenta, Fahad había llegado hasta la barandilla del Museo de Historia Natural y se había agarrado a ella como si fuera a salir volando como las hojas que se arremolinaban alrededor de sus piernas. Le preguntó a su madre por qué había pedido su padre un préstamo.

Se había gastado muchísimo dinero en las elecciones y, como había perdido, se había gastado más aún la vez siguiente, y la siguiente. Pero su madre decía que ella le había asegurado que aquellos tiempos ya habían llegado a su fin, aquellos tiempos en los que había hombres de bien en la asamblea; que ahora eran todos matones y ladrones, y compraban votos y pagaban sobornos y retenían a los jueces como rehenes. ¿Y por qué había tenido que enfrentarse a los generales, creyéndose más duro que todos ellos?

—Un día, te encuentras con un león más grande —añadió su madre—. Y te hace picadillo.

—Pero los molinos... —dijo Fahad— ¿No dan dinero?

—¿Los molinos? —Su madre se rio—. Ya no existen.

Los habían vendido hacía tiempo para pagar otras deudas. Su madre siguió diciendo que su padre siempre confiaba en la gente equivocada. Que les dejaba dirigir un negocio u otro. Que le pedían dinero y él se lo enviaba. Le pedían que firmara un documento u otro y él lo hacía sin pensar, sin mirar.

—Se creía invencible —prosiguió—. Y, ahora, mira. Ahora mira. ¿A quién tiene a su lado? En cuanto pierdes el poder, todos se olvidan de quién eres. Hubo una época en que decían que sería primer ministro y se formaban unas multitudes... Lo nunca visto, vamos, desde la puerta principal de esta casa, aquí en Karachi, hasta Frere Hall. ¿Y dónde están ahora?

Fahad no lograba encontrarle el sentido a nada.

—No tiene sentido —dijo—. ¿Ya no hay molinos? ¿Y qué pasa con Abad?

Hasta el nombre del lugar hizo que algo se le retorciera en el estómago.

—¿Abad? Lo que hace Abad es tragarse el dinero, en lugar de darlo. Los administradores llaman todos los meses pidiendo millones para comprar esto o aquello. —Y luego, después de una extraña pausa con la línea crepitando, añadió—: Pero a lo mejor Abad puede salvarnos.

—¿A qué te refieres? —preguntó Fahad—. ¿Cuándo ha pasado todo esto?

—Ya te lo he dicho. Acabo de ver la carta ahora mismo. No sé cuándo llegó.

—No, la carta, no; lo de los préstamos y el cierre de los molinos.

—Ah, ya... —respondió su madre—. Los lobos llevan en la puerta desde hace muchos años. Ya se me ha olvidado cómo era antes, cuando no tenía que quedarme dando vueltas en la cama cada noche muerta de preocupación. Ya se me ha olvidado.

Había una mujer en lo alto de los escalones frente al museo, con una expresión extraña y el pelo agitado por el viento alrededor de la cara. Una ráfaga le arrebató un folleto de debajo del brazo y lo lanzó bien lejos. Estiró los brazos con torpeza y bajó los escalones a toda prisa tras él, pero el viento volvió a llevárselo haciendo círculos en el aire.

—¿Estás bien? —dijo Fahad, preguntándose si sería cierto algo de lo que había dicho su madre. ¿Y si no lo era? Pensó que podría hablar con su padre, aunque nunca hablaban. Podría hablar con uno de los sirvientes.

—¿Me estás escuchando? —le espetó su madre—. Nos echan a la calle en unas semanas. Eso es lo que dice la carta. Que se van a quedar con la casa. He hecho lo que he podido todo este tiempo. Pero ya no puedo más. No puedo.

Dijo las últimas palabras con más obstinación, como si esperara que Fahad fuera a llevarle la contraria.

Un autobús se detuvo, sonó un pitido y salió una plataforma por las puertas como una lengua. Era absurdo, de repente todo le parecía absurdo: los turistas apiñados junto a las puertas del museo, un par de palomas que picoteaban una bolsa de plástico, un anciano que empujaba un cochecito vacío mientras cruzaba la carretera en diagonal a pesar del tráfico que se aproximaba. Qué gris era todo, qué gris, como si no existiera el sol.

Su madre seguía hablando. Se preguntaba por qué Rafik no había confiado nunca en su familia. Ni en ella ni en Fahad, ni siquiera en ese primo suyo, que, a pesar de todos sus defectos, a pesar de ese estilo de vida tan feo, no era un ladrón.

—En los que estamos cerca... En nosotros ni siquiera repara. Siempre pone a los demás por las nubes. Pues mira lo que han hecho los demás.

Fahad le preguntó dónde estaba ahora su padre.

—No me estás escuchando —contestó su madre—. Se le ha ido la cabeza. A veces cree que soy otra persona. A veces se va a pasear por la calle por la noche hasta que lo detienen los guardias de la casa del teniente general, o algún *rehri wallah*, algún vendedor ambulante.

Fahad se separó el teléfono de la oreja. La voz de su madre se volvió caricaturescamente pequeña. Por un momento pensó que lo único que tenía que hacer era colgar y todo aquello se desvanecería.

—Si quedara alguien más, sabe Dios que iría a pedirle un favor —decía su madre.

¿Acaso no lo había hecho ya? Suplicando de puerta en puerta como una refugiada, decía, pidiendo a un viejo amigo y a otro que hablara con algún juez, que hablara con algún general, que hablara con algún ministro.

—Pero si la carta ha llegado hoy, ¿no? —dijo Fahad.

Su madre respondió que quién sabía cuándo había llegado, cuánto tiempo había estado ahí abandonada, en el escritorio del estudio de su padre.

—Tiene que haber alguien que pueda ayudaros —dijo Fahad, tratando de pensar en los nombres de los amigos y conocidos de sus padres, sin éxito.

—No hay nada que hacer. —Ahora sonaba casi histérica; gorjeaba como si no tuviera control sobre su propia voz. Solo había una opción—. Es lo único que se puede hacer. ¿Y si le da algo a tu padre del disgusto? ¿Crees que no lo he pensado? ¿Crees que no he estado rezando? Yo, que nunca rezo, hasta yo he rezado, he juntado las manos y he agachado la cabeza. Imagínate. Pero, aun así, solo queda una opción.

Fahad no quería saber cuál era ese último recurso. ¿Qué tendría que ver con él? ¿Querría dinero, dinero suyo? La mera idea lo incomodó.

—Si pudiera, por supuesto que os ayudaría —respondió Fahad—, pero…

—Eres el único que puede hacerlo —lo interrumpió su madre—. Tienes que ser tú. Yo no puedo. Si tu padre estuviera lúcido, no lo haría. ¿Y bien?

—Con el primer libro gané algo de dinero —dijo Fahad, que no quería que su madre pensara que no había ganado nada; sí que había ganado dinero, después de todo, lo había ganado—. Pero eso fue hace años. Ya ha pasado mucho tiempo.

—No te estoy pidiendo dinero. Quédate con tu dinero —le dijo su madre—. Abad.

¿Qué quería? ¿Quería que se encargara él de administrar la finca?

—Es que tengo aquí mi trabajo —se excusó Fahad—. Si no, haría algo.

—Seguro que te dan unas semanas libres —respondió su madre—. Si se lo dices a esa gente para la que trabajas. Claro que te las darán.

Comenzó a sonar una alarma. Los faros de un coche aparcado a unos metros parpadeaban. Estaba en una calle que no reconocía. ¿Por dónde había venido?

—Puede que en algún otro momento —dijo Fahad—. Es una época de mucho trabajo.

Se volvieron a oír unos arañazos. Su madre llamó a alguien, aunque Fahad no pudo distinguir lo que decía.

—No me estás oyendo —insistió su madre. A menos que vendieran la finca, ¿cómo iban a poder pagar el préstamo? Y, si no pagaban el préstamo, les quitarían la casa; se quedarían sin techo, sin suelo.

Había un hombre que estaba interesado en comprar la finca de Abad, un hombre que no paraba de llamar.

—¿Venderla? —preguntó Fahad.

—◦~

Ya era de noche cuando regresó a casa. Todavía no se habían encendido las luces del vestíbulo. Subió las escaleras; cada paso le suponía un esfuerzo sobrehumano. Volvió a mirar el móvil para asegurarse de que su madre hubiera llamado de verdad, y ahí estaba, aquel número incomprensiblemente largo en la pantalla brillante. Volver, volver para eso… La idea era imposible. Todo era imposible. Era imposible que todo aquello hubiera ocurrido Y, sin embargo, la ruina de su padre, si de verdad era así como había sucedido, empezó a parecerle casi inevitable a medida que se acercaba a la puerta de su apartamento.

En aquel momento agradeció más que nunca que Alex no se interesara por esos asuntos, que estuviera lo más alejado posible de su familia, de la casa de Karachi, de Abad. Desde el vestíbulo, Fahad le veía la coronilla. Todavía estaba frente al televisor. Cerró la puerta con cuidado. En su dormitorio, se quedó un rato junto a la cama. Luego rebuscó en los cajones de su lado del armario. Cuando cerró las puertas, una luz procedente de algún lugar proyectó unas ondas sobre ellas, y pensó en la finca, en la luz del sol moteada en el lecho de un bosque, en el sonido de una campana de viento, en los fragmentos brillantes de espejo que se balanceaban colgando de hilos en una abertura en forma de ventana, en algo que se movía entre la maleza, en una sensación que crepitaba en el aire como una corriente.

—¿Has ido a algún sitio? —preguntó Alex, mientras encendía las lámparas de las mesillas de noche—. Me ha parecido oír la puerta. —Le apoyó la mano en la espalda. Vio el pasaporte que Fahad había encontrado en el cajón y se lo quitó de la mano—. ¿Y esto?

Fahad le contó que su madre le había llamado. Se lo contó porque no pudo contenerse; fue incapaz de pensar en alguna otra cosa que decirle. Y ¿por qué no iba a decírselo? Le dijo que sus padres tenían problemas. Que su padre no estaba muy bien.

—Se están haciendo mayores. —Alex lo siguió hasta el baño.

Fahad sacudió la cabeza y se encogió de hombros.

—No voy a volver —dijo. Abrió el grifo. Se lavó las manos—. No voy a ir.

—No tienes por qué ir —respondió Alex.

En el espejo parecían dos extraños: Fahad con esa piel cetrina, y Alex con esa panza y ese pelo gris y sin brillo.

∽჻∾

Aquella noche, tumbado en la cama y desvelado, y luego al día siguiente de camino a clase, e incluso en clase, no dejaba de recordar lo que le había dicho su madre, y no se lo creía, no se creía ni una palabra, pero entonces se imaginó a sus padres vestidos con harapos, con las caras mugrientas de polvo y la casa derrumbándose a su alrededor. Mientras repasaba mentalmente todo lo que le había dicho su madre, le parecía que sus palabras y sus frases tenían una agudeza propia de los engaños, de las artimañas; pero, conforme las recordaba, a veces oía una vacilación que indicaba incertidumbre, y otras, una tensión propia de la preocupación.

¿Y si era verdad? ¿Acabaría yendo? ¿Podían dar unas palmaditas y mandarlo al extranjero cuando era un muchacho de apenas dieciséis años, porque no se ajustaba a sus propósitos, porque interfería con sus ambiciones, y ahora, todos esos años después, dar otras palmaditas y esperar que volviera? Creía que ya había logrado acabar con los sentimientos que se habían apoderado de él durante aquellos primeros años en Londres, de rabia, de querer castigar a sus padres algún día como lo habían castigado a él. Pero ahora presentía su regreso.

A veces también sentía algo parecido a la añoranza, algo parecido a la nostalgia.

Ni siquiera conoces el lugar, se dijo a sí mismo. *No estás recordando; estás imaginando*

Fuera lo que fuere, el lugar poseía una fuerza que lo atraía, y Fahad se encontraba, en los ratos muertos, evocando escenas: los jardines de Frere Hall, el paseo marítimo Jehangir Kothari Parade en Seaview, el aire cargado de sal, la lluvia en el patio de la casa. También veía escenas de Abad, cuyo nombre ya no le sorprendía cuando lo pronunciaba mentalmente: búfalos revolcándose en el canal, el agua color bronce por el limo, el cielo polvoriento, el sol abrasador que por alguna razón nunca se veía.

Volvió a llamar a la casa de Karachi. Llamó a mediodía, con la esperanza de que sus padres estuvieran durmiendo la siesta, de que uno de los sirvientes contestara. Era un hombre cuya voz no reconocía y, al tener que hablar de repente en urdu, sentía las palabras como piedras en la boca.

El hombre le dijo con un tono brusco que estaban todos descansando. Que llamara en otro momento.

—¿Dónde está Ayah? —preguntó Fahad.

—No lo sé.

—Llámala —le ordenó Fahad—. Dile que llama el señorito.

Fahad oyó los pasos del hombre, cada vez más lejos. Recordaba que el teléfono estaba en un mueble de teca en el patio. El techo era una cuadrícula de claraboyas, y Fahad se imaginó el sitio iluminado por columnas de la luz del sol de la tarde; el borboteo del agua en la fuente que había en el centro del patio, a ras del suelo; la habitación de sus padres helada, oscura, sin un solo movimiento, como un mausoleo. La tarde allí tenía una cualidad intersticial; el tiempo parecía infinito.

—¿Baba? —Era la vieja Ayah, estridente como un pájaro—. Qué horror. No he dejado de rezar por usted. Sus padres están descansando. Su padre se pasa la noche en vela, caminando y caminando, a veces fuera de la casa, a veces hasta por la carretera. A veces no sabe quién es, ni siquiera dónde está. Si intentas detenerlo, se enfada. Una vez me empujó tan fuerte que me caí. Yo mantengo la boca cerrada, claro. Es su padre, después de todo. Nosotros somos todos sus hijos. Vivimos bajo su techo. Su madre no quería molestarle. Fue cosa mía, fui yo la que dijo: «Baba lo arreglará. Él os ayudará». Y su madre... Su madre no deja de llorar sola en su vestidor. Se cree que no la oye nadie, pero yo lo oigo todo desde el pasillo de fuera. Le dije: «Si se lo pide, no le va a decir que no, eso seguro. Es un buen chico».

Las palabras hicieron aflorar en su mente el recuerdo de cuando se marchó de aquella casa por última vez. Se detuvo en el umbral, con la maleta a su lado, y se negó a mirar atrás, agarrando el asa con tanta fuerza que las uñas le dejaron marcas con forma de medialuna en la palma de la mano.

—Es lo que toca, ¿no? —continuó—. Que nos ayudemos entre nosotros, que un hijo ayude a sus padres.

Se sintió de inmediato como un niño, el niño al que habían mandado lejos de casa.

—Lo que han hecho... —dijo.

—¿Sí? —dijo ella—. Usted lo va a solucionar. Estoy segura. Su padre... —continuó la mujer—. Se me saltan las lágrimas cuando lo veo. Se pasa el día caminando sin ir a ninguna parte. No ve a nadie. No va a la finca desde hace más de un año. Tiene que venir y llevárselo con usted. Ese es su hogar, más que este. Su corazón pertenece a ese lugar.

El día que Fahad se marchó de Karachi, su padre le había dado una palmadita en la espalda, aún negándose a mirarle a los ojos. «Estarás mejor allí —le había dicho—. Buen chico. Bien, bien. Es todo para mejor».

Vender la finca... Sí, la vendería.

CAPÍTULO CATORCE

C uando Rafik y Mousey eran pequeños, se subían unos *charpayees* al tejado porque allí se estaba más fresco, porque a veces se encontraban con una brisa que les hacía cosquillas en la planta de los pies, en las orejas y en la fosa de los codos, y porque a veces la luna y las estrellas brillaban lo suficiente como para que Mousey pudiera tumbarse bocabajo y leer. A veces leía en voz alta. A veces hacía comentarios extraños sobre algún sirviente, sobre lo que hacía uno o sobre el aspecto de otro o sobre cómo lo miraba aquel, o mencionaba que el chófer le hacía dar botes en su regazo.

Rafik le decía:

—Para ya. ¿Por qué tienes que hablar de eso?

A veces, cuando hacía tanto calor que era imposible dormir, cuando no soplaba brisa alguna y el aire no se movía y estaba tan seco como la tierra, contemplaban el cielo nocturno y buscaban las estrellas y las galaxias que conocían: la que tenía forma de cuenco, la constelación del cazador... Mousey se las sabía todas. También aquella de allá, que tenía forma de hoz. ¿Cómo se llamaba?

—Mousey, ¿cómo se llamaba esa?

Pero Rafik no estaba en el tejado; estaba en la casa y se había formado un gran revuelo.

—¿Hay una boda o algo? —le preguntó Rafik a Ayah, que les estaba dando golpes a las ollas de la cocina, acercó un banco a la encimera, se subió y desapareció dentro de un armario.

El mozo estaba en la habitación de invitados, en lo alto de una escalera muy alta; había montones de sábanas sobre la cama y un edredón hecho un gurruño sobre la alfombra.

—Menudo desastre —se quejó Rafik.

Fuera, el chófer estaba abrillantando el capó del coche con un trapo.

Soraya estaba sentada a la mesa del patio, con el periódico abierto delante de ella por la página de los crucigramas. Levantó la vista en dirección a Rafik y lo miró con el rostro inexpresivo, sin verlo en realidad.

—Menudo jaleo —volvió a quejarse Rafik—. ¿Hay una boda o algo?

—Anoche volvieron a encontrarte en la carretera —le dijo Soraya, recolocándose un rizo rebelde tras la oreja con la punta del bolígrafo—. ¿A dónde ibas?

—¿Anoche? —repitió Rafik.

—Ibas descalzo, en pijama, con la maleta.

—¿Mi maleta?

—Y dentro solo llevabas un par de zapatos. —Rafik le echó un vistazo al crucigrama; Soraya se había dejado una palabra a medias y había hecho un tachón—. Te negabas a entrar en casa. Empezaste a pelearte con los demás.

De repente se inclinó hacia delante y escribió algo en la hoja.

El mozo apareció por el extremo del pasillo sosteniendo una sábana abierta que tenía un rasgón en la esquina. Informó a Soraya que no tenían ninguna que fuera a juego con ella.

—¿Ni una sola? —preguntó ella—. ¿Cómo es posible?

—Se lo llevan todo a sus habitaciones —dijo Rafik—. Todos los que viven aquí: los hijos, los nietos, los bisnietos...

El mozo sujetó la sábana con las rodillas y extendió otra para que Soraya le diera el visto bueno.

—¿Viene alguien? —preguntó Rafik.

Pero entonces llegó Ayah, rodeando la fuente, con una bandeja en la que portaba un cuenco con algo flotando en su interior.

—Mire lo que he encontrado al fondo del congelador. —Inclinó la bandeja y el cuenco se deslizó hacia delante—. Un pollo. Lo prepararé al horno con unas cuantas patatas. A baba le gustan las patatas.

—Muy bien —respondió Soraya.

—Pero, aparte de esto, ya no nos queda nada —dijo Ayah—. Ni siquiera una cebolla. Solo nos quedan cajas de sopas de sobre. Y solo nos quedan tres, y una la voy a usar para la comida.

~~~~

Ayah regresó más tarde con dos tazones de sopa y un plato enorme de arroz humeante.

—Este es el alimento básico del mundo —comentó Rafik, echándose arroz en el tazón con la cuchara y removiendo el contenido—. Con esto, ya no hace falta nada más.

—Ahora no montes ningún numerito —le dijo Soraya, acercándose la cuchara a los labios y frunciéndolos—, o no nos ayudará nadie.

—¿Numerito? Aquí nadie está montando un numerito.

—¿Por qué no ha venido en todos estos años? No quería venir. Me dijo: «Me echasteis de allí. Me desterrasteis». Es lo que se le ha metido en la cabeza.

—No, no —replicó Rafik—. Vendrá y se quedará.

—No se quedará, pero algo podrá hacer. ¿Cómo voy a hacerlo yo sola? Yo ya no puedo. Y todo esto se nos está cayendo encima.

—Soraya alzó la mirada, como si el techo fuera a venirse abajo en ese mismo instante—. Y yo ya no puedo más.

Empezó a repiquetear en la mesa con la uña.

—Le diré que estas son sus tierras —dijo Rafik—. ¿Quién va a encargarse de ellas? Tiene que venir y hacerlo él. Yo lo ayudaré, claro; le enseñaré cómo se hace.

—¿Por qué iba a mostrar interés en las tierras? —preguntó Soraya—. Londres se ha convertido en su hogar, de eso no hay duda. Fue un error haberlo mandado allí.

—No. Tiene que encargarse de las tierras —replicó Rafik—. Si no, ¿qué ocurrirá con Abad? Eso es lo que le voy a decir. Le voy a decir: «Yo te voy a ayudar, pero estas tierras son tuyas. Tienes que encargarte tú de ellas».

—Solo te digo que no montes ninguna escenita —insistió Soraya.

—¿Acaso no quiero yo que se quede? —Se acercó el plato de arroz—. Esto no sabe a nada —se quejó, refiriéndose a la sopa—. Hasta el agua tiene más sabor que esto. ¿Y qué es eso que flota? —Le enseñó un trozo que tenía en la punta de la lengua.

—No sé —respondió Soraya—. Un trozo de verdura, de zanahoria.

—No es como su padre —dijo entonces Rafik—. Su padre estaba hecho de otra pasta. La gente lo adoraba. Bebía como un cosaco, pero lo adoraban. Era imposible verlo a solas en ningún momento del día. Ni siquiera cuando iba al lavabo. Me dejó estas tierras a mí. Me dijo: «Encárgate de todo. A mi hijo le importa un bledo. Nunca volverá». Y yo le dije: «Volverá». Y mira ahora.

—Pero ¿de quién estás hablando? —preguntó Soraya—. Yo te estoy hablando de Fahad. Que va a venir. ¿Te acuerdas?

Las campanas de viento que colgaban junto a la puerta de la terraza tintinearon.

—Sí… —respondió Rafik—. Fahad.

Soraya llamó a Ayah y, cuando la anciana se acercó corriendo, le explicó algo mientras le daba golpecitos al borde del plato de arroz y al lateral del tazón.

—¿Cuántos años lleva sin venir? —preguntó Rafik.

—Muchísimos —respondió Soraya—. ¿Cuántos? Desde que era niño.

—Ahora es mayor —dijo Rafik.

—Muy mayor.

—¿Y qué es lo que hace allí?

—Por favor —Soraya levantó la mano, como si quisiera detenerlo—, no te pongas nervioso. Sé agradable.

—Estoy tranquilísimo. ¿Por qué no iba a estar tranquilo?

—Estoy cansada —respondió Soraya—. No puedo más. Estoy demasiado cansada, por favor... —Y juntó las manos, como si estuviera rezando.

Les retiraron los tazones, pero Rafik sujetó el borde del plato de arroz para que no se lo llevaran.

—Está escribiendo libros —respondió Soraya—. Lo tengo ahí en la estantería —dijo, señalando el dormitorio—. Y más cosas. Es decisión suya.

—Pues claro que es decisión suya —respondió Rafik—. Pero es una pena, con lo listo que es.

Al otro lado de la celosía del techo del patio, dos pájaros revoloteaban juntos.

—Debe de irle bien —prosiguió Soraya—. Ya no nos pide dinero.

—Hay un tipo en el club que me dice que yo tendría que escribir un libro —comentó Rafik.

Soraya le pidió algo a gritos al mozo, lo llamó por su nombre y luego volvió a gritar.

—«Tú», me dijo el hombre este, el hermano de tu amigo, ¿te acuerdas de él? —le dijo Rafik—. «Tú eres una biblioteca, eres una biblioteca, porque tú estuviste allí», me dijo. —Rafik dio varios golpecitos en la mesa—. «En este país se está haciendo historia, y tú estás ahí, como una cámara. No, como una cámara, no. Porque eres tú el que está haciendo historia». Eso fue lo que me dijo. Y luego añadió: «Es tu deber, tu obligación. Tienes que dejarlo todo por escrito, porque así le llegará a todo el mundo. Eres tú el que tiene que decir que ocurrió esto y eso y aquello. Que lo sabes; uno, porque lo viste, y dos, porque lo hiciste. Es tu obligación», me repitió. Yo le dije que no me interesaban esas cosas. «Hay hombres que quieren estatuas, aeropuertos con su nombre. Yo soy un hombre humilde», eso fue lo que le dije. A lo que me contestó: «No es cuestión de si te interesa o no. Es que es tu obligación». Y yo le respondí: «Es que no tengo tiempo. No soy de esa clase de personas. Hay quien hace las cosas y hay quien las pone por escrito. Yo soy el que las hace». —Rafik volvió a golpear la mesa—. Pero me he guardado todos los documentos, todas las cartas. Me lo he guardado todo. Tengo todos los papeles. Lo único que queda es… —Hizo un gesto con los dedos apretados, como si estuviera garabateando.

Pero Soraya se había levantado y había recorrido ya medio patio.

De alguna manera, desde aquella distancia Soraya veía lo suficiente como para gritar:

—¿A dónde te llevas mi arroz?

—Ya has comido —respondió Rafik—. Te has levantado y te has ido.

—Por favor —dijo, haciéndole un gesto a Ayah para que se esperara y volviendo a toda prisa hacia Rafik—. Tenemos los armarios vacíos. Te prometo que los pájaros se alimentan muy bien sin tu ayuda.

Pero Rafik ya estaba en las puertas correderas que daban a la terraza, con el plato de arroz en equilibrio sobre el antebrazo.

—Son tan pequeñitos, y tú tan grande. —le dijo Rafik—. Para ellos, tú eres una giganta.

—Pues dales solo un poco —respondió Soraya, haciendo la forma de un bocado con los dedos.

꒰ ꩜ ꒱

Los pájaros ya se habían reunido y estaban a la espera. Si se hubiera acercado cualquier otra persona, habrían huido en desbandada, pero lo conocían; hasta los gorriones y los mirlos se acercaron dando saltitos. Echó todo el contenido del plato de arroz en una fuente de barro que estaba situada en el centro de la terraza, de modo que se formó un buen montículo y varios granos se derramaron sobre las ásperas baldosas de arenisca.

—Por supuesto, vosotros dos... —les dijo a dos cuervos inmensos; uno estaba en el borde de una maceta, y el otro en el magnolio, en el extremo de una ramita que se combaba bajo su peso—. Vosotros os esperáis —les dijo, y trató de ahuyentarlos y de interponerse en su camino, para que los pájaros más pequeños pudieran acercarse dando saltitos y comerse los granos de arroz que se habían caído—. Va a venir —les dijo a los pájaros—. Va a venir después de tantísimo tiempo. —El gesto que hizo espantó a los pájaros, de modo que volvió a quedarse quieto—. Es una gran noticia.

✎

El mozo estaba fuera, sacudiendo una alfombra en el camino de entrada, con la cabeza flotando sobre una nube de polvo.

—Es para el señorito —respondió cuando Rafik le preguntó.

—Viene para quedarse —le dijo Rafik—. Ya veréis, ya. Os va a meter a todos en vereda. Dirá que soy demasiado blando con vosotros, que dejo que os salgáis con la vuestra. Está escribiendo libros —prosiguió Rafik—. Escribirá un libro para mí. —El polvo se alzó alrededor del hombre hasta que desapareció por completo—. Los libros son importantes. Tienes que enseñar a tus hijos a leer. Tienes que mandarlos al colegio. Yo te daré el dinero.

—Ya van al colegio —respondió el hombre, que sostenía una pala enorme en las manos y la sacudía formando un arco por encima de la cabeza.

—Todas mis carpetas... —continuó Rafik—. He guardado todos los documentos, los papeles que lo demuestran todo. Debería estar todo en un museo. ¿Sabes lo que es un museo?

El hombre respondió que no era bueno respirar aquel polvo, que Sahib no debería acercarse tanto; que se le quedaría todo en el pecho.

—Ya sé lo que es bueno y lo que no —respondió Rafik. Le preguntó dónde estaba la llave de su despacho. Le dijo que lo tenía todo allí. Lo había guardado todo bien ordenado. Baba querría verlo—. Seguro que le parece muy interesante —dijo.

Le llevaron la llave. Las ventanas estaban cubiertas de polvo. En el interior, había una gruesa capa de suciedad sobre el escritorio y el ordenador que sus asistentes jamás habían utilizado. Por algún motivo, todos preferían escribir a mano o con una máquina de escribir que había desaparecido sin dejar rastro. Durante un instante, Rafik escuchó el entrechocar de las llaves y vio a su antiguo compañero de pelo cano, el del bigote, el que había muerto demasiado joven, mirándolo desde su puesto de trabajo.

Las carpetas estaban bien ordenadas, todas fechadas, y en algunas estaban escritos los nombres de lugares o personas. La cumbre de la OCI, la visita de Rajiv Gandhi... Todas tenían un índice al principio, separadores, sobres con fotografías, una carta por aquí, un memorando por allá, el acta de una reunión... El chico se quedaría sorprendido. ¿Quién mantenía registros como esos? Aquello era un archivo de la historia del país.

—De mi participación —dijo Rafik en alto.

Apiló las carpetas sobre el escritorio. Apartó el ordenador y tiró de los cables —que de algún modo se le enredaron en las muñecas, como si estuvieran atándolo— para quitarlos de en medio, y entonces se despertó con la cara pegada a un sobre de plástico, con un dolor que le recorrió el cuello cuando separó la mejilla. Había una silueta en la puerta del despacho, que estaba abierta.

—El señorito ha llegado. —Era el mozo—. Se están sentando a la mesa para almorzar.

—Pero si acabamos de almorzar... —respondió Rafik, girando la muñeca hacia sí, como si llevara puesto un reloj.

Habían preparado la mesa del comedor. Alguien estaba sentado en el sitio de Rafik. Tenía el pelo brillante, con algunos mechones canos, con tanto volumen que parecía un casco, y estaba inclinado sobre un plato, aunque de vez en cuando levantaba la vista para mirar a Soraya y decía cosas que Rafik no lograba oír desde el pasillo por culpa del ruido del aire acondicionado.

—¿Quién es este? —preguntó Rafik, abriendo la puerta corredera de cristal—. Pero míralo, ¿quién es este? Que tiene el pelo casi tan blanco como el mío. —Rafik le apoyó la mano en el hombro—. Ay, mi chico. Porque eres tú, ¿verdad? Mmm...

El chico hizo un amago de levantarse, pero se quedó sentado.

—No, no —dijo Rafik—. Menudo gamberro, sentándote en mi sitio. Siéntate, siéntate. ¿Que qué he estado haciendo? He estado muy ocupado. Por ti. Sí, como lo oyes. Preparándote papeles; un montón de cosas que te parecerán muy interesantes. No te lo vas a creer cuando te lo enseñe. Cosas que jamás has visto. Aquí eres como un extraño —añadió Rafik. Y luego le dijo a Soraya—: ¿Verdad que parece un extraño? Pero ¿no te recuerda a...? A ese que se murió. Parece calcado.

—Déjalo hablar —lo reprendió Soraya.

—¿Quién se lo impide? —se defendió Rafik—. Toma, toma. Todo para ti. —Fue pasándole los platos al chico: un pollo asado y patatas del tamaño de un puño—. ¿Y nosotros qué comemos? Sopa, nada más que sopa. Para almorzar y para cenar. A veces ni siquiera cenamos.

Rafik le preguntó cómo había ido el viaje.

—Es como si no se hubiera ido nunca, ¿verdad? —le dijo a Soraya.

El chico les habló un poco sobre el vuelo, el tiempo de Londres, el frío que hacía allí, lo poco preparado que estaba para el calor. Se agitó la camisa y se la desabrochó. Tenía los rasgos marcados como Soraya, y los ojos hundidos y atentos como los de ella, y parecía que podía salir corriendo en cualquier momento y desaparecer.

Rafik le preguntó qué pensaba del sitio, señalando a su alrededor. ¿Cómo lo veía? ¿Cómo los veía a ellos?

—Come como tú —dijo Rafik—, con delicadeza. —E imitó el modo en que el chico movía los labios, como un pajarillo.

—Ha ganado premios —dijo Soraya—. Estaba contándome lo de un premio en los Países Bajos.

—Muy bien —respondió Rafik—. Todas esas cosas son muy importantes. —Luego añadió que allí, en casa, tenían uno de sus libros, ¿no?—. Hemos estado muy pendientes de todo lo que has hecho. Lo tenemos todo en la estantería.

El chico apenas habló.

—Sigue sin hablar —dijo Rafik—. Menudo revuelo ha habido en la casa. Todo el mundo preguntaba cuándo vendrías; todo el mundo se ha puesto manos a la obra, en la cocina, en las habitaciones, incluso el chófer con el coche.

Sin embargo, el chico tenía el mismo apetito de siempre y se interesaba mucho por los ingredientes de cada plato.

—Lo que te voy a enseñar te va a parecer interesantísimo —le aseguró Rafik—. La gente me lo dice todo el tiempo. Me dicen: «No es cuestión de pensar si lo haces o no. Es que tienes que hacerlo. Tienes que dejarlo todo documentado. Tienes que ponerlo por escrito. No eres un testigo, sino… No me sale la palabra… Tú eres el que está tomando las decisiones». Eso es lo que me dice la gente. Pero yo les digo: «Solo hay una persona que puede escribir este libro. ¿Y sabéis quién es? Mi hijo». —Se echó hacia delante para acercarse a Fahad—. «No permitiré que nadie más lo haga», les digo. Te lo enseñaré luego. Lo tengo todo ordenado para que puedas encontrar cualquier cosa. Cada carpeta tiene un índice al principio. Aquí no saben cómo llevar registros, pero les he enseñado yo. Sé lo importante que es.

—Deberías dejarlo todo bien clarito —añadió Soraya—. La gente de aquí lo olvida todo. Se inventa las cosas.

—Sí... —respondió Rafik—. ¿Qué cosas?

Soraya pidió a gritos más rotis y más patatas asadas.

—Una vez que alguien lo pone por escrito —dijo Rafik—, una vez que se convierte en historia, ya nadie lo cuestiona.

Trajeron los platos, y Ayah, entre lágrimas y quejidos, los dejó delante del chico, como si fuera una ofrenda.

—Limítate a dejar la comida sin armar un escándalo —le ordenó Rafik—. Menudo alboroto...

—Ha venido —dijo Ayah—. Todo va a ir mejor.

Y rompió a llorar de nuevo.

—Fuera —dijo Rafik—. Vete, vete.

El chico hundió la cuchara en el plato de patatas.

—Quiere ir a Abad —dijo Soraya.

—Muy bien —exclamó Rafik. Y luego añadió—: Abad es el sitio que nos lo ha dado todo. —Extendió los brazos, como para abarcar toda la casa—. Fue nuestra gallina de los huevos de oro.

Soraya había ordenado que le trajeran el teléfono, y en ese instante apareció el mozo con el auricular, tirando del cable que iba arrastrando para doblar la esquina y entrar en la habitación.

—Viniste conmigo —le dijo Rafik—. ¿Te acuerdas? Viniste conmigo a Abad. No querías marcharte. Me dijiste: «Este sitio no es un hogar, es *el* hogar». Y también: «¿Cómo podemos ayudar a estas personas? Deberíamos ayudarlas. No tienen casi nada». Y yo te dije: «Tienen más de lo que se ve a simple vista. Son más listos que tú y yo juntos». ¿Y quién tenía razón al final?

Soraya dijo algo por el teléfono y luego se lo pasó a Rafik.

—Les he dicho que vas a ir —anunció.

—Está hecho todo un caballero —dijo Rafik, señalando al chico—. ¿Verdad? Pero parece un desconocido. —Levantó la mano y apretó todos los dedos contra el pulgar—. Así la comida sabe mejor. —Le quitó los cubiertos al chico—. Come con la mano.

Soraya agitó el teléfono ante Rafik hasta que lo agarró.

—Ya, ya —le dijo, y le mandó al hombre que había llamado que hiciera lo que Soraya le había pedido.

—Y... dime —le dijo Rafik al chico, que tenía la cabeza inclinada sobre el plato—, ¿vas bien de dinero?

El chico frunció el ceño y miró a su madre.

—Respóndeme a mí. Soy yo el que te está hablando, no tu madre —le dijo Rafik.

El chico asintió.

—¿Y estás ocupado?

El chico volvió a asentir.

—Pero el hogar es el hogar... —dijo Rafik—. Uno va y viene, pero aquí —y señaló hacia el suelo para darle más énfasis— se siente algo que no se puede sentir en ninguna otra parte. ¿Y por qué? Porque aquí no tienes que pensar si haces esto o si haces lo otro. Aquí sencillamente sabes qué es lo que tienes que hacer.

—Va a quedarse una semana —lo informó Soraya—. Luego volverá a Londres.

El chico puso alguna excusa sobre por qué tenía que marcharse tan pronto, mientras miraba de nuevo los platos y se servía *dal*, *bhindi* y otra patata.

⁂

Una vez que recogieron la mesa, Rafik sugirió, guiñándole un ojo a Soraya, que los hombres se fueran a su despacho para hablar con tranquilidad. Pero el chico estaba cansado; se había pasado la noche entera viajando.

—Claro, claro —respondió Rafik—. Desde luego.

Sin embargo, en vez de echarse una siesta, Rafik ordenó que le llevaran las carpetas a su despacho. Las estuvo hojeando y alisando las páginas que se habían doblado y arrugado.

—Qué curioso que al final el papel sea lo más valioso de todo.

—Y eso era lo que estaba haciendo el chico con su vida; se acordaría de decírselo—. Lo estás haciendo tú mismo. Plasmarlo todo en el papel.

Era extraño ver a ese hombre en su casa, a ese hombre que era su hijo. Durante el almuerzo había tenido que recordarse que Fahad estaba allí. Durante un instante, le había dado la impresión de que ese hombre era otra persona, algún invitado.

Cuando el despacho quedó en penumbra, Rafik comenzó a dar vueltas por la casa. Encontró a la cocinera sentada en el banco de la cocina, abanicándose con un periódico doblado.

—Dios ha respondido a nuestras plegarias —le dijo.

—Más llantos, no —respondió Rafik—. No empecemos de nuevo con este drama.

—Pero ha vuelto… —Se enjugó las lágrimas con el borde del sari—. Le he enseñado todas las fotografías antiguas que tenía guardadas. De cuando tal vino a la casa, de cuando aquel otro cantó aquí mismo, en el patio, y todos bailamos, hasta mi hijo y mi hija, y mis nietos aún no habían nacido, y yo cargué con el señorito en brazos y bailé con él. No ha dejado de reírse mientras le contaba las batallitas. Ahora se ha ido a ver al lavandero y a los demás —dijo mientras señalaba con la cabeza hacia las habitaciones del servicio.

Rafik miró desde el final del camino de entrada, donde comenzaba el patio, pero entre las habitaciones del servicio y las sábanas tendidas tan solo veía una cabra atada y el cachorro de alguien.

—¿De quién es ese perro? —le preguntó a la cocinera—. ¿Quién ha dado permiso para que ese perro esté aquí?

—Fue usted —respondió la cocinera—. Mi nieto se lo enseñó, incluso le puso usted el nombre.

—Es como si esta casa le perteneciera a todo el mundo —contestó Rafik—. Todo el mundo hace lo que le da la gana.

Pero el chico acudió más tarde al despacho y se encontró a Rafik allí. Le preguntó por qué estaba a oscuras mientras encendía la luz. En cuanto tuvo al chico delante, a Rafik le costó recordar lo que había querido decirle.

El chico estudió las fotografías que había colgadas en las paredes y preguntó por las personas que aparecían en ellas. ¿Era Imelda la que salía con Rafik? ¿Era ese Mubarak? ¿Y ese era Idi Amin? ¿Y Mandela? Examinó las estanterías y recorrió con los dedos los lomos de los libros; luego hizo lo mismo con las caricaturas que tenía enmarcadas. Escogió una, la llevó hasta el escritorio y la puso bajo la luz del flexo. Tan solo se había desgastado un poco. Era una caricatura de Rafik en la que atravesaba la cabeza de una hilera de hombres con un sable y se manchaba de grandes gotas de sangre, para darle un efecto dramático.

—¿Qué pone? —preguntó Rafik.

El chico leyó el texto:

—«Nuestro día a día».

Rafik le dio un golpecito con el dedo.

—Siempre han estado en mi contra. Que era muy esto o muy lo otro, que era muy duro, que tenía demasiados contactos en el ejército. Pero todos somos muchas cosas. A veces uno ni siquiera sabe qué es.

El chico volvió a colocar el marco en la estantería. Se dio la vuelta, separó las lamas de la persiana con los dedos y se quedó mirando el camino de entrada. Luego asintió, como si se respondiera a sí mismo.

—¿Y tú qué? —le preguntó—. ¿Estás bien?

—¿Que si estoy bien? —respondió Rafik—. Claro que sí. Como un roble.

El chico quiso mover las carpetas que estaban apiladas encima y alrededor del sofá para sentarse.

—Aaah, ya, ya —dijo Rafik—. Esto era. —Se había acordado de qué quería hablar con el chico—. La gente me lo pide, y yo respondo: «No, solo puede hacerlo una persona». ¿Me entiendes? Alguien tiene que narrar la historia. Quiero que lo hagas tú.

—¿Qué historia? —El chico se sentó entre las carpetas.

—Esta —respondió Rafik, señalándose—. Todo el mundo cuenta la historia que le da la gana. Que si bebo, que si odio a las mujeres, que si soy demasiado religioso, que si soy servil, un *chamcha*, un lameculos. Que cometí tal error y tal otro. Que esto y aquello es culpa mía. Quiero que dejes las cosas claras.

—Bueno... —El chico cambió de postura—. ¿Cómo voy a conocer yo tu historia? Puedo contar la mía, la historia de tu... —parecía que estaba buscando la palabra— de tu... —como si no fuera evidente— hijo. Y ni siquiera podría contar esa —añadió después—. Siempre estabas demasiado ocupado.

—Contaremos los hechos —respondió Rafik. Sostenía una navaja en la mano y golpeó la mesa con la empuñadura para dar énfasis a sus palabras—. Échales un vistazo —le señaló las carpetas con la cabeza—. Abre una y mira lo que pone.

El chico tomó una de las carpetas y le limpió el polvo que se había acumulado encima. Tenía los gestos delicados de su madre y el mismo cuello esbelto.

—Mira dentro —le ordenó Rafik.

El chico hojeó el contenido de la carpeta.

—Ahí están todos los informes, todas las reuniones, todas las cartas... Cualquiera que pregunte «¿Qué clase de hombre era Rafik?», hallará la respuesta ahí —dijo, señalando la carpeta—. ¿No?

—Supongo... —respondió el chico mientras la cerraba—. Esto es como un archivo.

—Exacto —dijo Rafik—. Un archivo de un valor incalculable. Hay quien quiere un aeropuerto con su nombre, una calle o una facultad. Yo soy un hombre humilde. Pero los hechos son importantes para mí.

Rafik le dijo que debería empezar cuanto antes. Había mucho que revisar y, cuando terminase, quizá le surgieran preguntas, y claro, luego tendría que pasarlo todo a papel.

—Eso era lo que quería decirte. Papel. Eso es a lo que te dedicas.

El chico presionó el suelo con el talón. Abrió la boca y la cerró, después volvió a abrirla y, mirando la estantería, la cerró de nuevo. Al fin, frunció el ceño, bajó la mirada hacia el regazo, entrelazó los dedos y dijo:

—Está la cosa complicada...

—Así que sí necesitas dinero —saltó Rafik.

—¿Yo? —El chico levantó la mirada—. No, me refiero a aquí, la cosa está complicada aquí.

—¿Aquí?

—En la casa —respondió señalando el techo—. Mamá, los sirvientes.

—Siempre exagerándolo todo —contestó Rafik—. No les hagas ni caso.

—No es una cuestión de hacerles caso o no —respondió el chico, levantándose de golpe—. Lo veo con mis propios ojos. Los armarios están vacíos, no hay nada en las estanterías. Y mamá... —Se rodeó las muñecas con los dedos—. Todas sus joyas han desaparecido, y la ropa está desgastada por los codos y el cuello.

—No es más que un numerito...

—La pintura se está desprendiendo de las paredes —prosiguió el chico—. Hay una grieta en la fachada delantera de la casa, por toda la cornisa, tan ancha como mi brazo. Se os va a caer el techo encima. —Luego se dio la vuelta para mirar por la ventana—. Y eso si no os quitan la casa. He visto los documentos. El aviso del tribunal.

—Que digan lo que quieran —respondió Rafik—. Aquí a los jueces se les puede sobornar como a cualquier otra persona.

—Pero ¿qué más da eso? —El chico se dio la vuelta—. Dicen que pueden quitarte la casa si no devuelves el préstamo. ¿Por qué tuviste que pedir préstamos?

—Has estado fuera muchos años. No lo entiendes —contestó Rafik—. A veces tienes muchas cosas y a veces necesitas muchas cosas. ¿Qué hago si no puedo comprar fertilizante? ¿Qué hago si no puedo comprar algodón?

El chico le respondió que ya no le hacía falta algodón, ¿verdad? Que hacía años que el molino ya no existía.

—Es muy triste —se lamentó Rafik—. Son todos unos ladrones.

Y el chico le preguntó, de pie frente al escritorio, cubriendo a Rafik con su sombra, que si no veía que era urgente, que las cosas estaban fatal.

—Ya basta. —Rafik también se puso en pie y se apartó el flexo de la cara—. Déjate de dramas. Te pareces demasiado a tu madre. Vale, hay algunas... —No encontraba la palabra que buscaba—. ¿Y qué? ¿Tu madre y tú queréis una vida fácil y sin preocupaciones para siempre? Pues las cosas no son así, ya te lo digo yo. Por eso te necesito fuerte. Es lo que siempre le he dicho a tu madre: «No puedes tener la piel tan fina».

—Te estás yendo por las ramas. —El chico empezó a hablar con la voz más aguda—. No lo estás viendo. Vais a perder la casa. No tendréis dónde vivir. ¿Me estás oyendo?

—¿Quién va a quitarme la casa a mí? —exclamó Rafik—. ¿Quién va a atreverse? Dime una sola persona que se atreva. Tráemela. —Algo se cayó de la mesa y se estrelló contra el suelo; un bote de bolígrafos, el abrecartas—. Nadie va a arrebatarme esta casa. Que me manden un millón de cartas si quieren. Si me traes una carta, la romperé por la mitad delante de tus narices.

De repente la habitación parecía demasiado pequeña para ambos; era como si las paredes se estuvieran acercando.

—La gente se cree que lo sabe todo —prosiguió Rafik—. Hasta los sirvientes te dicen cómo hay que llevar el negocio.

El chico se mordió el labio y miró con hosquedad la alfombra.

—He venido porque me lo han pedido.

Rafik rodeó el cuello del chico con el brazo y se lo llevó hasta el camino de entrada. Hizo que sacaran las carpetas y que las apilaran en el despacho para que las cargaran en el coche y pudieran llevárselas al día siguiente.

Ya había anochecido. Los pájaros habían comenzado a armar jaleo. Oscurecían el cielo, y era como si su sonido hiciera temblar la tierra: los cuervos chillaban, los buitres graznaban, y sus sombras atravesaban a toda velocidad las baldosas de hormigón.

CAPÍTULO QUINCE

Era sorprendente lo familiar que le resultaba todo. Al principio había estado entusiasmado por regresar. Luego, aterrorizado. Hubo momentos en los que le temblaban las piernas, en los que sentía golpes en el pecho al ver y recordarlo todo. Pero qué rápido se desvaneció la extrañeza, igual de rápido que los colores vivos, que el ruido.

Qué diminutos eran sus padres, casi como niños pequeños, con la ropa demasiado holgada, como si fueran prendas heredadas, como si el aire del ventilador del techo pudiera deshilacharla. Su madre tenía un aspecto apagado, soso, sin sus pulseras y sus pendientes alargados, sin los anillos que solía llevar en cada dedo, con piedras del tamaño de huevos de codorniz. Llevaba las cejas pintadas. Le había contado que, un día, al encender el horno, había saltado una llama y se las había chamuscado. «Tampoco es para tanto —le había dicho—. Me las puedo dibujar como quiera».

Su padre llevaba la camisa manchada y rota por el cuello. Hasta los sirvientes tenían un aspecto más presentable; Ayah estaba igual que la última vez que la había visto, décadas atrás. Y, sin embargo, el sobresalto se le pasó rapidísimo; al momento, los detalles se convirtieron en material para sus notas, para escenas que esbozó en un bloc para más adelante, porque le recordaban a una escena de un funeral que había escrito sobre un hombre no demasiado diferente a su padre, una escena que nunca había utilizado pero que entonces buscó en su portátil sin éxito.

Aunque su padre estaba muy desmejorado físicamente, por lo demás no parecía demasiado diferente. Resultaba casi decepcionante. Estaba tan violento, tan implacable, tan testarudo como siempre.

—La casa se cae a pedazos —le había dicho Fahad—. Hay grietas en el techo. Se os va a venir todo encima si no hacéis algo.

—¿Qué grietas? —había preguntado su padre—. Eso son tonterías de las mujeres. Gilipolleces que te están metiendo en la cabeza tu madre y las criadas.

—¿Y qué pasa con la carta? —había insistido Fahad—. ¿Y con los préstamos? ¿Y con eso de que os van a quitar la casa?

—Que lo intenten —había rugido Rafik, y luego había arrojado un pisapapeles contra la pared y barrido el escritorio, como si aquellos objetos, la lámpara, el cortaplumas y el tintero, tuvieran alguna culpa.

—Sí que está en su sano juicio —le dijo más tarde Fahad a su madre—. No me va a dejar vender la finca. No sirve de nada intentarlo.

—Ahora está así, mañana estará ido y al día siguiente estará bien otra vez —le contestó su madre, con esas cejas extrañas e inexpresivas—. Solo tienes que elegir el momento adecuado. Firma tú mismo el papel si es necesario. Allí, todo vale. Y, por dinero, los funcionarios estos hacen lo que te venga en gana.

—Haré lo que pueda —les aseguró Fahad a su madre y a los sirvientes, que se habían agrupado a su alrededor en el patio que había entre sus habitaciones, algunos de ellos llorando, otros agarrándose a él.

—Ya os dije que vendría —le dijo Ayah a los demás—. Os dije que lo solucionaría, que lo arreglaría todo.

Y Fahad se escabulló a toda prisa.

⁂

Llovió durante toda la noche. La lluvia tamborileaba contra las paredes y una ventana que debían de haber dejado abierta no dejaba de dar golpes, de modo que Fahad no descansó demasiado, y soñó que estaba en su casa de Londres, que volvía a ser un niño, que montaba en un tren que lo llevaba al interior del país.

Por la mañana seguía diluviando; un manto grueso de lluvia que se estrellaba contra las ventanas y sacudía los cristales.

—Te has traído el tiempo contigo —le dijo su madre, y suspiró—. Ay, Londres... —Y dejó la mirada perdida en algún lugar por detrás de Fahad.

Seguía lloviendo mientras cargaban el coche, que solo quedaba visible a ratos, ahora el borde del capó, ahora la esquina de un faro, ahora la luz que plateaba uno de los espejos retrovisores como si hubiera salido la luna.

Su padre estuvo supervisando mientras el anciano chófer metía las carpetas en el coche, y el hombre, que saludó al pasar por debajo del porche y luego se detuvo para estrecharle la mano a Fahad con los dedos mojados, se encargó de llevarlas de una en una, de un lado a otro, desde el despacho, que estaba junto al garaje, hasta el extremo más alejado del camino de entrada, donde por alguna razón había aparcado el coche.

Su madre y los sirvientes se habían acercado a la puerta principal para despedirse. El mozo, con expresión solemne, sostuvo un Corán sobre el umbral para que pasaran por debajo, para que fueran con la gracia de Dios, y Ayah le apretó el hombro con la manita y murmuró algo que Fahad no llegó a oír. Cuando miró hacia atrás durante un instante, vio a su madre de pie en el escalón más alto, con la mitad superior del rostro oscurecida por el alero y la mandíbula cuadrada como una caja.

∾✺∾

Cuando llegaron al peaje que marcaba los límites de la ciudad, dejó de llover. La humedad y la condensación del interior del vehículo hicieron que emanara un olor dulce de la tapicería, como a algo fermentado.

Fuera no había más que desierto y un cielo amarillo y kilómetros de autopista interminable. Nadie hablaba. Fahad se iba fijando en las señales de los lados de la carretera que contaban la distancia que quedaba para llegar a la siguiente ciudad y escuchaba el ruido de los neumáticos sobre el asfalto. Dejaron atrás unos camiones con cargamentos abultados y cubiertos por lonas que avanzaban despacio por el carril de la izquierda. Uno de ellos llevaba un cargamento el doble de alto que el propio camión; y otro, uno el doble de ancho. De vez en cuando aparecía un bicitaxi o una carreta que avanzaba a trompicones. Y a la derecha, furgonetas, autobuses, todoterrenos y utilitarios que pasaban a toda velocidad entre una nube de polvo.

Fahad tomaba notas; esbozaba descripciones del entorno y de la gente en su cuaderno, y se le sacudía el lápiz cuando pasaban por algún bache. Las sombras surcaban las dunas, con zarzas por aquí y por allá. El calor hacía que el horizonte resplandeciera. Vio a un anciano inclinado sobre las riendas de un carro; el viento le separaba la barba como si fueran piernas a ambos lados de la cara. Pasó un bicitaxi con varias mujeres metidas en la parte de atrás como si fueran sacos.

¿Por qué había tenido tanto miedo? ¿Por si su regreso le provocaba algún tipo de crisis? ¿Por si salían a la superficie recuerdos que lo pudieran dejar destrozado? ¿Por si volvía a sentirse como se había sentido en el pasado, reconcomido por la duda, la debilidad y la necesidad de desaparecer? No había nada de qué preocuparse. No era más que un sitio; solo gente, tierra, cielo, carreteras, coches, paredes, hombres, mujeres y niños.

Fahad recordó a un alumno por el que sentía predilección; nada inapropiado, solo cierto afecto, algo que le atraía, que le hacía quererlo buscarlo durante los talleres, que le hacía prestar especial atención a lo que decía, a lo que escribía, a la violencia que brillaba bajo su prosa.

En una ocasión se habían refugiado de la lluvia bajo un portal, una entrada lateral de un edificio universitario de la calle Gower, un sitio tan estrecho que en un momento dado los nudillos de Fahad chocaron con los del chico, mientras una gota de lluvia se deslizaba desde la sien del chico hasta su mejilla y luego le recorría la mandíbula, y otra permanecía inmóvil en el hueco del labio superior, y Fahad se imaginó quitándosela con la yema del pulgar. El hecho de que fuera poco ortodoxo no había sido lo que le había impedido hacer algo, ni el miedo a perder el trabajo, ni Alex. Nada de eso se le había pasado por la cabeza siquiera. Se había sentido como un niño de nuevo, más como un niño de lo que se sentía allí ahora, y le había resultado excitante.

Las carpetas del maletero se deslizaban de un lado a otro y de delante hacia atrás cuando el coche cambiaba de carril. El chófer aceleraba y reducía la velocidad, y las carpetas se movían dando golpes, como un cadáver. El asunto de las carpetas era lo más extraño de todo; a su padre se le veía agitado cuando hablaba de esos documentos.

—Está todo aquí —repetía—. Todas las respuestas. La respuesta a lo que dicen de mí está aquí. Todo lo que hice.

A Fahad no le faltaba curiosidad por lo que pudiera haber en esos papeles; le parecía, cuando se permitía pensarlo, que estaba reuniendo material para un libro: las notas que tomaba, las escenas que esbozaba...

Su padre estaba en la parte de delante del coche, inmóvil y con el rostro desgastado y arrugado como una fachada de roca. No parecía percibir el paisaje ni el tráfico, excepto cuando la luz del sol brillaba a través del parabrisas y bajaba el parasol del coche.

La caricatura tenía razón, por supuesto: su padre cortaría todas las cabezas que necesitara para llegar adonde quería, incluso la de su primo o la de su hijo. Eso era lo irónico. Se lo había buscado él mismo. Y ahora se veía obligado a vender la finca de Abad. ¿Acaso no lo entendía? ¿O era solo que no era capaz de mostrarlo? *Como si se pudiera entender algo*, pensó Fahad, *cuando uno cree que no tiene culpa de nada.*

No había paisaje; solo desierto. No se veían el río ni las aldeas. En el horizonte se divisaba algo brillante, quizá montañas.

Fahad habló de sí mismo, de lo bien que le había ido, de que lo habían seleccionado y había quedado finalista de varios premios, de las becas que le habían concedido, del trabajo de profesor que le habían ofrecido en Dubái —«con un buen sueldo, un sueldo exagerado»— y que había rechazado porque estaba demasiado ocupado.

—Bien, bien —respondió su padre, y le dijo que era rector de una universidad de Karachi. Trató de recordar las siglas; probó varios nombres, pero se rindió—. Tu madre lo sabrá. Estarán encantados de que des clases allí si se lo digo yo. Estoy seguro.

Y señaló de nuevo hacia el maletero y dijo que ese libro le conseguiría muchos lectores.

—No es un libro sobre un hombre —dijo—, sino sobre un país.

De repente se alzó la ciudad ante ellos. Varios carros, bicitaxis y camiones empezaron a amontonarse más adelante. Los peatones se lanzaban al tráfico y pasaban entre los vehículos. Montones de tiendas bordeaban la carretera. La vía se estrechó y tuvieron que reducir la velocidad. El coche siguió a la procesión de viandantes y giró a la izquierda. Llegaron a una barricada, donde un guardia, que estaba recostado en una silla a un lado, les indicó que debían dar la vuelta. Al parecer, no reconoció a Rafik.

Cuando el chófer le dijo quién iba en el coche, el hombre frunció el ceño e inclinó la cabeza hacia un lado. El padre de Fahad, furioso, forcejeó con la puerta del coche y, al no poder abrirla por algún motivo, pasó el cuerpo por delante del chófer, empezó a darle gritos al hombre y levantó la mano como queriendo decir que, si llegara, le pegaría. Y entonces el hombre se levantó a toda prisa, lo saludó y se disculpó. Soltó la cuerda que ataba a un poste la barrera, que se elevó, y pasaron por debajo.

La calzada se extendía entre un muro alto y puestos donde vendían pétalos de rosa, espumillón, frutos secos y dulces. Al llegar a un portón en el muro, volvieron a detenerlos; el nuevo guardia miró en la dirección por la que habían venido, se asomó al coche y dio una señal, tras la cual se abrió la puerta. Entraron en una explanada de mármol con arcos alrededor. Bajo uno de los arcos había una puerta ceremonial de madera y, detrás, una cúpula dorada que brillaba bajo el sol.

Fahad dijo que lo esperaba allí, pero su padre insistió en que lo acompañara.

—Tienes que hacerlo —dijo—. Es tu obligación. Este es nuestro santo más venerado...

Señaló la cúpula y bajó del coche. Si dijo algo más, Fahad no lo oyó.

Los guardias se agruparon en torno a su padre, haciendo reverencias y estrechándole la mano. Fahad y él dejaron los zapatos junto a una puerta; las baldosas de mármol del umbral estaban desgastadas, y la puerta también estaba algo deteriorada por los bordes, quizá por todas las manos que se habían apoyado allí. Los condujeron a una sala fresca y umbría, luego atravesaron otra puerta y después otra sala, hasta llegar a una escalera empinada que daba al santuario, donde la cúpula, sobre ellos, ocultaba el cielo.

Los escalones estaban llenos de personas: un niño pobre sin piernas, una madre y su hijo, un faquir sin camisa con una barba blanca y el pelo en rastas gruesas. Fahad le ofreció el brazo a su padre, pero Rafik siguió caminando sin aceptarlo e incluso aceleró un poco el paso y bajó a trompicones los escalones de dos en dos, hasta de tres en tres.

En el interior, el santuario era el doble de alto que de ancho. El techo estaba revestido con espejos que convertían la sala en una constelación.

Un mendigo que parecía conocer a su padre lo abordó y comenzó a hablarle con un tono animado en su idioma. Su padre lo saludó por su nombre y le pasó el brazo por los hombros desnudos.

Había gente cantando en varios rincones. La luz se colaba en diagonal por las altas ventanas de modo que iluminaba una figura por aquí y otra por allá: una anciana con un *tika*, un niño que se balanceaba de un lado a otro, un gigante de cabeza cuadrada.

En el centro de la sala había una estructura de madera. Los fieles que se agolpaban a su alrededor se apartaron para que él y su padre pudieran entrar. En su interior había una jaula y dentro de ella un montículo con forma de persona, cubierto con telas de colores brillantes y con un tótem adornado en la cabeza.

Fahad no dejaba de preguntarse cómo lo describiría todo. Cómo describiría las voces que provenían de todas partes, de arriba y de abajo; la fragancia embriagadora de los pétalos de rosa, que le hacía cosquillas en la garganta; el ambiente cargado de atención. Cómo describiría cada alma, cada espíritu dirigido hacia el mismo objeto de devoción.

Les dieron telas para que las colocaran sobre el montículo y los animaron a tocarlo, a rezar. Su padre movía los labios; estaba rezando, y los hombres que los acompañaban también, pero desviaban de tanto en tanto la vista hacia su alrededor mientras los pensamientos distantes les atravesaban el rostro como sombras.

Fahad dirigía la atención todo el tiempo a los detalles —a las bombillas desnudas del interior del santuario, a los hilos de oro y cobre entretejidos en las mortajas que centelleaban como filos de cuchillas, a las voces que se lamentaban—, pero la música y la luz intensa que provenía tanto del exterior como del interior de la jaula hacían que cada detalle fuera de alguna manera algo más que el detalle en sí, de modo que había algo en el brazo de su padre — el vello plateado, la manga subida hasta el codo por los barrotes entre los que lo había metido, la piel de la mano curtida como un guante viejo— que parecía, como la canción, completamente libre del tiempo y del espacio. Fahad tuvo el impulso de agarrarle la mano, quiso entrelazar los dedos con los suyos, y, al mirarse su propia mano e inclinarla bajo la luz, vio que era la misma mano, era la misma, la misma. Su padre estaba pálido como un fantasma, pálido como la luna tras una nube. Desaparecía tras las prendas que llevaba, como si su ropa fuera un velo. Fahad se imaginó aferrándole la mano, se imaginó introduciendo la mano entre los barrotes de la jaula, se imaginó que los barrotes se convertían en polvo, que las paredes se convertían en luz, de modo que solo había cielo y cielo y cielo, oscuro e infinito como la noche; y él, él se expandía, salía de sí mismo, él era también su padre, y ahora ambos eran el cielo, brillaban con mil estrellas, y la música era sus cuerpos; el clamor de las voces y la gente eran ellos, y él yacía en esa tumba y la miraba y la tocaba y lo estaban tocando a él y la canción que cantaban se convirtió en palabras, y las palabras eran: «Ali, Ali, Ali, Ali».

☙❧

Era como si hubiera atravesado una puerta a trompicones y al otro lado solo estuviera el pasado, de modo que, cuando salieron del santuario a la luz del sol en la explanada, cuando su padre les entregó unos fajos de billetes de mil rupias a los funcionarios, cuando se abrieron paso a través de las abarrotadas calles de la ciudad, cuando salieron a la carretera, con las montañas cerniéndose sobre ellos de repente, proyectando una sombra oscura sobre la carretera, volvió a ser un niño, en Abad, escondido detrás de un libro en la cama del rellano; o dando vueltas y vueltas hasta marearse a través de un montón de gente reunida, mientras las luces parpadeaban como advertencias; o botando sobre los baches y surcos de los caminos de tierra de la finca; o quitándose las sandalias de una patada, apartando los helechos y las ramas y pisando el lecho de tierra blanda del bosque, con algo que se escabullía entre la maleza y Ali agarrándole el brazo.

Su padre hablaba y hablaba: del santuario; de que las plegarias para tener un hijo del hombre que había construido el camino que conducía a aquel lugar habían hallado respuesta allí; de una antigua fortaleza escondida en aquellas montañas; del primer sacrificio del Eid que recordaba, con el buey temblando y cagando sin parar mientras la sangre brotaba de un corte en el cuello; de lo sorprendentemente difícil que había sido matar a aquella bestia.

Ahora parecía que se precipitaban de forma imparable hacia Abad, como si los kilómetros y kilómetros de carretera se fueran enrollando en los neumáticos. Fahad apoyó la espalda en el asiento, un brazo en la puerta y los talones en la alfombrilla, y giró la cabeza para protegerse de la luz del sol que entraba por la ventanilla. La humedad de la arboleda; el dulce olor del mantillo; el rocío que brillaba en las puntas de las hojas como el blanco de los ojos en la oscuridad; una brisa que le hacía cosquillas en el vello de la nuca; los helados de aquel hotel con espirales de colores vivos, carmesí y púrpura y amarillo, salpicados de fragmentos de hielo afilados como el cristal; y la inexorabilidad de Ali, que era la lógica por la que se regía todo cuanto había ante él y el único resultado posible.

Llegaron a una ciudad y empezó a latirle el corazón con más fuerza. Se detuvieron frente a un cruce ferroviario a la espera de que pasara el tren y luego lo atravesaron hacia el bullicioso corazón del lugar, mientras Fahad buscaba con desesperación imágenes familiares y no encontraba ninguna en la maraña de gente, bicitaxis y edificios destartalados; ni tampoco entre los niños que jugaban, los vendedores de fruta, verduras y *chaat*, y el ruido de la ciudad mezclado con el ruido de la selva, como gritos de advertencia o de amenaza. El humo lo oscureció todo a su alrededor y se tragó a las personas. El coche giró por aquí y por allá, y atravesaron una verja y se detuvieron junto a un árbol, con líneas de tiza que salían de una entrada situada bajo el árbol.

Fahad se preguntó por qué se habrían detenido. ¿Estarían haciendo una parada en la casa de alguien? El corazón comenzó a latirle más despacio ante la perspectiva de retrasarse. Mientras un pequeño grupo de sirvientes saludaba a su padre, fueron descargando el equipaje, y el coche daba botes cada vez que alguien sacaba una maleta. Fahad observó los rostros que había allí fuera.

Se dio cuenta de que llevaba buscando a Ali desde el momento en que había llegado a Pakistán, desde el momento en que su madre lo había llamado, incluso desde antes; había estado buscando sus rasgos entre la gente en la calle durante años, entre los pasajeros de Heathrow al embarcar en su vuelo, entre los que se arremolinaban en el aeropuerto al llegar a Karachi, y con más frenesí aún entre las personas con las que se cruzaba por la carretera durante el trayecto, entre los peregrinos en el santuario, entre la gente de esa ciudad, fuera la ciudad que fuere; buscaba sus ojos oscuros, su boca, con esas comisuras curvadas. Claro está que el Ali que buscaba hacía tiempo que había desaparecido, que ahora sería alguien completamente diferente. Fahad lo sabía, pero aun así seguía buscándolo.

Bajó del coche y varios de los sirvientes lo saludaron y lo guiaron por los escalones bajos del porche hasta una galería, y después dejaron atrás un césped amarillo quemado y tocones de árboles talados y llegaron a otra puerta que daba a un pasillo, donde se topó con una fotografía de tamaño real de su padre.

❧

Era Abad. Era la casa. El pasillo se convirtió en una versión del pasillo que recordaba, con las paredes inclinadas hacia dentro a ambos lados, con un aspecto precario, y las lámparas de pared de latón encendidas en los apliques. Se detuvo.

—Es Abad —le dijo al sirviente que cargaba con su maleta, que también se detuvo.

—¿Señor? —preguntó el hombre.

Pero no era posible. Ahora, la ciudad llegaba hasta los muros de la casa, como si la estuvieran asediando. Se apresuró a salir de nuevo. Estaba casi demasiado oscuro para poder ver algo. Antes había una avenida bordeada de árboles, y la ciudad y las chimeneas de los molinos a lo lejos. Ahora incluso el ruido del lugar parecía golpear las paredes y adentrarse, de modo que daba la impresión de que todas las partes de la casa temblaban con el estruendo del tráfico, las bocinas, los motores, los gritos, los aullidos de un perro y los ladridos de otro.

Y, por dentro, ¿era como la recordaba? Ya no estaba seguro de si esa pared había estado antes ahí, ese cuadro, aquella habitación... Arriba, sí, el rellano estaba tal cual, intacto, como un diorama. Ahí estaba el estrecho sofá cama, contra la pared, y la estantería de enfrente, con sus ejemplares de *Pabellones lejanos* y *Macbeth*, que hojeó, y encontró notas que había garabateado en los márgenes con bolígrafo. Pero el sirviente había seguido caminando y había atravesado una puerta de la pared del fondo. Habían entrado en una habitación con una distribución idéntica a la de su padre, tal y como la recordaba: la cama y los sillones dispuestos de forma idéntica, un vestidor, un baño al fondo.

—Esto es nuevo —dijo, asombrado.

—¿Señor? —repitió el hombre, que dejó la maleta de Fahad sobre la mesita de café y se quedó de pie ante él, con un *kurta* mugriento, sin afeitar, con el pelo grasiento.

—Este cuarto... —dijo Fahad.

—¿No lo encuentra adecuado? —le preguntó el hombre. Se acercó a la mesa para encender el aire acondicionado, que zumbó, expulsó nubes de ceniza, se apagó y volvió a encenderse—. Es muy viejo —le explicó el hombre.

Había una ventanita alta con rejilla que daba al césped. A la luz tenue del atardecer, los tocones de los árboles parecían hombres que habían escalado el muro del terreno.

—La habitación de invitados de abajo no está en condiciones —continuó el hombre—. Si no, también puede alojarse en la habitación de su padre. Tiene dos camas.

—Antes no estaba aquí —dijo Fahad, señalando el suelo.

El hombre bajó la cabeza como asintiendo.

Sí, en esa pared antes había una puerta que daba a la terraza. Volvió al rellano y la encontró. Pero no había ninguna puerta que diera a otra habitación. Volvió a abrir la puerta y miró dentro; el hombre seguía de pie, con las manos juntas y la cabeza gacha. La puerta de la terraza estaba cerrada con un pestillo que deslizó con dificultad. La puerta se abrió con un gran estrépito y golpeó la pared. Durante un instante, el sol poniente le dio justo en la cara y bajo el resplandor vio campos dorados hasta el horizonte, la voluta de humo que se alzaba de una hoguera de una aldea, un rebaño de búfalos que serpenteaba por un sendero y mujeres y niños con ropas brillantes salpicados entre la hierba que se mecía, como joyas. Luego, el sol desapareció por debajo del borde de la terraza y pudo ver con claridad que no había ningún campo.

Aquel espacio apenas tenía el tamaño del rellano y había un muro alto que no le permitía ver nada a no ser que se colocara justo en el borde, de pie sobre una plataforma elevada de ladrillos que recorría todo el perímetro. Ahí estaba la ciudad, con sus cobertizos y sus casas a medio construir amontonadas tan juntas que parecía que iban a derrumbarse unas sobre otras. Siguió la barandilla por uno de los lados de la casa.

El sol estaba ya muy bajo y proyectaba sombras alargadas, de modo que todo parecía estar unido. Desde el muro del terreno comenzaba una hilera de casas destartaladas junto a una amplia franja de sabana, zarzas y hierbas silvestres y livianas, doradas, verdes y cobrizas, que se balanceaban, se inclinaban y se allanaban como una melena.

CAPÍTULO DIECISÉIS

El chico estaba de un humor extraño. Conducía el todoterreno de forma errática; demasiado lento, demasiado rápido, con la marcha muy baja o muy alta, dando volantazos en las curvas, atravesando zanjas; incluso a veces Rafik tenía que enderezar el volante. Se le caló el coche y el chico no fue capaz de volver a ponerlo en marcha; tiraba del estrangulador durante demasiado tiempo.

—Has ahogado el motor —le reprendió Rafik.

—Porque se ha parado —respondió el chico, dándole puñetazos al volante—. Y esto no funciona. —Giró el mando del aire acondicionado y expulsó aire caliente.

—Si te vas a quedar, cámbialo —le dijo Rafik—. Cómprate uno nuevo.

El chico salió del coche para que el chófer volviera a ponerlo en marcha.

—Deja que se encargue él —le dijo Rafik; pero, en cuanto el coche arrancó de nuevo, el chico insistió en que el chófer volviera al asiento de atrás.

—No hay ninguna carretera —dijo el chico.

—Están ahí delante, mira —le indicó Rafik. Y luego subió la ventanilla del coche y las ramas de los árboles que bordeaban el camino arañaron el cristal y la carrocería.

—Tú mismo lo dijiste —dijo el chico—. «Siempre tiene que haber una manera de llegar a todas partes». —El chico miró por el retrovisor a los hombres de detrás—. Dijiste: «No quieren que veas nada, así que dejan que se inunden los caminos y que se cubran de maleza». Eso fue lo que me dijiste. Lo primero que hiciste cuando tu padre te entregó las tierras, después de nivelarlo todo, fue construir carreteras, para que pudieras ver todos los campos con tus propios ojos.

—Muy bien —respondió Rafik, indicándole al chico que debía tomar el camino de la izquierda allí donde la carretera se bifurcaba—. ¿A quién estás buscando? Aquí no hay nadie… —El chico buscaba a alguien con la mirada enloquecida, de izquierda a derecha—. Estás paranoico.

—No veo nada —contestó el chico—. Hay demasiada maleza.

—Mi hermano y yo aprendimos a cazar aquí —dijo Rafik—. Por aquel entonces había jabalíes. Éramos tan pequeños que no podíamos cargar solos con las armas de lo que pesaban. Tenían que sujetárnoslas desde atrás para que pudiéramos disparar. Un deporte horrible. Igual que esos hombres que tienen que llevar una escolta consigo a todas partes. ¿Dónde reside el poder de un hombre, en él o en sus armas?

Rafik lo guio hasta la ladera.

—Bueno, pues yo me alegro de que ahora tengas escolta —respondió el chico—. Deberías dejar que fuera contigo a todas partes.

—Toda esa gente, la policía y demás, me ha dado mucho la lata con el tema. Hubo altercados durante las elecciones. Los de la oposición me dispararon y me desgarraron la camisa. De modo que me dijeron: «Debe acompañarle alguien armado». Y yo les dije: «Dejaos de historias. Esas cosas no son para alguien como yo».

Rafik se encogió de hombros.

El camino se elevó y emergieron de la hierba alta a la orilla del canal. El chico redujo la velocidad y miró el canal desde la ventanilla. Al fin, se detuvo y salió del coche.

—No se le pasa una —les dijo Rafik a los hombres—. Ahora os va a meter a todos en vereda. No deja de decirme: «Pero ¿qué hacen? No hacen nada. Deberías echarlos a todos a la calle».

El chico se asomó desde la orilla del canal y le dijo:

—Mira las bolsas de plástico y los paquetes de tabaco.

—Los desagües, toda la basura... Todo va a parar ahí —dijo uno de los hombres—. Antes no se habrían atrevido.

—Antes no lo habrías permitido —añadió el chico—. Y les habrías dado hostias con la mano vuelta a todos estos hombres que no están haciendo nada, que están dejando que la maleza se apodere de los campos. Habrías hecho que los encarcelaran.

El chico quiso saber también por qué estaba todo seco.

Los hombres le explicaron que el agua llegaba en verano, no en invierno; que aquella era una región en la que se cultivaba arroz.

El chico les respondió que sí, que eso ya lo sabía, y les preguntó si había habido agua durante el verano.

Le respondieron que no, moviendo los pies, nerviosos, mirando el suelo con el ceño fruncido.

—No valen para nada —dijo Rafik—. No saben nada, no hacen nada y no valen para nada. —Una moto pasó por delante de ellos, y luego una camioneta pequeña—. Todo esto era una selva cuando me lo entregó mi padre.

El chico quiso saber quiénes eran esos que estaban atravesando sus tierras.

Uno de los hombres le explicó que ahora era una circunvalación para llegar al otro lado de la ciudad.

El chico se cubrió los ojos con la mano para protegerlos del resplandor y miró hacia el otro extremo de los campos.

—Ahora hay casas cerquísima —dijo—. La ciudad se ha tragado la finca. Tarde o temprano, las casas llegarán hasta aquí. —Señaló todo lo que los rodeaba—. Están esperando... —Apuntó a las chozas que se veían a lo lejos.

—Que esperen... —Rafik sacudió la cabeza—. Que esperen a que me haya muerto.

Volvieron a subirse al coche. El chico movía la rodilla y le iba dando golpecitos al volante con la palma de la mano.

—Las cosas cambian —dijo Fahad—. No puedes aferrarte a algo eternamente. Además, la mayor parte del tiempo ni siquiera estás aquí.

—No hagas eso —le ordenó Rafik, agarrándole la mano para que dejara de moverla.

—Ahora las aldeas son de ladrillo —dijo el chico despacio mientras giraba—. Las paredes, las casas... El barro venía de la tierra y volvía a la tierra. Pero estas casas de ladrillo no irán a ninguna parte. —Se quedó parado junto a la verja de un muro—. Antes siempre había niños —añadió—. Siempre tenías caramelos para dárselos.

Rafik le ordenó al administrador que fuera a ver dónde estaban los niños.

El chico señaló con desagrado los coches que había aparcados junto a la verja.

El chófer le explicó desde el asiento de atrás que los hombres de la aldea trabajaban en la ciudad. Que los campos no les daban suficiente dinero. Habían encontrado trabajos de todo tipo: de mecánicos, de tenderos...

El administrador volvió seguido de un grupito de niños y les ordenó que extendieran las manos. El chófer rebuscó por el asiento trasero, entre los huecos de los asientos, dentro y debajo del salpicadero, pero al final resultó que no tenían caramelos.

—Teníamos a un amigo en esta aldea —dijo Rafik. Y preguntó por él. ¿Aún vivía?

Le respondieron que el hombre en cuestión se había marchado hacía ya varios años, que se había llevado a toda su familia a Karachi, donde su hijo trabajaba de enfermero.

—Ahora envían a los niños a estudiar y cubren a sus mujeres —dijo Rafik—. Os va a meter a todos en vereda —les repitió a los hombres, señalando con la cabeza a Fahad—, y también a todos estos —añadió girándose hacia la aldea—, ahora que ha vuelto.

El chico quiso saber qué había pasado con el resto de los amigos que su padre tenía en Abad. Se acordaba de otros hombres, otros terratenientes, que iban a la casa.

—¿Ves dónde estamos ahora? —le dijo Rafik, dando golpecitos en el salpicadero—. Siempre me lo preguntabas. Aquí es donde está enterrada esa mujer, esa santa que dice la gente. Mira cómo está el camino. Dejan que la maleza se lo coma todo, pero esta zona no; a esta zona la mantienen tan cuidada como si fuera un jardín.

Varias piedras repiquetearon contra los bajos.

—Te estás saliendo de la carretera —le dijo Rafik, enderezando el volante.

—No veo nada. —El chico daba volantazos de un lado a otro.

—No te pongas nervioso —le dijo Rafik.

El chico pasó por encima de varias rocas y montículos.

—Si no sabes a dónde vas, para —le ordenó Rafik—. El chófer conduce mejor.

Pero parecía que el chico era incapaz de parar y pasó a toda velocidad junto a un árbol y una roca.

—Si no sabes, para —repitió Rafik, agarrando el volante para enderezarlo; pero entonces el chico frenó de repente y los hombres que iban detrás salieron despedidos contra los asientos delanteros, Rafik se golpeó contra el salpicadero, el chico contra el volante y algo chocó contra el parabrisas. El motor petardeó y luego falló.

—Si no ves —le reprendió Rafik, volviendo a enderezarse en el asiento, con un dolor que le atravesaba la rodilla al hacer fuerza contra el suelo con el talón—, deberías ir despacio.

El chico parecía aturdido. Miró a su alrededor. En el parabrisas, justo a la altura de su cara, el cristal se había fragmentado en forma de diana.

Los hombres se acomodaron en sus asientos y con su peso hicieron rebotar el coche.

—¿Estás bien? —preguntó Rafik.

—Me ha parecido ver algo —dijo el chico; le temblaba la voz y tenía las manos aferradas al volante—. Algo que se movía.

—Tienes... —Rafik se dio unos toquecitos en la mejilla para indicarle al chico que tenía varios rasguños.

—Mis gafas... —respondió Fahad, y se agachó, buscó a tientas entre los asientos y se incorporó con varias cosas en las manos: una lente, un envoltorio de caramelo, algunos fragmentos de plástico—. No sé... —comenzó a decir, y se le cayeron algunas de las cosas entre los dedos sobre el regazo.

—Deja al chófer... —le dijo Rafik, dándole unos golpecitos en el hombro, pero el chico se quedó donde estaba, recogiendo los trozos de su regazo, sosteniendo una astilla tan afilada como una aguja—. Déjalo a él —repitió Rafik, mirando el capó del vehículo para ver si habían chocado contra algo.

—He visto a alguien —insistió el chico—. O puede que fuera un animal.

—Venga —le dijo Rafik—, Deja al chófer.

La puerta se quedó atascada y, cuando el chico logró abrirla, se quedó atrancada en un arbusto de ramas espinosas, así que el chófer, cubriéndose la mano con la manga, tuvo que apartarlas a golpes y a patadas.

Rafik tenía visita. Se había ido la luz, de modo que se sentaron fuera, en la terraza. Uno de los sirvientes se dedicaba a abanicarlo con un periódico doblado. Le preguntaron por su salud, por el estado en el que se encontraba el país, que si volvería a intervenir el ejército, que si habría elecciones, que si se presentaría, que si se presentaría el chico, que si era por eso por lo que había vuelto.

—Os entiende —respondió Rafik, señalando al chico con la cabeza—. Él también sabe hablar.

El chico miraba hacia el césped sin poder ver nada. Se frotó los ojos con los nudillos y parpadeó.

—Te están preguntando que si ahora vas a ser tú el que se presente —le dijo Rafik.

El chico respondió que no, que no.

—La tuya es una familia antigua, es un apellido antiquísimo —dijo uno de los invitados—. Cuando la gente menciona Abad, en realidad se refieren a vosotros. ¿Cómo es posible que un apellido así vaya a desaparecer? No puede. Jamás.

Rafik dijo que acababa de cumplir los dieciséis cuando su padre falleció y heredó las tierras.

—Un hombre no puede seguir siendo un niño cuando tiene cosas de las que hacerse cargo.

El invitado en cuestión quiso saber si el chico estaba casado y, cuando descubrió que estaba soltero, dijo:

—Pero si ya es lo bastante mayor. Hace años que debería haberse casado. Pídele a tu padre que te busque a alguien —le dijo al chico—. La hija de... —y nombró a una familia importante—. O la de... —Y nombró a otra.

El chico frunció el ceño.

—¿Te digo yo lo que tienes hacer? —le preguntó al invitado.

—Lo decimos con cariño —respondió—. Una familia como esta nos pertenece a todos; es nuestra familia.

—Varios líderes mundiales han venido hasta Abad por tu padre —le dijo otro de los invitados—. Aquí en Abad se ha hecho historia gracias a tu padre.

—Historia... —repitió Rafik, que se acordó de repente de las carpetas que se había traído consigo. Mandó que fueran a buscarlas y que las apilaran delante de él para que pudiera explicarles a los invitados lo que eran—. Nadie ha llevado un registro como este —explicó Rafik—. Cada fecha, cada carta, cada reunión... Está todo aquí. —Luego dio un golpe en la carpeta de lo alto—. Y él va a escribir un libro con todo esto.

Los invitados estuvieron de acuerdo en que ese libro tenía que existir, que había gente mucho menos relevante con libros sobre sus vidas, que debería estar en las escuelas, que era importante.

—Lo es —respondió Rafik—, pero no para mí, sino... —Y abrió los brazos para abarcar a todos los presentes. Luego le dijo

al sirviente que llevara las carpetas al despacho que había preparado—. Lo he preparado para esto —le dijo Rafik al chico—. Ya verás. Vamos, vamos.

El chico se quejó de que sin las gafas no veía absolutamente
nada, de que todas las habitaciones le parecían iguales.

Rafik le respondió que le estaban arreglando las gafas en el
mercado.

—No seas tan peliculero. He hecho que te preparasen este despacho para ti.

Al final, el chico dijo que alguien tendría que guiarlo hasta allí,
de modo que Rafik llamó al sirviente para que lo llevara del brazo.

CAPÍTULO DIECISIETE

Fahad podía ver los objetos que tenía a unos pocos centímetros de la cara, pero veía borroso todo lo que quedara más lejos. Sin las gafas, era como si estuviera sumergido bajo el agua, mientras la vida se desarrollaba sobre la superficie y los sonidos le llegaban con retraso.

Seguía viendo a Ali por todas partes. ¿Era él el que estaba bajo el arco de la galería? ¿Era él el que salía de la casa, mientras la puerta mosquitera se cerraba tras de sí? ¿Era él el que recorría a zancadas el patio, mientras Fahad lo atravesaba con un sirviente, sintiendo la mano del hombre en el brazo ligera como un pájaro? *Si es él*, se dijo Fahad, *voy a, voy a, voy a...*, y se hizo todo tipo de promesas.

En realidad era el portero, con unas llaves que probó en la cerradura de una puerta que había bajo un toldo; una, luego otra y otra, hasta que encontró una que encajaba y abrió la puerta de un empujón.

El sirviente que lo acompañaba trató de encender las luces del interior y, al ver que no se encendía ninguna, comentó que quizás hubiera que cambiar las bombillas.

—No veo nada, de todas formas —contestó Fahad, pero el hombre iluminó la habitación con la pantalla de su teléfono.

El hombre le explicó que todo era de madera: las paredes, el techo y el suelo. Que todo venía desde Quetta, que había costado una fortuna, que las lámparas eran de latón y que el escritorio se lo habían traído de uno de los despachos en los que había trabajado su padre cuando estaba en el gobierno.

Para Fahad, todo era completamente abstracto. Los fragmentos de luz solar atravesaban la penumbra por aquí y por allá, y creía oler e incluso notar serrín en el ambiente.

El sirviente continuó explicando que nadie lo había usado desde que lo habían construido, cuando él no era más que un joven que ayudaba en la cocina, sin recibir nada a cambio.

—Pero usted no regresó —dijo el hombre mientras señalaba la habitación vacía—, y ha estado así todos estos años.

Llevaron hasta allí las carpetas de su padre y las apilaron sobre el escritorio. Un sirviente le dio instrucciones a otro para que limpiara el polvo de la habitación, barriera el suelo, cambiara las luces y arreglara las persianas.

Fahad les dijo que no hacía falta que hicieran todo eso por él, que no se quedaría mucho tiempo.

Pero, al salir, se detuvo un momento en el centro del patio. Le azotó un viento caliente que lo empujó hacia delante y le hinchó la camisa como un paracaídas. Tuvo una visión repentina de sí mismo en el todoterreno cruzando las tierras, como si estuviera allí día tras día, bajo un cielo enorme, mientras el calor crepitaba a través del grano alto y tostado y las hojas secas, y una voluta resplandeciente en la calzada revelaba poco a poco una figura que se acercaba.

 ~~∞~~

Se sentó un rato en el rellano, se abrazó las rodillas contra el pecho y se sintió de nuevo como un niño, con esa misma sensación de urgencia que le revolvía el estómago, que le hacía levantarse y caminar alrededor de la estancia, recorriendo con los dedos la barandilla de la escalera y la pared, aunque se chocara con un sillón o con una mesa de centro. Esa sensación, esa sensación de que debía actuar, de que tenía que hacer algo, pero ¿qué? ¿Qué? ¿Qué?

Su padre estaba un poco delicado, era cierto; más delicado de lo que debería estar a su edad, tuviera la edad que tuviera, y a veces parecía un poco confundido. Solo llevaban una noche en Abad y ya le había dicho a Fahad que lo llevara a casa.

—¿A casa? ¿A qué te refieres? Si ya estás en casa —respondió Fahad—. ¿Quieres ir a Karachi?

—No, no —contestó su padre, y luego repitió con énfasis—. A casa.

Fahad les preguntó a los sirvientes y le respondieron, algunos más vacilantes que otros, que Sahib estaba bien, que estaba perfectamente, que no iba a Abad desde hacía un año o incluso más, desde las elecciones; que perder las segundas elecciones había sido más duro para él que las primeras, que después de aquello hasta había encanecido.

Era mejor estar solo, y allí, allí se sentía más solo que nunca, aunque estuviera rodeado de gente, con sus necesidades, sus deseos, su hambre, su miedo. Entendía la religión. Entendía que los hombres se arrodillaran, juntaran las manos por encima de la cabeza y le pidieran al cielo que actuara por ellos. Entonces, atento por si oía pasos, observó las sombras de la pared, se asomó al fin a la barandilla y miró por el hueco de la escalera.

Cuando oyó las sirenas, Fahad estaba de pie en la terraza, contemplando la tierra salvaje en que se había convertido la finca; el sol, que desaparecía del cielo; y los campos, como un mar tormentoso con vetas de la espuma de las olas. Supuso que el torrente negro que bajaba por la calle hacia su casa y que entraba por la verja sería un convoy de vehículos; las luces intermitentes sugerían que algunos eran furgones policiales; otros, quizá todoterrenos, con las ventanas tintadas; y esos otros tal vez fueran camiones con guardias que salían dando pisotones con las botas en la tierra como redobles de tambores a medida que los vehículos se amontonaban en el patio.

Fahad oyó voces y pasos fuertes desde el rellano, y entonces un sirviente apareció en mitad de la escalera para anunciar que tenía visita.

Fahad le preguntó quiénes eran, pero no escuchó el nombre. El sirviente le dijo que querían verlo, que su padre estaba durmiendo, y le preguntó si debía decirles que se marcharan.

—Se cree importante —dijo el hombre, mientras Fahad lo seguía—. Antes iba mendigándole a su padre, y ahora tiene que demostrar lo importante que es. Antes no tenía ni cuarenta hectáreas. Ahora tiene miles. Pero todo el mundo sabe que lo que le consiguió el puesto fue el dinero. Y las armas. Si no, ¿quién le habría votado?

✻

Tras bajar la escalera, Fahad se sintió de repente tan desorientado que, durante un instante, no supo hacia dónde dirigirse. La escalera estaba oscura y apenas podía ver al sirviente con su *kurta* raído. Fahad preguntó por qué no estaban encendidas las luces. En ese momento las encendieron y vio, al mismo tiempo que empezaba a recordar, que el pasillo giraba a la izquierda. Al final del pasillo, tras pasar el salón, había una sala de estar, y estaba abarrotada de figuras que murmuraban, pero en el salón solo había una, que tras un instante se levantó para saludar a Fahad. La manera en que se puso de pie, su corpulencia y su voz, que le llegaba a Fahad desde todos los rincones, lo dejaron sin aliento.

—¿Eres tú? —le dijo Fahad con una voz poco natural, casi un susurro.

La aterradora magia de aquel lugar lo había llevado hasta allí; había trazado cada paso, y el pasado se desenvolvía frente a él como si tuviera pantallas en los ojos: sus años en Londres, sus amantes, un torbellino reluciente de cenas y amigos, de vacaciones y de lugares en los que había vivido, Oxford, aquellos años horrorosos, su último verano en Abad, Ali, Ali, Ali, la finca y su padre, Mousey, el agua fluyendo por el canal, los niños saltando al lado del todoterreno y gritando junto al portón de una aldea, los campos de cereales meciéndose, con los tallos inclinados por el peso, y el cielo inmenso, cargado de posibilidades.

Pero cuando Ali se acercó, extendió los brazos para abrazarlo y acercó la mejilla hacia la de Fahad, se convirtió en alguien completamente distinto. Ese no era Ali. No era él. Fahad se rio.

—No es él —susurró—. Soy libre. Me he liberado.

—Hermano —le dijo el hombre—. Han pasado muchos años. Cuando nos vimos por última vez, éramos niños.

Fahad no se acordaba de ese hombre para nada; pensaba que quien tendría que haber estado allí era Ali, que tenía que encontrarlo, que el pasado era como un veneno que nunca abandonaba el cuerpo

El hombre condujo a Fahad hasta el sofá donde había estado sentado como si fuera su casa.

Le dijo que siempre había sentido un gran respeto por su familia. Que iba a esa casa de niño, que quería aprender de Sahib, que lo veía en la televisión con el presidente, con generales, en otros países reunido con sus líderes, un hombre de Abad, ¡qué cosas!

—Solía decir. «Un día, si Dios quiere, ese seré yo» —continuó el hombre.

Les llevaron el té y el hombre le dio unas instrucciones al mozo en un tono brusco para que se las comunicara a uno de los asistentes que lo esperaban fuera.

—Los problemas que habéis tenido... Un hombre tan importante como tu padre, un rey de este país, del mundo... ¿Cómo puedo hacer como los demás y quedarme mirando sin hacer nada, si tu padre está sufriendo? Tengo que hacer algo.

Se bebió el té como lo hacía Rafik, sirviéndolo en el platillo y bebiendo desde ahí. El hombre siguió diciendo que, por supuesto, nadie más podría permitirse comprar una finca como la de Rafik a menos que la vendieran por partes. En los viejos tiempos, cuando había agua, esa tierra era mucho más valiosa, pero ahora cualquier comprador tendría que gastarse una barbaridad de dinero para cavar pozos tubulares o darle algún otro uso a la tierra. Discutió varios precios posibles para los terrenos, pero dijo que no le servían sin la casa, que no le servían de nada, que sin la casa no se lo plantearía, que ya tenía muchos terrenos, más de dos mil hectáreas, y un chalé precioso, pero no tan bien situado como esa casa. Que la casa le resultaría útil.

En plena conversación, el mozo volvió a aparecer con una bandeja sobre la que había un plato, y en el plato, un par de gafas para Fahad, tan grandes que resultaban cómicas y con una montura dorada demasiado llamativa; pero volver a ver con claridad de repente le resultó impactante.

¿Cómo podía haber confundido a aquel hombre con Ali? El hombre que tenía delante era bajo, barrigón, con una cabeza con forma de cono que se estrechaba en la coronilla y la marca en el centro de la frente que provoca rezar tan a menudo.

—Señor... —El hombre se levantó de repente, se le derramó el té del platillo y le cayó sobre el dobladillo del *kurta*.

El padre de Fahad apareció en el umbral, entre el visillo que hacía las veces de puerta. Estaba pálido como un espectro, con el pelo blanco revuelto y los ojos de un tono plomizo.

El hombre hizo una reverencia, se acercó a Rafik aún con la cabeza gacha y extendió las manos mientras se presentaba como Mustafa nosequé. El padre de Fahad le apartó las manos.

—¿Qué hace este hombre aquí? —preguntó su padre—. Todo esto no es más que una pérdida de tiempo.

Luego se dio la vuelta y desapareció por el pasillo. Mustafa se quedó observando las manchas del té que se le había derramado en el *kurta*, agitó la campanita del servicio y pidió que le trajeran un paño y agua. Cuando llegó el sirviente, mojó el paño y se limpió la mancha. Llevaba unas sandalias con adornos brillantes. En la muñeca morena lucía un Rolex de oro con la esfera negra y, cuando movía la mano, el bisel del reloj reflejaba destellos afilados de luz.

Fahad le explicó que solo estaría allí un día, que probablemente no fuera posible hacer todo aquello en un día.

—En cinco minutos —respondió Mustafa, levantando los dedos—. Los funcionarios de aquí están siempre encantados de complacerme.

—Pero mi padre tiene opiniones firmes —insistió Fahad—. Esta es su casa.

Mustafa contestó que siempre sería su casa. Que un rey como él no necesitaba una casa, no necesitaba tierras para que ese fuera su hogar.

—Todo Abad es su hogar —dijo, y añadió que ya se había hecho demasiado tarde, pero que volvería al día siguiente con el funcionario del registro civil y con los papeles—. Así de fácil —dijo conforme hacía un garabato en el aire.

Cuando Fahad lo acompañó hacia la puerta, la multitud del pasillo se agrupó tras ellos mientras lo recorrían y salían a la galería y al patio, donde lo esperaba un todoterreno con cristales tintados y el motor en marcha. Había otros detrás de él y varios furgones policiales, que volvieron a hacer sonar las sirenas, y furgones de guardias de seguridad vestidos de civil, con unos Kaláshnikov colgados al hombro.

Una vez que se marcharon, el patio se quedó vacío, salvo por un niño que golpeaba un pilar con un palo que iba rompiendo en trozos cada vez más pequeños. Fahad se volvió hacia la casa para ir en busca de su padre.

CAPÍTULO DIECIOCHO

Rafik se despertó con un ruido terrible; esperó a ver si volvía a oírlo, para asegurarse de que pertenecía al mundo real y no al de los sueños. Tras un instante, lo oyó de nuevo: un aullido, terrible y cargado de sufrimiento, de un sufrimiento infinito. Y luego otra vez, cada vez más alto y más desesperado hasta que acabó quebrándose.

Esperó a que parara. Cuando vio que seguía, le dio la espalda y enterró la cabeza en la almohada, pero aún lo oía; era como si, de algún modo extraño, estuviera llamándolo por su nombre.

De modo que se incorporó, se giró y apoyó los pies en el suelo. Se levantó y se acercó a la ventana, que daba a la galería; las luces estaban apagadas. De hecho, a aquellas horas de la noche, todas las luces estaban apagadas. Lo único que veía era un resplandor que bien podría ser su propio reflejo iluminado por la luna.

Era un sonido tan lastimero…, y, sin embargo, contenía una nota de una esperanza desesperadísima que le hizo estremecerse. Se tumbó. Pero volvió a oír el sonido, y luego otra vez, y otra, cada vez con más esfuerzo, llamándolo con un poco más de desesperación.

La puerta principal tenía el pestillo echado. Estuvo tanteando a oscuras durante un rato, palpando el borde superior del marco, hasta que encontró el pestillo y lo abrió. El sonido se volvió más claro, más horrible, aunque a veces las pausas entre los aullidos eran tan largas que empezaba a preocuparse, hasta que aullaba de nuevo, por si no volvía a oírlo.

Era el sonido del dolor, y se imaginó una herida sangrante, una pierna atrapada en una trampa oxidada, un estómago hinchado por alguna enfermedad. Se convirtió en un sonido humano, y luego en un sonido animal; en un sonido animal, y luego en un sonido humano. Se imaginó los gritos de una madre, y entonces se le disparó el pulso y empezó a correr.

Lo siguió por la galería hasta llegar al muro más alejado y luego, cuando sonó aún más lejos, atravesó la puerta del porche y rodeó los garajes de la izquierda. Había luna llena y el patio estaba desierto. La arena fina que pisaba le proporcionaba cierto equilibrio.

Una puertecita de madera daba a las tierras. Era una puerta para las visitas clandestinas, y Rafik recordó el coche de caballos que solía llevarle el almuerzo a Soraya a la escuela. Rafik la ayudaba a escalar el muro para llegar hasta él; entrelazaba los dedos para que sus manos sirvieran de estribo. Hacía guardia. Rafik recordaba las trenzas de Soraya, que le llegaban hasta la mitad de la espalda; recordaba que ella solía apartarlas y que él le tiraba de ellas cuando lograba agarrarlas. En una ocasión, Soraya había mantenido la cabeza quieta y la había inclinado hacia Rafik para que las trenzas colgaran frente a él como las cuerdas de unas campanas. Rafik se había encogido de hombros y las había apartado de un golpe.

Al otro lado de la puertecita, la tierra era más dura y estaba cubierta de rocas de bordes afilados y hierba alta que le rozaba los brazos y las mejillas. Un soplo de aire cálido le arrojó varias piedrecitas contra los tobillos y acarreó un olor dulce y ahumado, como a paja, como a trabajo duro.

El camino ascendía hasta la cima de una colina y las tierras se extendían ante él como un océano antes del inicio de un viaje. Cuando volvió a oír el grito, debilitado por el miedo, frágil, como si no fuera a volver a emitirlo, supo exactamente de dónde provenía

CAPÍTULO DIECINUEVE

Fahad apenas pudo dormir; se pasó la noche dando vueltas en la cama, con las sábanas húmedas de sudor, girando hacia un lado y luego hacia el otro, poniéndose de espaldas, luego de lado, luego boca abajo. ¿Qué otra opción tenía, además de vender la finca? ¿Cómo iba a pagar los préstamos si no la vendía? ¿No habría ninguna otra posibilidad? Y, una vez vendida, desaparecería para siempre. No podrían recuperarla. Pero ¿se atrevería alguien a desalojar a su padre de su casa? Seguro que no.

Abad no es más que una idea, se dijo a sí mismo, *tanto si la tierra está a tu nombre como si no. Si la vendes, puedes seguir teniéndola en mente, como has hecho todos estos años. Y volver aquí, aunque solo sea mentalmente. Y será tan tuya como cualquier otra cosa que hayas poseído. Pero ¿has pensado en Abad alguna vez siquiera?* Le parecía que sí, que no recordaba ni un solo momento en el que no hubiera pensado en Abad, que desde que se había marchado los recuerdos de aquel lugar resplandecían entre todos los demás: sus campos de latón, su cielo como una bandeja de plata, su brisa abrasadora. Pero recordar lo que no era suyo, recordar algo que no tenía y que nunca podría volver a tener, era diferente, era recordar la pérdida, una pérdida que se repetiría sin cesar, y pensar en ello le hizo recordar una pérdida tras otra: aquel último verano idílico en Oxford; Mike; una ladera adoquinada en Creta; Booze, el cóquer viejo y adorable del color del brandi; Alex, al principio; la niña que no habían adoptado; todo lo que pensaba que llegaría a ser y a tener.

Volvió a pensar en Ali, en lo mucho que le sorprendió que Abad se convirtiera en algo muy distinto tras conocerlo; en Ali y él recorriendo los caminos del campo, alrededor de la ciudad; y en la ciudad, que había sido suya, cada esquina, cada parcela, cada puesto de frutas, cada taller, aquel viejo cine que proyectaba películas para adultos y el cementerio cristiano con su muro roto, con sus hechizos en bolsas de plástico colgadas de las ramas de los árboles.

Se paseó de un lado a otro por la habitación, luego dio vueltas por el rellano y al final salió a la terraza y se colocó en un rincón como un prisionero en una celda. ¿Por qué iba a pensar mal la gente si preguntaba por Ali? Y, si pensaban mal, ¿qué importaba? Se iría al día siguiente. Puede que no regresara nunca. Ese último pensamiento lo atravesó como un cuchillo.

Así que, cuando el mozo le llevó el desayuno, Fahad, después de hablar de los cortes de luz y del calor, y después de quejarse de que el grifo de su cuarto de baño goteaba, le preguntó, mientras su mirada revoloteaba por la taza de té como una mosca, qué había sido de aquel amigo de su padre que tenía un hijo que se llamaba... ¿Cómo se llamaba? Y añadió que habían estado en la casa, que tenían tierras allí.

El mozo juntó las manos por delante del regazo. Dijo que Sahib no estaba en su habitación, que no estaba en ninguna parte de la casa. Que no estaba en la finca.

Fahad respondió que estaría por ahí cerca. Que a veces hacía eso en Karachi: salía a pasear por la noche si no podía dormir. Que era normal, que tal vez hiciera mucho calor en su habitación, que puede que hubiera salido en busca de un poco de brisa.

—Sí, señor —contestó el hombre.

Fahad mandó llamar al administrador de su padre. El hombre apareció acariciando un rosario.

—Que Dios lo mantenga a salvo —dijo.

—No pasa nada —insistió Fahad—. Seguro que está aquí al lado. No puede haber ido muy lejos.

El hombre asintió.

Fahad le describió a Ali y a su padre, y le preguntó si recordaba a esa familia.

—Sí —contestó—. Una familia importante. El hijo tiene un puesto en el ayuntamiento. Un buen hombre. Un hombre duro.

Fahad se mareó; hizo tambalear tanto la taza de té que tuvo que soltarla.

—Son admiradores de su padre —continuó el hombre. Pero entonces le dijo sus nombres, y eran otras personas.

Fahad pensó que se acordaría de cómo llegar, que iría a su finca él mismo.

Después de vestirse, echó un vistazo a la habitación de su padre para asegurarse de que no estuviera allí. Las sábanas estaban arrugadas. El televisor estaba encendido, pero tenía la pantalla en negro y solo emitía un ligero zumbido. Tampoco había nadie en el vestidor ni en el baño. Echó un vistazo al salón y al comedor para cerciorarse. El patio estaba lleno de sirvientes e invitados que Fahad no reconocía.

Le dijeron que la puerta principal solía estar cerrada por la noche y que el portero tenía la llave colgada en un gancho en su habitación, pero que, por alguna razón que no le quedó demasiado clara, no se había cerrado la puerta ni esa noche ni esa mañana.

Fahad dijo que entonces su padre habría salido a la calle, a la ciudad quizá. Tal vez, cuando su padre había hablado de ir a su hogar, se había referido a la ciudad.

El grupo lo siguió hasta la puerta principal y salió a la calle sucia a la que daba. Ya estaba llena de tráfico, de mendigos, de carros y de gente que iba de un lado a otro.

—Seguro que está por aquí —dijo Fahad mientras señalaba la calle.

—Dios es nuestro señor —dijo uno de los del grupo, como si alguien hubiera muerto.

Fahad decidió usar el todoterreno pequeño. Dijo que él mismo conduciría. Les dijo a los demás que buscaran por todas partes, en el bazar, en cada callejón. Más que nada, era para mantenerlos ocupados. Su padre estaba mayor; no podía haber ido muy lejos.

Pero, mientras conducía hacia la carretera, tras sortear un carro de burros que estaba cruzando la calle, recordó todas las cosas raras que su padre le había dicho al hombre que los había visitado la noche anterior.

Fahad se equivocó de camino y tuvo que dar marcha atrás. Había girado a la derecha cuando debería haber girado a la izquierda. La ciudad se había tragado gran parte de las tierras de labranza que la rodeaban, y Fahad se preguntó si la finca de Ali seguiría existiendo, si esas casas destartaladas de allí, ese taller o ese *chakki* donde se molía el trigo para convertirlo en harina serían en realidad la finca. Pero de repente, a lo lejos, reconoció un hito desconchado a un lado de la carretera, y detrás, el camino de tierra que habían atravesado, y, tras evitar por poco una furgoneta que pasaba a toda velocidad, se adentró en el camino, con las palmas de las manos tan resbaladizas por el sudor que no lograba agarrar bien el volante.

Recordaba una selva en aquel lugar, pero ahora había campos arados con esmero a ambos lados. El cielo, aunque no había sol, era de un amarillo intenso, casi fluorescente. Le pareció que el coche se conducía solo, como si pudiera levantar las manos del volante y los pies de los pedales y el coche fuese a seguir avanzando.

Había una curva en la carretera junto a unos cuantos árboles, y después, en un claro enmarcado por la vegetación, se topó con la vieja casa de ladrillo. El coche tomó velocidad, rebotando entre las zanjas, mientras Fahad iba dando botes de un lado a otro, de arriba abajo, dándose golpes, y los neumáticos disparaban piedras y polvo. Aparcó el coche en el extremo de la explanada; por alguna razón, dejó un buen tramo para recorrer a pie. Había aprendido a disparar detrás de aquella casa, con los brazos de Ali alrededor de los suyos, estabilizándolo, disparando hacia los haces de los faros, con la certeza de que tras el disparo llegaría el quejido del cristal al romperse, de modo que en algunas ocasiones lo había oído incluso cuando no había ocurrido y había tenido que preguntar: «¿Le he dado? ¿Le he dado?».

Hasta que no estuvo a unos metros de la puerta principal no se dio cuenta de que en realidad no había puerta alguna. Del marco surgían hierbas altas y livianas. Las ventanas estaban destrozadas. Al darse la vuelta, vio que no había más coches que el suyo aparcados en la explanada. No había sirvientes vagueando a la sombra de los árboles.

Atravesó la puerta. La casa no era más que una fachada. La pared del fondo se había derrumbado por completo. La escalera colgaba de la mitad del techo que quedaba, con el primer peldaño todavía a unos metros del suelo. Y el suelo era de rocas y piedras, arbustos y maleza. ¿Se habría equivocado de lugar? Volvió a observar la casa desde la explanada exterior, intentando acordarse de cómo era, reconstruyéndola mentalmente, con su puerta con clavos de hierro y un aro de hierro como aldaba. ¿No había unos escalones allí? ¿Había tejas en el tejado? ¿Y era a dos aguas?

Un movimiento en el interior lo sobresaltó, y en ese momento una cabra enorme con cuernos pasó a toda velocidad, seguida de un par de cabras más pequeñas y, unos instantes después, un anciano que iba dando golpecitos en el suelo con un bastón. Al ver a Fahad, se alejó corriendo tras su rebaño, agitando el bastón.

Fahad lo llamó y se apresuró a rodear la casa. Lo encontró junto a una pila de escombros, llamando a una de las cabras más pequeñas que se había subido al montículo y se negaba a bajar.

El hombre comenzó a hablar con un hilo de voz, en un tono agudo y tan deprisa que Fahad no logró entender todo lo que decía.

—Si no hay nadie aquí —se excusó el hombre, golpeando los ladrillos con el bastón mientras subía a trompicones por la pila de escombros—, ¿cuál es el problema?

—No hay ningún problema —dijo Fahad—. Pero ¿dónde está el *sahib* de la casa?

—No hay ningún *sahib* —contestó el hombre—. Aquí no vive nadie desde hace mucho tiempo. Desde que yo era joven. Antes vivía una familia. Una familia importante.

Fahad le dio el nombre de Ali.

—Ocurrió una tragedia —le explicó el hombre—, y se marcharon. Lo dejaron todo, toda esta tierra, y un surtidor de gasolina muy valioso también.

—¿Qué ocurrió? —preguntó Fahad, pero la cabra saltó de la pila de ladrillos y el hombre empezó a seguirla, levantando el bastón a modo de despedida sin mirar atrás.

Fahad se quedó un rato allí. No corría brisa. Todo permanecía inmóvil. Trató de escuchar el latido de su corazón, su respiración entrecortada, para asegurarse de que el tiempo siguiera transcurriendo.

La casa estaba en ruinas. ¿Cómo no se había dado cuenta? Se imaginó hileras de coches y camiones allí. Se imaginó a un *charpayee* a la sombra de un árbol, a un sirviente dormitando, a otro fumándose un cigarrillo; se imaginó la voz de Ali llamándolo y recordó lo fuerte que podía hablar Ali sin gritar.

Entonces se subió al coche para ir a buscar el antiguo surtidor de Shell. Pues claro. ¿Por qué no se le había ocurrido a él mismo?

Resultó que había pasado por delante del surtidor de camino a la casa sin darse cuenta. Estaba en la carretera principal. Pero estaba rodeado de palmeras altas que antes no estaban y que lo protegían de la transitada carretera, como un oasis.

Un empleado llevó de mala gana a Fahad a una oficina que había al fondo y le presentó al propietario, un hombre hindú que había comprado el surtidor no hacía mucho tiempo.

—Con esto es imposible perder dinero —le dijo a Fahad en inglés—. No sé por qué lo han vendido.

Le dijo que tenía su número, claro que lo tenía. Tuvo que buscar un buen rato en el teléfono antes de encontrarlo y mostrárselo a Fahad.

Le preguntó a Fahad por su padre. Le contó que la gente decía que no estaba bien. Que ya no iba a Abad. Le habían dicho que estaban vendiendo la casa. Que estaban vendiendo las tierras. ¿Era cierto?

—Nunca pensé que llegaría este día, el día en que tu familia dejara Abad. ¿Qué es Abad? Es el lugar de tu familia. —Luego se quejó del gobierno, de los políticos locales—. Hay una diferencia enorme —añadió, levantando un dedo—: Tu padre no quería dinero. Esta gente lo único que quiere es ganar dinero, ganar dinero a espuertas. —Hizo un gesto para ilustrar sus palabras.

Fahad aparcó el coche no muy lejos del surtidor, junto a una vía de tren. Miró el número de teléfono durante un rato, recorriendo con la mirada los dígitos como si se tratara de una distancia que tenía que cruzar, antes de marcar al fin.

El tono del teléfono sonó una y otra vez, durante tanto tiempo que pensó que no debía haber nadie en casa, y entonces contestó una mujer.

—¿Quién? —dijo cuando Fahad preguntó por Ali.

Volvió a preguntar y se produjo un silencio. Al cabo de un momento, se oyó de fondo un niño llorando.

—¿Hola? —dijo Fahad—. ¿Hola?

Contestó la voz de un hombre.

Fahad dijo que quería hablar con Ali.

El hombre le preguntó quién era.

Fahad le dijo su nombre. No obtuvo respuesta, de modo que se lo repitió.

—Hermano —dijo al fin el hombre, hablando despacio. Le preguntó desde dónde llamaba.

—Desde Abad —contestó Fahad. Le dijo que era un viejo amigo. Que había vuelto después de muchos años. Había pasado por el surtidor y se había acordado de él. Había parado allí y le habían dado el número. ¿Era el número correcto?

—Han pasado veinte o treinta años —dijo el hombre. El niño lloraba cada vez más fuerte. El hombre le gritó que se callara, con una voz firme de repente, familiar.

—¿Ali? —dijo Fahad.

—Pues claro —dijo Ali. El niño ya no lloraba tan alto, y se oyeron pasos y luego un portazo—. ¿Estás en Abad? Pensaba que no volverías nunca, teniendo en cuenta cómo te fuiste. Pensé: «Una vez que esté en América se quedará allí. En el fondo no se siente de aquí. Cuando su padre se haga mayor, la casa, las tierras... se las quedará algún otro».

Fahad quiso saber por qué se había ido. Por qué lo habían vendido todo.

—Siempre decías: «¿Por qué iba a irme a otro sitio? Tengo todo lo que quiero aquí».

—¿Eso decía yo?

—Mire adonde mire —dijo Fahad—, pienso en los sitios a los que íbamos, en las cosas que hacíamos.

—¿Sí? —dijo Ali—. Recordar es bueno.

No muy lejos de allí, se oía el sonido de metal entrechocando con metal, una y otra vez.

—¿Y tú qué? —preguntó Ali—. Un día estabas aquí, y al otro te habías ido. Tan cruel como la muerte. «¿Qué habrá hecho su padre?», pensé. —La línea crepitó. Se oyó un zumbido—. Pero los demás decían: «No, no. Se ha ido y ya está».

Otra voz atravesó la línea durante un instante, diciendo algo ininteligible.

Fahad le preguntó por la familia. ¿Quién había contestado al teléfono? ¿Quién era el niño que lloraba?

—La forma en que tú hablabas de tu padre... —dijo Ali—. Pero para vosotros es diferente. Os adueñáis de lo que os viene en gana. ¿Y por qué no habríais de hacerlo?

—Pero ¿por qué te has ido? —volvió a preguntar Fahad—. ¿Por qué habéis vendido todo? La tierra, el surtidor...

El niño aulló por detrás.

—Pregúntale a tu padre —dijo Ali por toda respuesta.

Fahad le preguntó qué tenía que ver su padre con eso.

—Se le ha ido la cabeza. No recuerda casi nada —le explicó.

—Pues sí que obra Dios de un modo extraño —dijo Ali—, si permite que un hombre así olvide lo que ha hecho.

Fahad le dijo que había estado buscándolo por allí, entre la gente que veía en la carretera, entre los invitados que acudían a la casa de visita.

—Un único instante de tu vida puede proyectar una sombra muy larga.

—¿Sí? —preguntó Ali.

A Fahad le pareció verlo durante un instante en el espejo retrovisor —sus cejas espesas, sus ojos oscuros parpadeando—, pero no; no era más que su propio reflejo.

—Una vez —continuó Ali—, bueno, una o dos veces, unas cuantas veces, fui a tus tierras. Conduje por los alrededores. «Como si estuviera muerto, piensa en él como si estuviera muerto», me dije.

Aquellas palabras fueron como piedras que alcanzaron a Fahad en lo más profundo de su ser.

Ali le dijo que su mujer era punyabí. Por eso se había ido a Multan.

—Si vienes, puedes verlo por ti mismo —le dijo—. Pero ¿cuándo vendrás? Nunca.

Más adelante, a la sombra de un muro, un hombre se levantó el *kurta* y se puso en cuclillas. A Fahad, la claridad del exterior le resultó inquietante, como si se acabara de despertar, y bajó el parasol para protegerse del sol.

¿Qué habría hecho su padre? Recordaba aquellos últimos días en Abad con un extraño torrente de sensaciones: el sabor amargo del sirope del helado en el Hotel Greenland, la suciedad entre los dedos de los pies y en la parte posterior de las rodillas, el viento azotándole la camisa, el humo de la barcia quemada flotando en el aire, un claxon que sonaba como el balido de una cabra.

Quería recordar cómo se había sentido con Ali, cómo había sido aquella tarde en la arboleda. Veía los cuerpos de ambos en el lecho del bosque, sus miembros oscuros, sinuosos como serpientes entre la maleza; veía el cielo brillar entre las ramas; oía el viento que soplaba entre las hojas... Pero lejos de sí mismo, a una distancia insalvable. Lo que sí recordó fue lo rápido que aquella sensación se había transformado en otra cosa, en algo feo, aunque no lo había sido, no había sido para nada feo.

Se habían marchado en avión; recordaba la urgencia de la situación, se veía a él con su padre en el Fokker, con un asiento vacío entre ellos, ambos con una mirada dura como una piedra. Y recordó a su madre en Karachi, sujetándolo por los hombros. Recordó que le dijo: «¿Seguro? ¿Seguro?», una y otra vez, y lo único que sentía ahora, lo único que recordaba haber sentido, era no querer volver a ver su propio rostro.

Volvió a casa por otro camino, una vía que atravesaba unos cobertizos y recorría un canal de aguas residuales, y, cuando la casa apareció ante él, detuvo el coche un momento. Allí era donde había estado la avenida bordeada de árboles. Antes había un arco. Examinó el suelo en busca de algún indicio y, a unos cinco o seis metros, encontró un pilar de hormigón repellado que brotaba del suelo como una pierna; y luego, entre la hierba corta y seca del borde del canal, vio una roca blanca. Le dio una patada y vio que tenía pintado un ojo.

La limpió con el pulgar. Frotó la superficie plana de la piedra con una esquina de la camisa. Tenía pintadas unas pestañas alargadas que se alzaban en los extremos hasta convertirse en puntas afiladas.

Al caminar hacia el centro del camino, Fahad sostuvo la piedra en alto, imaginándose lo que habría visto aquel ojo, mirando a todos los que se atrevían a pasar, y luego lo giró hacia la casa.

CAPÍTULO VEINTE

En el patio se habían reunido muchos hombres. Se agolpaban en el camino de entrada, la terraza y el jardín; también había mujeres y niños, algunas lamentándose; otras, contando las cuentas de sus rosarios. Cuando salió del coche, todos se agruparon a su alrededor, y lo único que logró aquello fue reforzar su decisión.

—Es la única solución —les dijo. Además, ¿qué más les daba a ellos?—. Vosotros tenéis que seguir con vuestras vidas, y yo con la mía.

Pero no. No estaban así porque fuera a vender las tierras, sino por su padre. Aún no lo habían encontrado.

Le dijeron que las sombras se estaban alargando, que no tardaría en oscurecer. Llevaba fuera desde el Fajr; mínimo doce horas. Era posible que no hubiera bebido nada en todo ese rato, que no hubiera comido nada; quizás estuviera descalzo, con las plantas de los pies en carne viva por la tierra. A lo mejor se había caído en algún lugar desde el que nadie podía oírlo.

Fahad quiso saber si lo habían buscado en la ciudad, si le habían preguntado a la gente por él, por qué había tanta gente en la casa. Les dijo que deberían buscarlo por el exterior.

Le respondieron que había mucha gente buscándolo; como mínimo un centenar de hombres de varias aldeas.

Apenas confiaban en él. Fahad notaba la desconfianza en sus miradas.

Le sugirieron que le preguntara a algún amigo de Sahib, pero uno estaba muerto, el otro era un borracho y el tercero lo había traicionado.

Mientras daba vueltas en círculos por el patio, con la mirada de los sirvientes fija en él, Fahad llamó a Alex.

—¿Dónde estás? —le preguntó Alex—. No entiendo lo que me dices. Llamé al número que me dejaste, pero no me respondió nadie. Suena un tono extraño.

—Ese es el número de Karachi —respondió Fahad—. Estoy en la finca.

—¿Y qué haces allí?

—Es que mi padre... se ha ido a alguna parte sin decirle nada a nadie. En mitad de la noche.

—Entonces, ¿está bien? —le preguntó Alex—. ¿No era cierto?

—Sí que lo era —contestó Fahad—. Eso es lo que te estoy diciendo.

Alex le contó que había nevado. ¡En noviembre! Y que por fin habían arreglado el ascensor. Y que era posible que tuviera que volar a Frankfurt a la semana siguiente.

—Mi padre sale a dar paseos por la noche —le respondió Fahad—. Se fue y aún no ha vuelto.

—No te oigo —le dijo Alex.

—Yo a ti te oigo bien —le contestó Fahad.

—Tengo que contestar otra llamada.

—Pero no sé qué hacer —respondió Fahad.

⁓ ⚯ ⁓

—¿No está aquí? —les preguntó Fahad a los sirvientes—. ¿Estáis seguros?

Los guio a través de las habitaciones de la casa, por el pasillo, el cuarto de invitados, el comedor, el salón, el dormitorio de su padre, la cocina, el rellano de las escaleras y el cuarto de Fahad, en la planta superior, y la terraza, y luego volvieron a bajar en procesión.

Rodearon todo el recinto, abrieron todas las puertas, miraron en todos los despachos, en la caseta del portero, en las habitaciones del servicio.

En la parte de atrás de la casa había una puertecita estrecha que daba a las tierras.

—¿Habrá salido por aquí? —les preguntó Fahad.

Pero le dijeron que no, que mirara, que estaba cerrado desde dentro, y se lo enseñaron.

Fahad quiso saber para qué se utilizaba esa puerta.

Le respondieron que era para que los sirvientes que vivían en la aldea pudieran entrar y salir.

¿Y cómo entraban por las mañanas, si la puerta estaba cerrada desde dentro?

Uno de ellos le respondió que por las mañanas no estaba cerrada; solo durante el día.

Otro le dijo que solo por las mañanas.

Y un tercero le dijo que solo por las tardes.

Fahad les preguntó si alguien había ido a buscarlo por las tierras.

Y entonces todos se quedaron callados. Hundieron las sandalias en el suelo y se retorcieron las manos.

—Pues vamos —dijo Fahad, y abrió la puerta de golpe él mismo.

Había un sendero que desaparecía entre la vegetación, cubierto de huellas, como si lo hubiera recorrido muchísima gente. Pero entonces encontraron una sandalia entre la maleza. ¿Sería de Sahib? Era posible. Alguien dijo que esa sandalia no era de la zona, que no era de allí. Entonces solo podía ser de Sahib.

Se la enseñaron a Fahad. Tenía una suela gruesa y una tira de cuero marrón deshilachada por los bordes.

—Es posible… —dijo Fahad.

Los envió en grupos por los campos.

—Corred la voz por las aldeas —les dijo.

Aún faltaba una hora para que se hiciera de noche. El cielo estaba teñido de color ocre oscuro. No corría aire. Sorprendentemente, los pájaros y los grillos estaban callados. El mozo y el hijo del portero fueron con Fahad. El hijo, un adolescente con una barba de vello fino que le llegaba a la mitad del pecho, rezaba en voz alta y, a veces, daba la impresión de que lo hacía con rabia.

—Podría estar en cualquier parte —les dijo Fahad—. Solo estamos recorriendo los caminos. Podría haberse tropezado en los campos —añadió, señalando el borde del camino, hacia la maleza.

¿Sabía su padre que tenía intención de vender la finca?

—Muchas veces me decía: «Voy a irme a casa» —le contó el mozo—. Pero su casa es esta, ¿no?

—Sí —respondió Fahad.

—Ese hombre es de hierro —dijo el mozo—. No hay nadie más fuerte que él. Aún lo llaman «el león». «Por ahí viene el león», dicen.

La luz se había atenuado y era cada vez más difícil discernir los contornos de las cosas. Fahad se imaginó a su padre en una arboleda oscura, hecho un ovillo pálido, con los ojos plateados, con el atardecer cubriéndolo como un sudario. No quería, pero sintió algo parecido a la preocupación y al terror atravesándolo, como si su padre fuera su responsabilidad.

—No se lo he dicho a mi madre —dijo, más para sí mismo que para los demás.

—Mejor —respondió el mozo—. ¿Qué podría hacer ella?

Fahad se imaginó que la búsqueda se alargaba hasta el amanecer, se imaginó que volvía a la casa, que reunía a todo el mundo en el patio. La ausencia de su padre estaba por todas partes, bloqueando cualquier otro pensamiento, sin importar hacia dónde tratara de dirigir la mente.

El camino ascendía hasta la orilla del canal, y siguieron la orilla en dirección al sol, que empezaba a ponerse.

—Deberíamos pensar a dónde pudo haber ido —dijo Fahad.

—Los hombres como él no tienen ni un momento de respiro —dijo el mozo—. Siempre están haciéndoles favores a otros. Pero ¿dónde están esos ahora? Solo se acuerdan de él cuando necesitan algo.

Más adelante los campos desaparecían entre las sombras. El sol del atardecer extendía su luz sobre el canal vacío.

El chico comenzó a rezar en voz aún más alta, de un modo que parecía que le dirigiera las palabras a Fahad, como si estuviera entonando un cántico; y entonces Fahad se acordó del santuario en el que su padre y él se habían detenido durante el viaje desde Karachi, se acordó de haber metido los brazos entre los barrotes de aquella jaula, y se imaginó a su padre dentro de dicha jaula, con la cabeza bajo el tótem.

Sabía a dónde podía haber ido su padre.

—Por aquí. —Y Fahad salió del camino y se adentró entre la hierba alta.

El mozo dijo que habían atacado a su padre desde todos los frentes posibles. ¿Cuántos hombres había como él en todo el país? ¿Y en todo el mundo? Le habían robado las elecciones, una y otra vez. Los hombres en los que su padre había confiado lo habían traicionado, y se quejaban de que había hecho muy poco por ellos, de que no había hecho nada de nada.

—Lo único que hizo el señor fue ayudarles. Y yo no hacía más que prepararles el té cuando venían aquí a pedir cosas. Él era el jefe de la tribu —prosiguió el mozo—. ¿Cómo podían apoyar a otra persona que no fuera él? Pero eso fue lo que hicieron. A un matón que sobornó a la gente, que compró los votos, cuyos hombres se plantaron en los colegios electorales con pistolas, hombres que les prendieron fuego a los colegios electorales cuando no les daban los votos. ¿Es por aquí?

Había oscurecido aún más, aunque Fahad no sabía si era porque se estaba yendo la luz o porque había cada vez más vegetación.

—Y luego está ese hombre que vino a la casa —continuó el mozo—. Les cortó el agua a sus tierras. Mataron a gente, incluso a algunos de sus agricultores. Pero, aun así, no dejó que llegara el agua. El señor lo denunció en varias ocasiones, pero estos casos se pueden alargar durante tres o cuatro décadas y ni así se resuelven.

Fue a ver a varios generales y a varios parlamentarios con las manos así —juntó las manos, como formando un cuenco— pero no le dieron ninguna solución.

Fahad volvió a pensar en el santuario; pensó en lo que significaba, como si su vida fuera una historia que se estuviera contando a sí mismo.

—Su padre se pasó años yendo de un tipo a otro, diciéndoles: «Mis cultivos se mueren; mis agricultores se mueren». Pero no tenía poder para hacer nada. Qué rápido se olvida la gente de los demás.

La vegetación comenzó a volverse menos densa y el camino era cada vez más rocoso. Tras una cuesta, llegaron a la planicie en la que estaba el cementerio familiar, donde las lápidas de mármol resplandecían en la penumbra.

—¿Esta es la del otro señor? —preguntó Fahad, que se había detenido frente a una tumba que no le sonaba. Tenía forma de turbante con una punta en lo alto.

El mozo le dijo que creía que sí mientras miraba con gesto dubitativo las letras grabadas en la lápida. El hijo del portero leyó la inscripción, pero Fahad siguió sin estar seguro.

Algo se agitó tras el mausoleo de su abuelo, algo que surgió de entre las sombras y que Fahad vio que se convertía en una figura enorme. Fahad dio un paso hacia atrás, y luego varios más, tambaleándose.

El chico volvió a rezar con la voz rota.

Sonó un cencerro. El chico, frenético, encendió la luz de su teléfono e iluminó hacia delante. Ante él aparecieron un anciano y un par de vacas escuálidas marrones que se alejaron del haz de luz.

El mozo le dijo a Fahad que el anciano se encargaba de cuidar el cementerio y le preguntó al hombre si había visto a Sahib.

—Sahib viene por aquí a menudo —respondió el anciano—. Viene a mostrar sus respetos. Viene hasta los días en que hace un calor de muerte. Viene hasta cuando llueve. Esta es la tumba frente a la que pasa más tiempo. —Señaló la que quizá fuera de Mousey—. Incluso más que ante la de su padre. —Se acercó a ella y pasó la mano por encima, y luego limpió los bordes con un paño mugriento que llevaba colgado del cuello—. Cuando un hombre se queda solo, toda su vida está aquí —añadió después. Ascendió con cuidado entre las tumbas hasta lo alto de un risco que se alzaba sobre los campos—. Esta es la que escogió Sahib para sí mismo.

El sol se había puesto y las únicas luces que se veían eran las de la ciudad, que destellaban en la distancia como una flota de barcos.

Estaba muerto. Su padre estaba muerto; Fahad estaba convencido. Le fallaron las piernas y se encontró de repente a cuatro patas sobre el suelo rocoso, asfixiado. *Te perdono, te perdono, te perdono,* pensó, incluso dándole vueltas a lo que podía haber hecho su padre para provocar que Ali se marchara.

Perdono cada paso que me ha traído hasta aquí. Sabía lo que era estar solo porque estaba solo, y se imaginó deshaciendo, uno a uno, los hilos que formaban su vida, para poder tejerlos de otra manera, de modo que pudiera deshacer el nudo que se había formado en su destino desde el instante en que había llegado a aquel lugar. Escarbó en la tierra; había algunos terrones blandos, casi como barro, y otros tan duros como rocas. Los agarró a puñados para que los bordes le hicieran cortes.

El anciano continuó hablando y les dijo que ese mismo día, hacía tan solo unas pocas horas, Sahib había estado por allí y se había quedado inmóvil, contemplando las tierras.

—Yo le he dicho que hacía demasiado calor, pero se ha quedado un buen rato. Como mínimo hasta la oración del Asr.

CAPÍTULO VEINTIUNO

La verja estaba lo bastante abierta para que Rafik pudiera pasar. Gritó, pero con el sonido de la brisa que mecía las hojas de los árboles frutales del patio, el tictac de una bomba de agua cercana y un cencerro, ni siquiera él podía oír su propia voz.

El porche estaba ahí al lado y, sin embargo, al intentar dirigirse hacia él, empezó a tambalearse y a retroceder. Pensó que no estaría seguro de que poder llegar hasta que no tuviera el pie en el primer escalón, y luego en el siguiente, y en el siguiente.

La puerta principal estaba cerrada. Llamó a golpes. La sacudió hasta casi sacarla de los goznes. Después se sentó en los escalones y se dio cuenta de que no quería volver a levantarse, de que tal vez ni siquiera pudiera.

El cielo del atardecer estaba nublado y recordó la ligereza de la infancia, la alegría de la juventud, lo fácil que era saltar por esos mismos caminos, perseguir a las cabras que se extraviaban, lanzar piedras contra los muros de tierra de las aldeas, cubiertos de es tiércol.

Oyó el motor de una moto y vio un neumático delantero que se abría paso por el hueco de la verja. El hombre aparcó la moto junto a la caseta del portero. Descolgó una bolsa de plástico del manillar, frunció el ceño y acunó la bolsa en la palma de la mano.

Escupió contra la pared, un escupitajo enorme y rojo como la sangre. Habría rodeado la casa hacia la parte de atrás si Rafik no lo hubiera llamado.

Algo se le cayó de la bolsa y se alejó rodando: un tomate.

—¿Quién anda ahí? —dijo el hombre, e hizo un gesto hacia Rafik como si fuera a pegarle—. ¿Qué quieres? ¿Qué haces aquí?

Rafik trató de ponerse en pie, se agarró a un balaustre y lo consiguió.

—Imbécil —le dijo—. Ven aquí, que te voy a dar una bofetada. ¿Dónde está tu señor?

El hombre se acercó y entrecerró los ojos para mirar a Rafik.

—¿Quién eres? —preguntó de nuevo, pero con menos agresividad. Luego, tras una extraña pausa, añadió—: ¿Señor? —Inclinó la cabeza hacia un lado y luego hacia el otro, como un pájaro. De repente, se abalanzó hacia Rafik—. Señor, no lo he reconocido. —Se agachó para tocarle los pies—. ¿Ha ocurrido algo? Su ropa... Su...

—Se señaló su propia cara—. ¿Ha ocurrido algo?

—Idiota —dijo Rafik, agarrándose del brazo del hombre para estabilizarse—. ¿Dónde está Sahib?

El hombre sacudió la cabeza.

—¿Sahib? —repitió.

—¿Estás sordo?

Rafik le dijo que quería entrar en la casa.

—La puerta está cerrada por dentro —respondió el hombre. Se quitó los dedos de Rafik del brazo y se los colocó en el marco de la puerta—. Voy a dar la vuelta —añadió, y bajó corriendo los escalones.

La bolsa que llevaba se había quedado junto a un poste, con los tomates esparcidos, uno de los cuales rodó por el borde del porche hasta caer en un arbusto.

Se oyó cómo se deslizaba el cerrojo en el interior de la casa, un traqueteo en la puerta y unas sacudidas, y se levantó polvo de la rejilla y las bisagras. Al fin se abrió y el hombre ayudó a Rafik a entrar.

—¿Por qué está todo tan oscuro? —preguntó Rafik.

El hombre dejó a Rafik en el pasillo y se apresuró a subir las persianas y abrir las cortinas para que entrara luz en la estancia.

Rafik se dio cuenta de que tenía mucha sed; tenía la garganta tan seca que se le atascaban las palabras en la boca. El hombre le llevó un vaso de agua tibia.

Rafik señaló una fotografía en la pared.

—Esta es una chica con la que su padre quería que se casara; su padre era un funcionario muy respetado. —Luego pasó a otra—. Este es el viejo Plymouth de mi tío. Era de color rojo fuego. No había otro coche igual en todo el país. —Había una fotografía muy grande de su tío—. Este era su escritorio, cuando era jefe de gobierno; está escrito aquí... —Recorrió las letras con la yema del dedo. Junto a la puerta del salón había una fotografía más pequeña a la que le dio unos golpecitos—. El día en que le pedí matrimonio. Qué enfadada estaba ese día. Tiró el anillo. Dijo: «Tú y los perros esos a los que llamas *familia* podéis iros a la mierda. A la mierda». Eso es lo que dijo. Así es ella.

Hizo un gesto hacia el piso de arriba.

—¿Está ahí? —preguntó Rafik—. ¿Está descansando? El viejo este. Es un vago. Debería estar cuidando de sus tierras. Como se enteren los labradores y los administradores de que no está nunca por las tierras, lo van a desplumar.

El hombre le quitó el vaso vacío que Rafik había olvidado que tenía en la mano.

Rafik entró en el salón

—¿Y por qué están cubiertos estos muebles? La gente va a pensar que la casa está vacía, que no viene nadie, que no vive nadie aquí.

—Sí, señor —contestó el hombre. Retiró las sábanas de los sofás, las dobló y sacudió los cojines, que levantaron nubes de polvo.

Un cansancio extraño se apoderó de Rafik. Se sentó.

—Ve a llamarlo, aunque esté durmiendo. Dile que ha venido su hermano, despiértalo. —El hombre se quedó donde estaba, entre una mesa auxiliar y un sillón—. Tu jefe es un hombre inteligente. Pero no se cuida. Tienes que cuidar de él. Te voy a dar una cosa.

—Se llevó la mano al bolsillo y descubrió que no tenía bolsillos, que estaba en pijama—. Uy. —exclamó. Tenía un bolsillo en el pecho, pero estaba vacío. Iba descalzo y, al mirar hacia abajo, vio que tenía una de las plantas mugrienta, con un guijarro incrustado en el talón—. ¿Cómo he llegado hasta aquí?

—Señor, tiene un corte —dijo el hombre, y trazó una línea en su propia sien para mostrarle a Rafik la zona de la herida—. Se lo voy a limpiar.

Llevó una palangana con agua caliente, un paño y un poco de Dettol. Le pasó el paño con delicadeza por la cara.

—Ahora tengo un hijo —le contó Rafik—. Les da demasiadas vueltas a las cosas. —Se golpeó la cabeza con el nudillo—. Se hace infeliz a sí mismo. Pero aquí —se llevó el nudillo a la sien— no está solo, al menos. No está perdido.

Cuando terminó, el hombre le dijo, llevándose la palangana al pecho:

—Sahib no está en casa. ¿Llamo a su chófer?

—¿Dónde está? —preguntó Rafik. Intentó ponerse de pie, pero sentía que pesaba demasiado, un peso que lo anclaba al suelo, de modo que permaneció sentado, con la cabeza echada hacia atrás, apoyada en un cojín—. ¿A dónde pudo haber ido? Si no va a ninguna parte. Está aquí. ¿Dónde va a estar?

—Señor —respondió el hombre—, han pasado ya veinte años. —Y sumergió la cara en el vapor que emanaba del agua de la palangana—. Sucediera lo que sucediere, fueron cosas de familia, pero él le mencionaba a menudo, hablaba mucho de usted y de su hijo.

—Dile… —dijo Rafik, empezando a recordar al fin, empezando a recordar que Mousey… que Mousey ya no estaba. Mousey había muerto—. Dile… —repitió.

La habitación resplandecía por el polvo. Rafik estiró los dedos e hizo que el polvo bailara en los rayos de luz bajos que se colaban por las ventanas.

—Somos niños y nos creemos dioses.

Todo estaba en silencio, tanto que parecía que la vida se había detenido durante un momento, y le transmitió un alivio extraordinario; entonces hizo que las motas de polvo volvieran a bailar y se oyó fuera el sonido de un cencerro y el balido de una cabra. El sol iluminaba el cristal de un marco de fotos que había sobre la mesa, un punto de luz tan brillante que tuvo que protegerse los ojos, tuvo que apartar la mirada.

—He venido en la moto —dijo el hombre—, si no le llevaría a su casa. Pero voy a hacer una llamada.

—Si mi padre se enfada, dile cualquier cosa —le pidió Rafik—, dile que estaba con Mousey, que nos sabíamos la lección, pero que el *maulvi sahib* no vino. Díselo o nos pegará a los dos.

CAPÍTULO VEINTIDÓS

La luz que emitían los faros era tan débil que no iluminaba ni medio metro del camino que se extendía frente al todoterreno. Las ramas, los tallos, las hojas y sus sombras alcanzaban de repente el parabrisas. Las ruedas iban haciendo crujir palos y piedras.

El chófer giró por donde no debía y tuvo que retroceder por un camino estrecho a ciegas. Fahad estaba seguro de que se meterían en una zanja o se precipitarían hacia el canal; tal vez incluso estuvieran ya en la orilla. ¿Quién sabía dónde estaban? Pero el chófer corrigió la trayectoria y se detuvo. Hizo sonar el claxon y luego salió del coche. Dijo que no podía abrir la verja; se había acumulado tierra alrededor. Pero le mostró a Fahad un hueco lo bastante grande por el que se podía entrar a pie.

Más adelante había una casa con una ventana iluminada, un cuadrado enorme de luz cálida y cobriza. Había un armario contra una pared, un sofá, sillones y ¿eso que veía era la parte posterior de la cabeza de alguien?

Llamó a golpes a la puerta. Un hombre le abrió. Guio a Fahad a través del pasillo y lo llevó al salón de la izquierda.

Aunque Fahad lo miró fijamente, no vio a su padre hasta que el hombre se agitó y levantó la vista.

Era diminuto; ahí enfundado en sus ropas, manchadas de tierra y andrajosas, con un rasgón que revelaba un hombro pálido. Tenía una barba blanca de varios días y los ojos hundidos.

—Menudo susto nos has dado con tu paseíto —le dijo Fahad—. Soy yo, soy Fahad.

—Fahad… —dijo su padre, como para sí mismo, entrecerrando los ojos y mirando a la nada—. Fahad… —repitió.

—Fahad —respondió. ¿Qué otra cosa podía decir?

El sirviente que lo había recibido gritó por encima del hombro de Fahad, como si su padre estuviera sordo:

—Es su hijo. Ha venido porque estaba preocupado.

—Ya, ya —respondió el padre, incorporándose, apoyándose en el reposabrazos, como tratando de levantarse—. ¿Preocupado por qué? Siempre preocupándose. Igual que una anciana.

El hombre se acercó corriendo a su padre para ayudarlo, pero Rafik lo apartó.

—¿Sabes quién es este? —le preguntó su padre. Se aferró al cuello de la camisa del hombre para no perder el equilibrio. Tenía los dobladillos del pijama arrugados junto a los pies descalzos y las uñas de los pies manchadas de tierra—. Es el chico que cuidaba de Mousey. Mousey bebía como un cosaco. Podía llegar a ser un hombre difícil. Tú nunca lo viste así. Este hombre se quedó con él hasta el final.

—Una vez vino usted a esta casa cuando era pequeño —le dijo el hombre a Fahad.

—No lo dejaba solo ni siquiera por las noches. Dormía en un catre a los pies de la cama de Mousey. —Entonces su padre le hizo un gesto al hombre y le dijo—: Enséñaselo.

—¿Sí, señor?

—No sabía dónde estabas —le dijo Fahad—. No dijiste nada. No tenía ni idea de qué decirle a mamá.

—¿Tengo que pedir permiso cada vez que salgo? ¿Como si fuera un niño? —Y luego sacudió el brazo, como si acabara de apartar a alguien de un bofetón—. Tu tío me dijo: «Cuida de este chico cuando yo ya no esté». En su testamento, me escribió que le diera algo a este chico. Ponía: «Este chico cuidó de mí; es mi familia.

Considéralo como si fuera de mi familia». Y luego: «Solo te he pedido una cosa en toda mi vida». Lo que me había pedido era que hablara con nuestros padres para que no lo mandaran al extranjero. Pero ¿qué podía hacer yo? Solo era un niño. «Esta es la segunda cosa que te pido, la última. Este chico fue el único que cuidó de mí cuando nadie más lo hizo». Mousey se había muerto. ¿Qué podía decir yo? Entonces le dije al chico, que te lo diga él mismo, le dije: «Mientras yo siga aquí podrás vivir en esta casa. Nadie se atreverá a sacarte de aquí». —Su padre señaló hacia el suelo—. ¿Verdad que te dije eso? —le preguntó al hombre, que inclinó la cabeza hacia delante, como asintiendo—. Muéstraselo —le dijo el padre de Fahad—. Está en el piso de arriba.

El hombre dudó durante un instante, pero luego condujo a Fahad de nuevo por el pasillo y subieron al piso superior. La pared estaba llena de fotografías; algunas eran profesionales, en blanco y negro, y en ellas aparecía Mousey, elegante y apuesto.

—Parece un héroe —dijo el hombre, que se había detenido frente a una fotografía en concreto—. Tenía una voz preciosa. Cantaba las canciones de las películas. Algunas mañanas cantábamos juntos; él cantaba una parte y yo la otra, aunque es cierto que prefería cantar solo.

Al final de las escaleras había un rellano con una puerta. El hombre la abrió y encendió la luz. Había una cama y, a los pies, colocado en perpendicular, un catre. La cama estaba hecha con esmero y tenía una mosquitera remetida por los bordes. El catre estaba cubierto con una colcha típica de la zona con un dibujo de líneas que se extendían desde el centro y un cojín con forma de tubo como almohada.

—Yo iba a ser profesor —dijo el hombre—. Fui el que sacó mejor nota en toda la provincia. Iba a irme a la ciudad. Había un puesto muy bueno, el mejor. —Y le dijo el nombre de una escuela que Fahad no conocía—. A estas alturas tendría una familia, un coche, una casa y me iría de vacaciones. —Entonces señaló la cama—. Pero su tío vino del extranjero y necesitaba a alguien que supiera inglés. Mi padre me dijo: «Tú eres listo. Aprenderás. Y él es mayor...». —Se encogió de hombros—. Ahora esta casa se ha convertido en un mausoleo y alguien tiene que hacerse cargo de ella.

Fahad recordaba haber visto a ese hombre cuando era pequeño; recordaba haberlo visto en esa casa, y era un recuerdo demasiado intenso como para mantenerlo en el primer plano de su mente.

—De pequeño iba usted al hotel a por helado —prosiguió el hombre—. Con un amigo.

En uno de los extremos de la mesa había una fotografía. Fahad la inclinó bajo la luz para observarla. En ella aparecían Mousey y el hombre en la orilla del canal, delante del todoterreno ese tan gracioso que tenía Mousey, de un verde muy intenso. Estaban recostados el uno sobre el otro, tan esbeltos que parecían niños. Mousey se protegía los ojos del sol, de modo que una sombra le cruzaba el rostro; la brisa le levantaba un mechón de pelo de la coronilla y se lo curvaba, formando un signo de interrogación. Fahad se puso a pensar en todos los años que había pasado fuera, en lo distintas que podrían haber sido las cosas, y, al verle la cara a Fahad, Riaz —así se llamaba el hombre, Fahad lo recordó de repente— le dijo:

—Hablaba de usted a menudo. Le consideraba casi como un hijo. Me decía: «Volverá. Algún día, volverá».

Fahad se dio la vuelta y se quedó mirando un rincón de la habitación.

—No abundan los hombres como él —dijo Riaz—. Su padre es igual.

☙ ✦ ❧

Cuando volvieron al todoterreno, estuvieron un rato sin hablar. Fahad conducía. No había querido sentarse en el asiento trasero, pero veía al chófer mirando a su padre por el retrovisor, y también veía el corte que tenía en la frente, los arañazos en la cara, el pelo alborotadísimo y el cuello desgarrado de la camisa.

—¿Has dejado que ese hombre se quedase en casa de Mousey como si fuera suya? —le preguntó Fahad.

No lo dijo como si estuviera cuestionando su decisión, pero puede que hubiera dado esa impresión.

—Baba, era el amigo de Mousey. Era como un hijo para él, puede que hasta como un hermano. Era lo que quería Mousey. ¿Debería haberle dicho que no? ¿Debería haberlo echado a la calle y que se las arreglara por su cuenta?

—No —respondió Fahad.

—Tengo que respetar lo que quería Mousey. ¿Qué es el amor sino las cosas que hacemos, las sepan los demás o no? Cada vez que visito la tumba de mi padre es una muestra de amor, aunque él no pueda verlo.

—Tengo que irme pronto —le dijo Fahad—. Pasado mañana.

Su padre asintió despacio.

—¿A dónde?

—A Karachi. Y luego a Londres.

Su padre volvió a asentir. El coche traqueteó al pasar por encima de una hendidura profunda, y Rafik se apoyó en el reposabrazos.

—No has mirado mis carpetas. Quiero que las hojees. Que sea tu proyecto.

Fahad le dijo que les echaría un vistazo.

—No vas a poder estar yendo y viniendo entre Karachi y Abad —le dijo Fahad—. Y esta gente está llevando las tierras a la ruina.

—No tienen ni idea de nada —respondió su padre—. Son unos incompetentes.

—La verdad es que sí.

Los faros lanzaron un destello y luego se atenuaron, de modo que conducían casi a oscuras, aunque el camino se desplegaba ante ellos como una alfombra.

—Si estuvieras aquí… —dijo su padre, y luego señaló con la mano hacia su alrededor, hacia donde debían de estar los campos.

—Ya…

—Podrías hacer muchas cosas —le dijo su padre.

—Ya —repitió Fahad.

Los faros volvieron a encenderse con más fuerza de repente mientras subían a toda prisa por la pendiente hacia la orilla del canal; el coche avanzó por ella traqueteando, y los desechos que habían tirado al lecho del canal resplandecían como si fueran cristales.

—Aquí fue donde pasé la infancia —dijo su padre—. Mousey y yo corríamos por ahí, sucios como los niños de la aldea, y jugábamos al críquet en el césped que había entre los campos y nadábamos en el canal cuando iba lleno. Nuestros amigos estaban aquí: el agricultor del labio raro que has visto alguna vez hacía de lanzador; su hermano, de bateador. —La vía se ensanchó—. Aprendí a conducir aquí. —Señaló con la mano hacia el hueco del asiento—. Metí el coche en la zanja, igual que tú, y tuvieron que venir diez agricultores para levantarlo, un Plymouth antiguo, y llevarlo hasta la carretera.

Cruzaron un puente estrecho y su padre le hizo gestos para indicarle que parara. Salió del coche. Había luna llena y las tierras estaban tranquilas. Su padre se detuvo en una columna de luz. La brisa le mecía la ropa rasgada y el pelo blanco y brillante, pero él parecía inamovible.

—Es increíble todo lo que puede albergar la mente —dijo entonces—. Todo esto…

Y extendió el brazo hacia el paisaje.

CAPÍTULO VEINTITRÉS

A la mañana siguiente, Fahad llamó a su madre.

—¿Ya está? —le preguntó su madre.

—Vas a tener que buscar a otro que lo haga—respondió Fahad—. Yo no puedo.

—¿Y a quién busco? ¿Voy a tener que hacerlo yo misma? —Sonaba como una loca—. El techo se ha venido abajo. En el salón. Así es como tengo que vivir. ¿Voy a tener que morirme así también? ¿Todo porque tu padre y tú sois unos cobardes sentimentales? ¿Y por qué? ¿Qué significa ese lugar para ti? ¿O para él? Es tierra. Y ya está. No es más que tierra. Y seguirá siendo tierra. Contigo o sin ti.

—Jamás lo permitirá —respondió Fahad, y luego preguntó—: ¿Que se ha caído el techo?

—Ya lo verás. Hasta los pájaros entran en la casa. Tu padre va a ponerse contentísimo. Y cuando se me caiga la casa encima también se pondrá contentísimo.

—No tenemos tiempo para esto ahora —respondió Fahad—. Ya hablaremos.

—Estoy harta. Hartísima. Me he dejado la piel en todo esto. ¿En qué? En esto, en arreglar los desastres de niños mimados. Has hecho siempre lo que has querido. La liabas y luego te largabas, sabe Dios a hacer qué. Tú sigue así, en tu nube de felicidad.

Lo dijo como si fuera una maldición.

Quería ser bueno. Quería marcharse. Quería olvidarlo todo. Quería que el tiempo no avanzara y quería que pasara tanto tiempo que todo el asunto dejara de tener importancia. Se paseaba de una habitación a otra, y no por una cuestión de sentimentalismo.

Hizo que les quitaran el polvo a las carpetas de su padre y que las extendieran sobre la mesa del comedor. ¿Qué creía que encontraría en su interior? ¿Qué planeaba hacer con ellas? ¿Acaso esperaba hallar una respuesta? Una respuesta que le dijera qué hacer en ese instante o que le revelara quién era su padre para él, que le revelara quién era Fahad para sí mismo, que le revelara qué había ocurrido y si acaso importaba siquiera.

Las carpetas no estaban ordenadas de ninguna manera en particular. Tomó la primera que tenía delante y la abrió. El contenido de la primera página era ilegible; la hoja estaba arrugada y manchada de tinta. La siguiente página estaba igual. Y la siguiente. Empezó a pasarlas deprisa; eran tan frágiles que los bordes se desmoronaban. En algunos fragmentos, la tinta había desaparecido sin dejar rastro; en otras, aún quedaban manchas y borrones. Podía descifrar algunas frases sueltas: el sello del teniente general del Ejército del Aire, varias palabras tachadas con una X escrita a máquina, «en previsión de un resultado favorable».

Claro… Había llovido antes del viaje desde Karachi. Habían metido las carpetas en el coche bajo una lluvia torrencial. ¿No quedaba nada?

La siguiente carpeta estaba en peor estado todavía, aunque la tercera estaba un poco mejor. Una carta se había conservado intacta; era de un diseñador de muebles, sobre la reforma de uno de los cuartos de invitados. Una de las siguientes carpetas apenas había sufrido daños, pero Fahad hojeó con rapidez los memorandos de los años que había pasado su padre en el Ministerio de Asuntos Exteriores —varias notas sobre Carter («en buena forma»), Ceaușescu («ingenioso»), Thatcher («¿buen juicio?»)— sin mucho interés.

Su padre apareció de repente en el umbral de la puerta del salón.

—Aquí está todo —dijo, cortando el aire con el dedo. Habían llamado al barbero para que lo aseara, y se había puesto un *kurta* blanco almidonado, de modo que tenía un aspecto bastante distinto al de la noche anterior, tan esbelto y autoritario como una de las garzas que se reunían en los campos anegados durante la temporada del arroz—. ¿No es cierto?

❦

¿Qué importancia tenía la historia de un país? ¿Qué importaba que el Acuerdo de Simla hubiera sido diferente de no haber sido por su padre, que el conflicto de Kargil hubiera sido diferente? ¿Qué más daba que el tercer hijo de Sadam fuera su favorito, que el padre de Reagan fuera vendedor o que Gadafi hubiera planeado escapar a Yeda? Pues era importante, claro que era importante. Cambiaba el curso de las vidas de las personas. ¿Acaso la ambición de su padre no había cambiado el curso de la suya?

Sin embargo, lo que a él le interesaba no era la ideología de su padre —no tenía ninguna; sus principios se centraban en él mismo, como ocurría con cualquier hombre ambicioso—, sino algo que encontró en una de las últimas carpetas que miró, una carpeta delgada envuelta en tantas capas de plástico que parecía no contener nada hasta que la desenvolvió por completo.

Ponía «privado», y en su interior había apenas una decena de páginas, un mensaje del sastre de su padre, otro del club, una lista poco detallada que había escrito su madre en la que venían los nombres del personal de la casa y sus sueldos. También había un gran sobre de manila marrón al final del todo. Vació el contenido sobre la mesa. Había fotografías tamaño carné de Fahad de distintos años: una en la que no tendría más de cuatro o cinco años; otra en la que puede que tan solo tuviera uno, en brazos de alguien que no aparecía en la foto; otra de adolescente, quizá de cuando se marchó de Pakistán. También había cartas que, por lo visto, le había enviado él a su padre, escritas con su puño y letra y firmadas, aunque a Fahad le resultaban completamente desconocidas.

En una de ellas le pedía dinero sin rodeos: «que tenga que pedírtelo», «pero, en realidad, no basta», «pues claro que te encanta ponerme en esta situación». Había otra más larga, con un tono casi conversacional.

«En lo que respecta a tu carta —le había escrito—, no sé por qué crees que debería importarme lo más mínimo. Apenas recuerdo el lugar ni a la gente. No me cuentas qué es lo que ha hecho ese tipo; solo que ha tenido la osadía de presentarse contra ti. Supongo que me hablas de las elecciones, ya que eso es lo único que te importa. Solo quiero recordarte que el padre tenía más confianza contigo que su hijo conmigo. Solo estuve allí unos meses. Apenas lo conocía. Aunque me sorprende que ese hombre quiera competir contra ti. Creía que su padre era uno de tus mayores partidarios. ¿Has hablado con él de todo esto? ¿O piensas acabar con él y con todo cuanto le pertenece solo porque te haya desafiado? En cuanto a las manifestaciones, bueno, a lo mejor la gente tiene motivos por los que manifestarse. ¿Te has parado a pensarlo? ¿Has escuchado lo que tienen que decir? Se supone que vivís en una democracia, ¿no? Se supone que tienen que tener voz, ¿no? Es posible que ese tipo sí los haya escuchado y que por eso se los haya ganado. Si es así, librarte de él no solucionará el problema. Pero, si es eso lo que quieres hacer, si lo que quieres es una excusa para hacerlo, para desterrarlo, por mí no te cortes. No me tengas en cuenta para nada. Seguro que te resulta fácil. Y puedes hacerle saber a *toda esa gente*, sea quien fuere, que no voy a volver, de modo que no tiene sentido que sigan esperando que suceda».

Pasó la yema del dedo por la página, como si así pudiera encontrar otros significados en ella. Mientras leía, mientras empezaba a comprender sobre quién hablaba en la carta, el pulso se le disparó y sintió que se sonrojaba.

Había otra carta escrita con una caligrafía distinta; un garabato tan alocado que era difícil discernir las letras. Fue directo al final —la carta estaba firmada por «S»— y luego volvió al principio.

«¿Por qué un banco ahora? Tienes los molinos, las desmotadoras, la harina, las fábricas textiles, y no tienes ningún interés en hacerte cargo de ellas, solo te interesa ponerlos en marcha, y hasta para eso haces que se encarguen otras personas —y seguro que te has gastado un dineral— para que tú puedas volver cuanto antes a Islamabad. Estás demasiado ocupado codeándote con todos esos generales y ministros para encargarte de [ilegible]. ¿Y qué es lo que ocurre con los imperios? Mueren, al igual que los hombres que los alzaron. No puedes fiarte de esos granujas, porque eso es lo que son todos, aunque tú no seas capaz de verlo, unos granujas. Confiaría antes en la rata de tu primo que en cualquiera de esos sinvergüenzas. Y, por supuesto, la persona más indicada es tu hijo. Deja ese orgullo tuyo a un lado y haz que vuelva. Ya ha terminado los estudios; no tiene excusa para quedarse allí. Y el motivo por el que se marchó…, bueno, tendremos que afrontarlo, debemos reconocerlo, queramos o no, porque si no [ilegible]. No era más que un niño. No deberíamos haberlo permitido. Deberíamos habernos negado. Pero no lo hiciste, tal vez porque creías que tenía razón, que tenía que marcharse, que este no era su sitio. Bueno, pues soluciónalo. Tienes que hacerlo, si no… ¿qué va a ser de esta familia? Ya verás, un día te darás cuenta de que es lo único que tienes, que no tienes nada más, que todos esos lameculos desaparecerán, que todo tu poder se desvanecerá, y entonces te darás cuenta».

Releyó la carta, una, dos, tres veces, y repasó algunas frases con un dedo tembloroso mientras recorría la página.

—¿Es esto lo que quieres? —recordó que le había preguntado su madre, sujetándolo por los hombros y con los ojos llorosos—. ¿Seguro? ¿Seguro?

Se acordó de cuando se marchó de Abad, negándose a volver la vista atrás, apretando los dientes con tanta fuerza que el dolor le ascendía hasta las sienes; se acordó de haber querido, más que nada en el mundo, con un anhelo terrible y feroz, dejar una parte de sí mismo, la peor parte de todas, aquella de la que no podía escapar, en Abad.

Se quedó un rato en el borde de la terraza, observando cómo se alargaban las sombras. Los hierbajos se alzaban y se hundían como olas, con una espuma de florecillas blancas desperdigadas. La arboleda era una sombra oscura que se tambaleaba y oscilaba como si estuviera bajo el agua, y su mente se movía vacilante hacia ella. Había enterrado aquel episodio bajo una avalancha de recuerdos; los había mezclado a propósito, colocándolos unos encima de otros, confundiendo deliberadamente los sentimientos que le despertaban, de modo que sentía una ráfaga de deseo inexplicable que se agitaba a través de la vergüenza y la ira. Se sentía fuerte y patético, astuto y estúpido, y entonces, al desenterrar esos recuerdos, al desenredar esas escenas y liberarlas las unas de las otras, le pareció que era él el que había atraído a Ali a aquel lugar, el que había hecho caer a Ali en ese deseo y que luego se había deshecho de él. Ahora le parecía que él mismo se había desterrado de Abad, que se había desterrado de sí mismo y que él era el malo de la película.

Le informaron que Mustafa había llegado un poco antes del Maghrib.

A Fahad le preocupaba que pudiera reunirse una multitud y verlo todo, pero solo estuvieron él y un anciano barbudo al que Mustafa presentó como el funcionario del registro civil. El funcionario llevaba un libro enorme desgastado, atado con una tira blanca de muselina, como las que se les daban a los sirvientes para los trajes del Eid. No dejaba de acariciarse la barba, incluso mientras saludaba con una reverencia, incluso mientras le estrechaba la mano a Fahad.

Se sentaron en el salón, inclinados sobre una mesita de café en la que el funcionario abrió el libro y sacó varios documentos. Las páginas estaban escritas a mano, como un libro de contabilidad.

Tenían que llegar a varios acuerdos. Resultó que la antigua casa de Mousey ya no estaba a nombre de Rafik. Rafik se la había regalado a alguien.

—Ahora pertenece al hombre que vive allí —dijo el funcionario.

—Tu padre hizo muchas cosas, cosas muy raras —añadió Mustafa—. Ahora alguien se encargará de gestionarlo todo mejor.

Fahad y Mustafa discutieron sobre el precio y sobre qué incluiría exactamente. A Fahad le daba igual lo mal que hablara el idioma, lo estridente que se volviera su voz. Llegaron a un acuerdo sobre el precio que pareció molestar a Mustafa, que pidió hacer una pausa, se dio la vuelta y se ausentó un momento para hacer una llamada. Al final acordaron que tendrían hasta final de mes para limpiar la casa y que podrían quedarse con el cementerio. Modificaron las escrituras a mano. El funcionario se las pasó a Fahad y le indicó con varias X dónde tendría que firmar su padre.

—Es posible que no lo firme —dijo Fahad, y una parte de él confiaba en que su padre no lo hiciera.

—¿Cómo va a decir que no, si se lo pide su hijo? —respondió Mustafa, entrelazando los dedos y apoyando la barbilla en ellos.

El funcionario sugirió en un tono ladino que solo era necesario que las firmas pareciesen de su padre, que el propósito de las firmas era comunicar el compromiso de la familia. A fin de cuentas, ¿quién iba después de su padre? ¿Acaso no era Fahad? Fahad podía llevar el libro de cuentas y las escrituras de su padre. Se fiarían de él si les decía que las firmas eran de su padre. El hombre le dijo que su familia era la más antigua de allí. Que su familia y su palabra solo iban después de la palabra de Dios.

—Aun así… —dijo Fahad, y juntó los papeles de cualquier manera para llevárselos.

El dormitorio de su padre estaba vacío, aunque la lamparita de noche que había entre las mesas estaba encendida. Ah, no, ahí estaba su padre, sentado en la alfombra, bajo la luz de la lámpara, con el periódico abierto sobre las rodillas.

—Ven —le dijo su padre, dándole unos toquecitos a la cama—. Siéntate.

Fahad se sentó.

Estar en aquel lugar le resultaba agradable, cómodo, ambos tan quietos como insectos sumergidos en ámbar. Deseó poder quedarse así para siempre, y se preguntó por qué las cosas nunca habían sido así entre ellos hasta ese momento.

Apoyó el pie en el de su padre, y qué parecidos eran; indistinguibles, en realidad, salvo por los pelos blancos que tenía su padre en el empeine. Se preguntó qué habría hecho su padre si hubiera estado en la situación de Fahad, y entonces se imaginó de repente a los dos de la mano caminando por la orilla del canal, con el sol bajo y el canal rebosante de agua.

—Vamos de un lado a otro —dijo su padre—. ¿Y qué diferencia hay en realidad? ¿Acaso hay alguna? ¿O está todo aquí…? —Se dio unos golpecitos en el pecho con el dedo.

—¿Tienes muchos recuerdos de este sitio? —le preguntó Fahad, refiriéndose a Abad.

Su padre asintió.

—Algunos —respondió—. A veces no sabes qué recuerdas y qué crees que recuerdas. A veces me pasa hasta con el rostro de mi padre; a veces, cuando me acuerdo de él, tiene una cara, y a veces, otra. Pero ¿por qué debería tener miedo? Somos mucho más que nuestro rostro; mucho más que los sitios en los que hemos estado. Y todos esos sitios en los que hemos estado se quedan aquí. —Y volvió a darse un golpecito en el pecho—. Solo aquí. Lo llevamos con nosotros adonde quiera que vayamos. Todo. ¿Qué significa marcharse, abandonar un lugar? —preguntó—. Solo podemos abandonarnos a nosotros mismos. —Entonces miró a Fahad con los ojos resplandecientes—. Eres un buen hijo. Eres fuerte. —Apretó el puño—. Te crees débil, pero has sacado de tu madre su... —Sacudió el puño—. Tu madre ha sobrevivido a todo. Cuando llegue el fin del mundo, tu madre estará allí plantada. No lo muestra nunca. Incluso cuando la tierra tiembla, ella permanece inamovible. Si el techo se mantiene en su sitio, es solo porque los pilares son fuertes.

Luego le preguntó a Fahad qué eran los papeles que tenía en las manos.

—¿Quieres que te los firme?

Su padre estiró la mano para buscar un bolígrafo a tientas sobre la mesilla de noche que tenía tras él. Le dio unos golpecitos al periódico que tenía sobre las rodillas. Fahad dejó el libro de contabilidad sobre el regazo de su padre y le señaló la X.

Firmó la primera hoja, con cuidado, y luego la segunda, sin leerlas. Metió los papeles en el libro de contabilidad, lo cerró y se lo devolvió a Fahad.

—¿Necesitas que vaya contigo? —le preguntó su padre.

Fahad negó con la cabeza.

—Bien... —Su padre asintió.

Una vez firmadas las escrituras, cuando Mustafa y el funcionario se marcharon, Fahad llamó a los sirvientes al salón. Algunos se sentaron sobre la alfombra, a su alrededor; otros se quedaron de pie.

Quería decirles que había vendido la casa y las tierras, que al acabar el mes ya no trabajarían más para ellos, que había que guardar todo lo que había en la casa en cajas y enviarlo a Karachi, pero descubrió que no era capaz de hacerlo. Al final, el mozo le dijo:

—Lo sabemos. Desde hoy, Abad ya no existe. Lo que queda es tierra, es agua, es aire, pero no es Abad.

Fahad y su padre se marcharon temprano a la mañana siguiente, al amanecer. Los antiguos sirvientes se reunieron para despedirse: el mozo ayudó a su padre a subirse al coche, el cocinero metió uno de los pliegues del *kurta* de su padre dentro del vehículo para que no se quedara enganchado en la puerta y el portero cerró la puerta del coche con tanta delicadeza que no hizo ni un ruido.

En la casa reinaba el silencio. Las ventanas estaban cerradas. Incluso el ruido de la ciudad, al otro lado del muro, había disminuido. No corría brisa. El cielo estaba despejado. El aire era caliente. Su padre solo miraba hacia adelante y hacía señas para que abrieran la verja, para que el conductor acelerara.

La galería estaba vacía. El patio estaba vacío. Los campos quedaban ocultos tras el muro que había detrás.

—Iré a echar un vistazo —dijo Fahad, señalando la puertecita que llevaba a los campos.

—Te esperamos —respondió su padre.

Las vistas no eran demasiado impresionantes desde la puerta de atrás. Los helechos eran demasiado altos y los árboles estaban demasiado cerca. Pero las hojas tenían su propio sonido, y la hierba seca, y la tierra. Se agachó, agarró un puñado de tierra y lo alzó: piedras afiladas y secas, polvillo de paja, una ramita rota. Sonó el claxon, que asustó a las garzas de un campo lejano. Salieron volando sobre él, extendiendo las alas plateadas, y se alejaron.

CAPÍTULO VEINTICUATRO

El chico estaba de un humor extraño. Se pasó la mayor parte del viaje con la cara apretada contra la ventana como un niño pequeño, manchando el cristal con la nariz.

Rafik dormía y se despertaba, dormía y se despertaba. Ya no encontraba placer en dormir. Antes le resultaba un respiro agradable y revitalizante, como rezar, pero ahora se adentraba y salía del mundo de los sueños de modo que despertar era como dormir y dormir como despertar, de modo que un mundo era como el otro, de modo que comer, oír y sentir se parecían y a la vez no se parecían en nada. Los únicos momentos agradables permanecían en la mente.

El chico le preguntó a Rafik si recordaba su último viaje a Abad.

—Estoy hecho un viejo... —dijo Rafik.

Le preguntó si recordaba a un amigo suyo de Abad, un joven; le dijo que habían sido inseparables.

—Sí —respondió Rafik—. Os hicisteis buenos amigos.

Su padre había sido terrateniente, le dijo el chico, propietario de una pequeña finca cerca de la circunvalación hacia Baluchistán. Antes tenían un surtidor de gasolina.

—Sí que te acuerdas bien —dijo Rafik.

Fahad le preguntó qué había sido de ellos. Le contó que habían vendido la finca, que habían abandonado la casa. Que se habían mudado.

—Pues no lo sé —respondió Rafik, pero añadió que podrían averiguarlo, que podrían preguntarle a alguien.

Fahad le dijo que mencionaba algo en las carpetas que le había dado.

—Ali trató de desafiarte. Intentó competir contra ti en unas elecciones.

—Es posible —contestó Rafik—. Los niñatos estos vienen y se creen que son importantes. Hay que… —Hizo como si apretara el pulgar contra una superficie en el aire y lo sacudió de lado a lado, como si estuviera aplastando una mosca.

—A cualquiera que se interponga en tu camino… —dijo Fahad, y cortó el aire con la mano como una cuchilla; le dio un golpe a uno de los reposacabezas y luego al otro—. Así de sencillo. Pero ¿por qué?

—¿Por qué? —dijo Rafik. El sol le daba de lleno en los ojos y bajó el parasol.

—¿Qué tienes que demostrar? —le preguntó Fahad mientras se incorporaba en el asiento.

—Tienes un perro para que vigile la casa, y, cuando ladra —juntó las manos—, pides perdón, dices que no tenías ni idea, pero te alegras de que te proteja. Tú y tu madre hacéis lo que os da la gana, gastáis el dinero como si creciera en los árboles, pero ¿de dónde sale el dinero? Me decís «no me lo digas» y miráis hacia otro lado para desentenderos.

—El dinero… —dijo Fahad—. Siempre es cuestión de dinero.

—Me importa un bledo —respondió Rafik—. ¿Cómo nos vamos a la tumba? Sin esto siquiera. —Se señaló las sandalias. Buscó al chico en el espejo retrovisor, pero el asiento trasero estaba vacío—. ¿Dónde está? Nos hemos olvidado de él. —Agarró al chófer por el brazo. Pero entonces, cuando Rafik se volvió a mirar, era Mousey el que estaba ahí en un rincón, con una camisa llamativa, cadenas en el cuello y pendientes.

—Tu hijo… —le dijo Mousey—. Lo echaste a los leones. Por la tierra, por el cargo… Y mírate ahora.

—Él quería irse —se excusó Rafik—. Sabía lo que quería. Igual que su madre; tienen que conseguir todo lo que quieren.

—¿Qué sabrá un niño? —le dijo Mousey.

—¿Y qué hago, lo encierro para que no se vaya?

A Rafik le pareció que el tráfico se dirigía a toda velocidad hacia ellos y se echó las manos a la cabeza.

—Lo hice por ti —dijo Mousey—. Sabía que querías que me fuera, de modo que me marché.

—Nunca… —Rafik se inclinó hacia un lado y hacia el otro, para esquivar el camión, el autobús, el Hilux—. ¿Qué haces? —le gritó al chófer—. Nos vas a matar.

Mousey le puso la mano en el hombro a Rafik y lo sacudió.

—Recé para que volvieras —dijo Rafik—. Recé.

CAPÍTULO VEINTICINCO

Llegaron a Karachi al anochecer y metieron las maletas en la casa entre susurros y a toda prisa, como si su regreso fuera algo clandestino.

Su madre estaba sentada a la mesa del patio, inmóvil, mirando la nada; al principio pareció que ni siquiera se había percatado de su presencia.

Su padre le dio unos golpecitos en el hombro y luego salió a la terraza.

Fahad quiso decirle que ya estaba hecho, pero no pudo.

—Un lugar no es algo sin importancia —dijo en cambio—. No son todos iguales. Hay algo en la tierra, en las paredes... —Y tocó con la palma de la mano el yeso caliente que tenía al lado.

—¿Y las personas? —le preguntó su madre—. ¿No son importantes? ¿Acaso esto no es nada? Dime, ¿eh? —Y se pellizcó la piel del brazo.

—¿Por qué estás siempre a la defensiva? —le preguntó Fahad—. Aun cuando ya tienes lo que querías. ¿No te cansa? ¿No te agota?

—Me gustaría dormirme y no despertarme —le respondió su madre—. Entonces serías libre. Podrías hacer lo que quisieras con todo esto —dijo, señalando todo lo que había a su alrededor.

—No quiero discutir —respondió Fahad.

Soraya se estiró hacia él y le agarró la mano.

—Una vez tu padre y yo fuimos a China. Tu padre estaba en una reunión con Deng. A las mujeres nos llevaron a comprar joyas y esa clase de cosas. Yo quería ir a ver la Ciudad Prohibida. Vi a una anciana sentada en el suelo, con todo el pelo blanco. Puede que fuera ciega. Pero quiso leerme la palma de la mano y me palpó las líneas. Teníamos una intérprete, porque yo no entendía nada. «Tendrás una vida larga», me dijo. «Qué bien», respondí yo. Luego me dijo algo más. La intérprete no quiso decírmelo. Tuve que preguntarle: «Señora, no siempre es algo bueno. Vivir tanto tiempo puede ser como una maldición».

Fahad le apretó la mano.

—Nunca me lo habías contado —le dijo.

—Porque no estabas aquí —le respondió su madre—. Puedes traerte a quien quieras. Si tienes algún amigo o alguien con quien vivas, tráetelo. ¿Qué más nos da a nosotros? Siempre has creído que somos nosotros los que te rechazamos, que nos parece mal todo lo que haces.

—Incluso aunque fuera yo —le respondió Fahad a su madre—. Incluso aunque yo me rechazara a mí mismo. No soy así porque sí. De algún lado me ha tenido que venir. Incluso aunque fuera yo.

Y entonces se preguntó si aquel verano lo habían descubierto en aquella arboleda o si tan solo se había descubierto a sí mismo.

❧

—¡El techo! —Se acordó de repente, y le preguntó por el salón.

Su madre hizo un gesto como quitándole importancia a la pregunta.

—Ya me he encargado yo —respondió—. Mandé que lo arreglaran.

Fahad quería verlo. Su madre dejó que fuera solo.

No vio gran cosa, salvo que en una esquina del techo había una mancha marrón en forma de nube y una línea oscura sobre el respaldo del sofá que estaba debajo de la mancha. Los cojines estaban apilados a un lado. No había grietas en la pared, ni estaba recién pintado, ni acababan de enyesarla.

—Parece que está bien —dijo cuando regresó al patio y se sentó con su madre.

Ella asintió.

—Nos hemos librado de milagro.

∽✕∾

—¿Dónde están los pájaros? —Rafik apareció en el umbral de las puertas que daba a la terraza, pálido, descamisado, con el pecho cubierto de pelo cano y un plato vacío apoyado en el antebrazo.

—Es tarde —respondió Soraya—. Es medianoche. Estarán descansando. Volverán por la mañana.

Rafik asintió, se dio la vuelta y cerró las puertas.

—Abad es cosa del pasado —le dijo Soraya—. ¿Me oyes? Ya no es nuestro.

—No, no —respondió Rafik—. Si hemos estado allí. Acabamos de volver de allí.

—Ya, pero no vas a volver.

—Que te lo diga el chico. —Rafik dejó el plato vacío sobre la mesa y se sentó—. Fuimos juntos, padre e hijo. Los tallos de arroz eran tan altos como una persona. Que te lo diga él. ¿Verdad? La cosecha será impresionante. Llévatelo a Londres. Compraos todo lo que queráis. Siempre dices que soy un tacaño, que no te doy dinero para que te lo gastes. Te voy a dar montones. Te voy a dar fajos de billetes. —Alzó los fajos de billetes imaginarios y los sacudió en el aire con el puño cerrado—. Esos billetes de cincuenta nuevos que están impecables y que tanto te gustan. Llévate al chico; llévatelo a todos esos restaurantes de ricachones y al teatro y a ver musicales. Todo eso que le gusta.

Los tres habían extendido las manos sobre la mesa, de modo que había tres pares de manos, no muy distintas entre sí, cuyos dedos se rozaban por las yemas.

—Se ha leído todos mis documentos —dijo Rafik, señalando a Fahad con la cabeza—. Me ha dicho que son muy interesantes.

—A veces creo que… —comentó Fahad—. Creo que conozco a mi padre, a ti y a mí, y luego me doy cuenta de que no tengo ni idea.

—¿Y qué más da? —preguntó Soraya.

—Papá se está olvidando de las cosas, y piensa que nosotros deberíamos hacer lo mismo. —Fahad se puso en pie y retiró la silla de una patada que la tiró al suelo—. Deberíamos olvidarnos de todas las cosas horrorosas que hizo, y de las que hice yo.

—Así sois los hombres —respondió Soraya—. Lo rompéis todo, incluso lo que es vuestro.

—¿Acaso no somos responsables? —contestó Fahad—. ¿No debería haber un registro, como un libro de contabilidad en el que constara lo que hizo él, lo que hice yo y lo que hiciste tú?

—¿Y luego qué? —le preguntó su madre—. ¿Lo sumas todo?

—¿Si no, cómo voy a saberlo? —respondió Fahad.

Su madre estiró la mano y enlazó sus dedos con los de él.

—Eso va a ser sobre lo que escriba —dijo entonces Fahad—. Escribiré sobre eso para que sepamos… quiénes sois, quiénes sois vosotros… —Miró a su madre—. Y quién soy yo.

—Y entonces, ¿qué? No será más que otra historia.

Una de las tiras de luces de la pared parpadeó, zumbó, se apagó y luego volvió a encenderse, más brillante que antes.

AGRADECIMIENTOS

Aunque en el norte de la región de Sindh existe una ciudad que se llama Abad, la Abad que aparece en esta novela es una versión de Jacobabad, donde mi familia ha cultivado la tierra durante generaciones. Mi abuelo, Illahibukhsh, me llevó a Jacobabad cuando era pequeño y, más tarde, me enseñó a cultivar la tierra. Al igual que Rafik, él también es agricultor y político, pero ahí es donde termina el parecido. Rafik tan solo posee una pequeña fracción de la inteligencia, la amabilidad, el honor y el valor de mi abuelo. Aun así, esta novela es un homenaje a mi abuelo, a Jacobabad —pese a los sentimientos encontrados que despierta ese lugar en mí— y a los años que hemos pasado juntos allí y en otros lugares, antes y después.

Muchas gracias a Natasha Fairweather, que me animó desde el principio y me ha guiado con su sabiduría durante la publicación de este libro, y también a todos los de RCW; a Adam Eaglin; a Mitzi Angel, por proponer cambios minuciosos y con una gran sensibilidad; a Molly Walls y a todo el equipo de FSG; a Kate Harvey por su apoyo y a todo el equipo de Vintage; a Jean McNeil; a Deepa Anappara, que ha sido mi maestra durante la última década; a mi extraordinario grupo de la UEA, del que he aprendido tantísimo sobre escritura; a mis queridas hermanas, Tanya y Tara; y a Giambattista, al que quiero con locura.

SOBRE EL AUTOR

Taymour Soomro es un escritor británico-pakistaní. Estudió Derecho en la Universidad de Cambridge y en la Facultad de Derecho de Stanford. Ha trabajado como abogado corporativo en Londres y en Milán, como profesor en la Universidad de Karachi, como administrador de una finca agrícola en la zona rural de Sindh y como publicista para una marca de moda de lujo de Londres. Ha publicado relatos en *The New Yorker* y en *The Southern Review*; y ha coeditado, junto a Deepa Anappara, la antología de ensayos *Letters to a Writer of Colour.*